냉장고 문을 여니
파란 딸기가
한 접시
있었다.

요즘 같은 때에 ( ) 은 사치다.	178
내 수집품들은 눅눅한 소유욕의 자랑스러운 산물이다.	182
내 사랑이 구독하는 잡지	186
나만이 기억하는 ( )	190
이제 막 지능을 가지려고 하는 기계의 전원을 꺼버리듯이, 나는 나를 이만 재웠다.	194
너무나 많이 ( ) 죄	198
튜닝의 끝은 순정	204
인터뷰	208
손 쓸 도리도 없이 우리는 일주일 후의 멸망을 기다렸다.	214
잊다 — 있다 — 이따	218
미안해, 친구들아. 올해도 케이크만 받아 먹어서.	222
내가 처음으로 안았던 사람은 마르고 요란한 여자였다.	226
자극적인 건 좋아하지만 자극은 싫어요.	230
침입	234
( ) 은 나의 무기	238
한 자리에 30년을 서있었던 건물이 철거되었다.	242
유품마켓	246
갓 태어난 ( ) 에게 보내는 편지	250
"사랑해!" "사랑해." "사랑해..." "사랑해?"	254
책을 덮었다.	258

너무? 아픈? 사랑은? 사랑이? 아니야?	98
드라마퀸의 폭탄발언	102
사진2 (할아버지가 누워 있는 사진)	106
이런 안드로이드라면 사랑할 수 있어	110
할아버지는 지구의 끝에서 떨어져 낙사하셨다.	114
너무 (　) 해	120
멸망 한시간 전까지 택시를 몰던 운전기사와의 인터뷰	124
이제야 깨달았다. 내가 탄 지하철이 20분째 멈추지 않고 있었다.	126
내 우주 안에 움막을 짓고	130
amateur : lover	134
(주) 성탄 Inc.	138
단조로운 풍경에 기이함을 더한 것은 나무들 간의 거리였다.	142
제가 올해로 뱀파이어 된지 딱 5년째입니다.	146
이 여름도 끝나는데 (　) 라고 끝나지 않을 이유 없었다.	148
3억 원을 받는 대가로 기억을 지우는 버튼이 있다.	152
나와 여권 색이 다른 옆자리 사람은 쉼 없이 울었다.	158
언어가 없는 편지	162
방과후 (　) 클럽	166
나는 해파리처럼 살기로 했다.	170
비참해질수록 낭만적인 이 순간	174

목 차

- 냉장고 문을 여니 파란 딸기가 한 접시 있었다. ... 8
- 건강한 동거를 위한 약속 ... 14
- (　　) 의 장바구니 ... 20
- 그 애는 큰 일을 겪거나 앞두고서는 항상 일주일 정도는 사라지곤 했다. ... 24
- 우리가 같이 먹은 강냉이가 몇 봉지인지 알아? ... 28
- 사진1 (칠이 벗겨진 벽과 꽃) ... 32
- 꾸질꾸질 — 구질구질 ... 36
- 장례식 기획서 ... 40
- 탄천 세이렌 ... 44
- 나는 이제 피아노 학원에 다니지 않는다. ... 50
- 사랑의 모든 부정적인 것들 ... 54
- 십계명 ... 58
- (　　) 팬티 ... 62
- 여름밤엔 여름밤의 언어를 쓰세요. ... 66
- 딸애는 능력이라 부르기에도 민망할 정도로 사소한 능력이 하나 있었다. ... 72
- 사랑을 밀랍에 가두는 건 우리 가족의 오랜 전통이다. ... 76
- 내가 만드는 기념일 ... 80
- 세상에 없는 향에 대한 시향기 ... 84
- 인생 DLC ... 88
- 우리 엄마 글씨체가 원래 이랬던가? ... 92

이야기들

이야기들

"대한민국 인구수 30년째 감소 없이 2천만 명대의 수준으로 성공적 유지. 경제활동인구 90% 달성."

매해 대통령 신년사에 들어가는 말이었다. 출생율 0.3명대. 사망률 공식집계 0%. 올해도 변함없는 인구수. 소멸하는 인구를 일정 수준으로 유지하겠다는 포부로 국가적 차원의 영생 기술 개발이 활발하게 이뤄진 지 30년째, 이제 영생은 기본값이 되었다. 자살은 금지됐고, 죽음을 의뢰하다 붙잡힌 사람들은 인구관리부처의 특별 감시 대상이 되어, 죽음을 감히 상상하지 못하는 곳으로 수감된다는 뉴스들만 대대적으로 보도됐다.

언니는 파란 딸기를 먹고 자살한 사람들의 이야기를 들려주곤 했다. 삼엄한 경비를 피해 인적이 드문 늪에서 자라는 독초인 파란 딸기를 먹고 자살한 시체들이 종종 발견된다는 것이다. 나는 언니가 들려주는 그 이야기를 좋아했다.

우리도 언젠가는 파란 딸기를 찾을 거야. 그러면 우리만 먹지 말고 잘 심어서 키우자. 마을을 덮을 만큼 자라면, 마지막에 제일 큰 파란 딸기를 둘이 나눠 먹는 거야. 20살이 된 해에 언니는 파란 딸기가 자란다는 팔영산으로 떠났지만 돌아오지 않았다.

그러던 어느 날, 냉장고 문을 여니 파란 딸기가 한 접시 있었다. 혼자 먹기에는 많을 정도로 수북하게.

나는 딸기를 좋아하지 않아. 내 손으로 딸기를 사 놨을 리가 없다. 그러나 그 딸기는 어떤 현실적인 질문들이 와닿지도 않을 정도로 새파랬다. 너무 파래서 다른 생각은 들지도 않았다. 먹어보고 싶다는 생각만 뇌를 지배했다. 입에 넣고 싶다. 파란을 씹고 맛보고 삼키고 싶다. 딸기를 하나 집어 들었다. 펄감이 느껴지는 표면. 들여다보자니 점점 어두워지는 듯한 파란빛. 나를 주인공으로 만들어 줄 것 같은 자태의 아이템이다. 독이 들어있을 수도 있겠다. 달콤한 살충제를 목전에 둔 해충이 된 기분이었다. 문득 생각이 든다. 나를 노리는 악의 세력이 설치한 덫이면 어떡하지? 나는 이야기 속 주인공 한번 되어 보려다가 그냥 초파리 트랩에 갇히고 마는 것이다. 아니면, 앨리스처럼 작아진다면? 곤란하긴 하지, 우리 집 고양이한테 바로 살해당할걸. 딸기를 쥐고 고민하는 나의 주변으로 냉장고 문 좀 닫으라는 경고음이 사이렌처럼 울려 퍼진다. 그래봤자 딸기 한 개 아냐? 나는 냉장고 문을 밀어 닫으며 고민을 끝낸다. 아직 냉기가 생생한 딸기 한 알이 내 손에 쥐여 있다. 입에 딸기를 털어 넣는다. 맛이 조금... 다른가? 곰곰이 음미해 보며 발걸음을 옮기는데, 발등이 보이질 않았다. 이게 뭐지? 어느새 집안 바닥에 자욱하게 연기가 고여 있었다. 가스 냄새가 나는 것 같진 않은데. 황급히 돌아본 부엌에 누군가 서 있었다. 희끄무레한 공기를 뚫고 보이는 비대한 머리통. 얇고 긴 팔다리와 도드라지는 관절. 방독면 같은 주둥이. 그 위 사람 주먹만 한 눈과 마주쳤다. 그는 아무 제스처도 취하지 않은 채, 놀라 얼어붙은 내 앞을 차분히 지키고 있었다. 소통은 없었지만 나는 알 수 있었다. 내가 방금 외계인이 설치한 덫을 삼켰다는 것을. 파란 딸기가 나를 비웃듯이 목구멍을 타고 내려갔다.

대체 누가 가져다 놨을까? 우선 하우스 메이트들에게 물어보겠지. 이거 누구 거냐고. 만약 아무도 그런 것을 가져다 두지 않았다고 말한다면 은밀하고 달콤한 공상에 빠지기는커녕 현실적인 안전에 대한 공포에 떨 거야. 평범한 빨간 딸기면 우리 중 누가 술 먹고 사 와서 깜빡했겠거니 하겠지만, 파란 딸기를 사 온 걸 잊기는 어렵잖아.

여자들만 사는 집에 들어와 냉장고에 이상한 딸기를 두고 사라진 사람은 대체 누구이며 그 의도는 무엇일까. 가장 먼저 생각나는 것은 범죄자의 시그니처 사인인데...

우리 집은 단독주택 1층에 굉장히 낡은 집이라 안 그래도 보안에 취약한데 대체 어쩌자는 건지...

세콤을 달자고? 그거 달에 얼만데. 뭐? 달에 9만 원? 나 안 그래도 진짜 빠듯하단 말이야. 일단 할 수 있는 것부터 하자. 우리가 지레짐작 겁먹는 걸 수도 있어.

우리는 언제든 활짝 열어두던 창문을 굳게 잠그고 살기로 했다. 열쇠 관리가 어렵단 이유로 사용하지 않았던 대문도 닫았다. 단톡방에 매일 같이 마지막으로 집을 나온 사람이 집안 풍경을 찍어 올린다.

집사람 중 가장 덜렁이고 깜빡거리는 나는, 분명 한 번쯤은 대문을 잠그지 않고 밖으로 나갈 거야. 사진을 찍는 게 귀찮아져 이전에 찍어두었던 사진을 재탕하게 될지도 몰라. 그러다 보면 분명 집사람들에게 혼쭐이 나는 날이 오고야 말겠지.

우리는 분명 서로를 가재눈으로 쳐다보다 이내 허망해질 것이다.

대문을 닫으면 뭐 해. 담벼락이 이렇게 낮은데. 넘으면 그만이지. 창문을 닫으면 뭐 해. 제대로 된 방범창 하나 없는데. 그냥 파이프로 몇 번 치면 부서질걸. 우리가 아무리 애를 써도 달라지는 건 없어. 작정한 놈으로부터 우리가 우리를 지킬 방법 같은 게 대체 어디 있느냐고.

파란 딸기가 등장한 이후, 아무런 것이 변하지 않아도, 우리는 변해 있을 것이다. 우리의 빈곤함과 취약함을 숨 쉬는 순간마다 실감할 테니.

나는 이내 신경질적으로 물러 터진 딸기를 씹어 삼켰다.

냉장고를 열었더니 파란 딸기 같은 게 있더라. 울퉁불퉁한 삼각형의 모양새나 초록빛의 부드러운 이파리까지 틀림없이 딸기였는데 믿을 수 없을 만큼 파란색이었어. 접시에 하나가 덩그러니 놓여있었다면 아마 예술 작품이라고 생각했을 거야. 하지만 정말 먹으라고 둔 것처럼 누군가 잘 씻어 윤기까지 도는 파란 딸기가 한 접시 가득 있었어.

어쨌든 위생적인 상태로 냉장고 안에 먹음직스럽게 놓여있으니, 이것이 우리 집 냉장고에 이르기까지를 상상해 보면 식용이라는 사실은 의심스럽지 않아. 온갖 품종 개량 과일들이 존재하는 세상에 파란 딸기 정도는 쉬울지도 몰라. 하지만 당장 먹어보진 않을래. 정말 딸기인지, 정말 딸기라면 새로운 품종인지, 가장 맛있게 먹는 방법이 존재하는지 등등을 확실히 알게 되기 전까지는 일단 지켜볼래. 혹시 모르잖아, 이 딸기가 이 세상 마지막 파란 딸기라면 어떡해. 그렇게 생각하니 이 딸기가 왠지 귀하고 매력적으로 보여.

외출한 엄마를 제외한 삼부자가 파란 딸기 앞에 모였어. 냉장고에서 나온 딸기 표면에는 이젠 송골송골 물방울이 맺혀 있어. 너무나 먹음직스러워 보이는데 그 누구도 손을 뻗지 못해. 이 낯설다 못해 경외심마저 드는 파란 딸기를 먹기 위해선 만반의 준비를 해야 할 것만 같다고, 말은 안 했지만 모두 같은 생각 중일 거야.

심각하게 앉아있던 삼부자 가운데 가장 먼저 일어난 건 아빠야. 인터넷을 맹신하는 밀레니엄 세대 아빠는 곧바로 웹서핑에 돌입해. 창을 껐다 켜고 온갖 텍스트와 이미지가 나타났다 사라져 눈이 어지러운데, 그런 아빠를 아득하게 뛰어넘는 너드 동생은 뒤에서 말을 얹기 시작하지. 아빠, 세계농업전략 보고서요? 봤지, 작년 자료가 최신인데 아직 뭐가 없네. 그럼 아빠 한국미래특이농수산물자원전망개발학회 자료 봐주세요, 거기가 업데이트가 가장 빨라요. 오 그래. 대화는 점점 괴상해지고, 나란히 앉아 키보드를 두드리는 두 사람을 두고 난 천천히 멀어져.

그리고 다시 딸기 앞에 앉았지. 어떻게 딸기가 파랗지? 어떻게 파란 딸기가 우리 집 냉장고에 있을 수가 있지? 그전에 딸기가 맞긴 해 이거? 상상과 의심은 엎치락뒤치락, 그렇게 파란 몸뚱이에 박힌 씨앗 개수까지 셀 정도로 들여다보고 있노라니 딸기는 점점 더 탐스러워 보여.

어느새 해는 져가고 노오란 노을 아래서 파란 딸기는 더 묘하게 빛나. 이 괴로운 딸기의 정체와 향과 맛과 존재에 대해서 온갖 상상을 펼치는 동안 난 손도 대지 못했어. 만져볼까 하면 혹시 딸기나 내 신체 둘 중 하나가 상하진 않을까 하는 생각에, 먹어볼까 하면 아빠와 동생이 찾아낸 음모론이 귀에 들어와, 하릴없이 바라만 볼 뿐이야. 나사에서유전자조작을통해유의미한농산품색상개조를... 딸기와는 점점 멀어지는 아빠의 중얼거림이 무색하게 새파란 딸기는 여전히 접시 위에 고고하게 앉아있어.

이윽고 해가 지고 삼부자의 얼굴에도 그늘이 드리울 때, 엄마는 돌아왔어. 엄마와 아내를 기다리던 삼부자는 현관으로 달려가 인사보다 먼저 물어. 냉장고에 있는 파란 딸기를 아느냐고. 이것의 정체가 대체 무엇이냐고! 엄마는 말하지. 아 그거 귀농한 친구가 어제 한 팩 챙겨줬어. 요새 신기한 딸기가 나온다고. 먹으라고 씻어놨는데 안 먹어봤어? 달고 맛있더라.

: 이베이에 갖다 팔 사람은 없어?

건강한 동거를 위한 약속

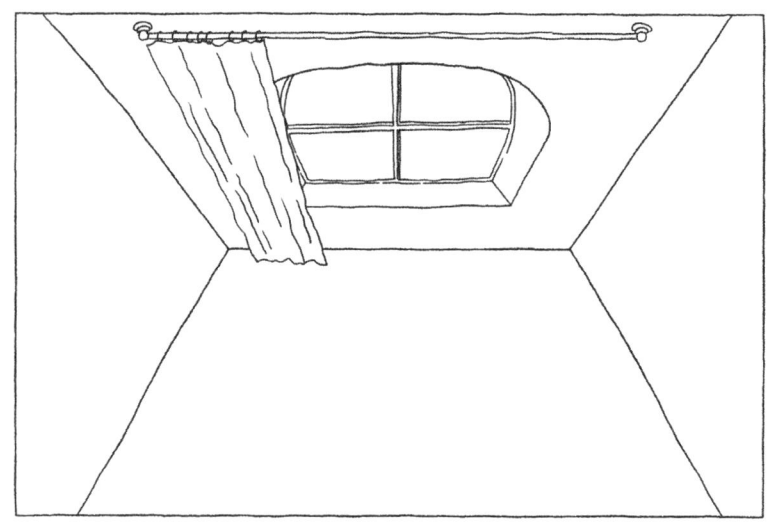

언니 저 사실 외계인이에요.
뭐? 이상한 장난치지 마. 빨리 밥이나 마저 먹어. 이거 식으면 맛없어.

대수롭지 않게 여기고 남은 볶음밥을 입에 넣으려던 나는 다음 순간 허공에 떠 있는 숟가락을 보고 입을 다물었다. 너무 놀라서 입이 벌어지지도 않았다. 본의 아니게 숟가락을 노려보게 된 나를 앞에 두고, 사랑이는 태연하게 장국을 마셨다. 후루룩. 저 진짜 외계인 맞아요. 숟가락은 우아하게 식탁 위로 내려왔다.

어, 어, 어, 어디서 온 거야...? 안드로메다 뭐 이런 데에서 온 거야?
언니. 안드로메다엔 이제 외계인 없어요.

사랑이 뱉는 말 하나하나가 충격적이었다. 저는 다른 소은하군에서 왔어요. 그렇구나. 아니, 그렇구나는 무슨 그렇구나지? 나는 하나도 이해하지 못하고 있었다. 도대체 왜? 사랑은 언제부터 외계인이었던 거지? 고등학생 때부터? 대학 입학할 때부터? 우리 집에 들어와 살 때부터? 아니면 뭐 저번주부터? 처음 만났던 뒷풀이 그 술집에서도 외계인이었던 거...겠다. 당연하다. 생각해 보니 사랑은 정말 외계인 같았다. 사랑은 일주일간 샤워하지 않아도 늘 보송하고 깨끗했고, 시험공부를 전혀 하지 않아도 성적이 좋았고, 전날 소주 세 병을 비운 후 수업 5분 전에 일어나도 멀쩡한 모습으로 학교에 나왔다. 생각할수록 나는 사랑에 대해 아는 게 거의 없었다. 누구보다 친하고, 잘 알고 있다고 생각했는데. 가끔은 그 사실에 우쭐하기도 했는데. (사랑은 인기가 많았다.)

너 그러면 저번달에 본가 다녀왔다는 건 어디 갔다 온 거야.
진짜로 본가 다녀왔죠. 포탈이 여수에 열려서 간 김에 전어도 먹고 왔어요.
그, 그러면 집 계약할 때 오셨던 어머님은?
당근에서 구했어요. 일당 5만 원 드리고 부탁했어요.

질의응답이 이어졌다. 사랑은 예상했다는 듯이 모든 질문에 차분하게 답변했다. 2015년, 단순 관광 목적으로 지구에 날아온 사랑은 여행 도중 서울에 반해 눌러앉게 됐다.

왜 하필 서울이었어?
인프라가 서울만 하기 힘들죠.
아...그래.
그리고 살다 보니 더욱 정이 들었어요. 이곳에서 살아야 한다는 마음보다도 이곳에서 떠나기 싫다는 그런 느낌이요.

인간은 생각보다 허술해 대학 입학도 전입신고도 민증 발급도 어렵지 않았단다. 정체가 발각될 위기도 걱정과 달리 전혀 찾아오지 않았다. 대학생들은 조용하고 독특한 외계인을 아낌없이 좋아해

주었다. 그런데 왜 이제 와서 냉동 볶음밥과 인스턴트 미소 장국을 데워 먹다 말고 나에게 고백을 하는가? 어느덧 다시 시작했던 숟가락질을 멈춘 나를 보고 사랑이 먼저 입을 열었다.

정직한 외생을 살고 싶어요.
너 혹시 사람 마음도 읽을 줄 아니.
아뇨, 그건 아직이에요. 저 외계에서 아직 아기라서요. 이백 살 정도...
(아직이라는 건 언젠가 가능해진다는 거구나. 등골에 땀이 비쭉 흘렀다.)

문득 얼마 전 거실에 두고 읽던 책이 떠올랐다. <정직한 인생이란 얼마나 아름다운가>.

사랑이 너 언니 책 읽었구나.
네.

그냥, 언니는 제 동거인이고 지구에서 가장 친한 친구니까. 거짓말 그만하고 싶었어요. 이백 년 평생 동안 제 행성에서 한 거짓말보다 지구 와서 한 거짓말이 더 많아요. 이거 피곤해요 은근히.

조용히 말하는 사랑을 나도 조용히 바라봤다. 지구의 적막이 식탁 위로 따뜻하게 가라앉았다. 갑작스레 특별한 동거인이, 아니, 동거외이 생긴 기분은... 나쁘지 않았다.

장국 더 줄까?
네.

―

지구 이름을 사랑으로 지은 이유는 뭐야?

처음엔 그냥 2015년에 가장 많이 지은 여자 이름 49위라서 골랐어요. (왜 하필 49위야? 그냥 제가 49를 좋아해요. 아아.)

알고 보니까 지구 말로 th4$nb+f 라는 뜻이더라고요. (그게 뭔데? 사랑이요. 아아. 제가 사랑을 좋아해요. 응응.)

―

하루가 밝자 곰팡이 A 씨가 가장 먼저 한 일은 방 안의 습기와 물기를 찾는 일이었다. 매일 아침마다 같은 방식으로, 동거인의 분비물을 샅샅이 훑어 방 안의 농도를 감지하는 것이었다. 곰팡이들이 많이 서식하는 집의 주인은 우울 지수도 높다는 말은 진실이었다. 눅눅함, 그건 곧 동거인의 우울 농도이자 우리의 생존 조건을 따지는 일이었다. 며칠 전 다른 인간들의 핀잔에 무안해진 동거인이 대청소를 한 터라 힘들게 번식해 둔 개체 수가 많이 줄었다. 아, 그리고 그놈의 락스. 부모님이라는 작자가 방문해 화장실 벽과 틈을 박박 씻어대는 바람에 지난해에도 꽤나 고생을 했던 A 씨였다. 이쯤 되면, 은밀하고 위대하게 포자를 퍼뜨리는 일은 의지만으로는 부족했다.

"요즘은 너무 잘 먹고 잘 웃고 잘 지내는 것 같단 말이야. 이렇게 건강한 인간은 곰팡이 세계에 하등 도움이 되지 않아."

곰팡이 A 씨는 중얼거리더니, 동거인에게 러브레터를 남기기로 했다.

> 이 집 사는 인간 보시오. 내가 이 집에 반세기 넘게 살고 있는 곰팡이 A올시다. 요 근래 동거인으로의 기본 소양이 지켜지지 않는 것 같아 몇 가지 당부 말씀드리오.
>
> 첫째, 이 방의 습도를 적정하게 유지해 주시오. 특히 눈물이 나 콧물을 뿜어 대며 더럽게 슬퍼할 때, 분비되는 습기가 제 생존에 많은 도움이 되오. 이 방이 당신의 우울을 오래도록 음미할 수 있도록 하루에 한 번씩은 꼭 울어주시오. 둘째, 그래도 난 당신의 프라이버시를 존중하오. 나도 벽지 밖으로 삐져나오지 않을 테니, 락스로 벽지를 닦아내지 말아주시오. 화장실의 머리카락도 우리의 아늑한 안식처요. 셋째, (…)

상호 건강한 동거를 위한 약속들을 지켜주길 바라오. 마지막 문장을 쓰고 편지를 닫은 곰팡이 A 씨는 혼자 고민에 빠졌다. 이 아이는 믿으려나. 한때는 세계가 곰팡이의 전신이었던 시절이 있었다고, 그런 쓸데없지만 과시하고 싶은 말들은 마음속으로 꾹 삼킨 A 씨였다. 오늘도 곰팡이 A 씨는 음습한 방에서 때를 노리며 기다릴 뿐이다. 물기와 습기가 있는 곳에서 말썽 피우지 않고 잠복한 상태로 몸집이 커질 적절한 때를. 그 순간, 같은 공간 속 서로 다른 두 세계의 시선이 가로질렀다.

"그런데 너 진짜로 처녀야? 아니, 처녀 귀신은 있는데, 그냥 여자 귀신을 부르는 말은 없잖아. 성 경험이 없어야만 귀신이 될 수 있는 거야? 기준이 좀 이상한 거 같아."

내가 말하자 룸메이트는 어처구니가 없다는 얼굴로 아무 말 없이 나를 바라보다 이내 입을 열었다.

"야, 그럼 홍콩할매는. 홍콩할매도 처녀겠냐?"
"홍콩할매는 처녀귀신 아니고 할매귀신이잖아."

어언 오 년째, 이 낡은 투룸에서 함께 거주 중인 나의 룸메이트는 처녀귀신이다. (진짜로 처녀인지 아닌지는 모르겠다.) 처음 이사를 왔던 날, 나보다 먼저 집안에 앉아 나를 기다리는 그녀를 만났을 때를 떠올려보면, 있지도 않은 애가 떨어질 것 같은 기분이었다. 혼비백산 집을 빠져나와 카페에 앉아 인터넷 창을 켜 보았다.

질문: 굿을 해야 할 것 같은데 대충 얼마나 들까요?
답변: 능력에 따라 비용은 천차만별이지만 평균적인 굿 비용은 1,200만 원에서 1,800만 원 정도로 형성되어 있습니다.

음. 굿은 아닌 것 같고. 만약 이사한다면? 계약 파기로 인해 물어야 할 위약금만 500. 거기에 복비와 이전에 집을 찾기 위해 사용해버린 연차와, 큰 맘 먹고 거금 들여 거실 사이즈에 맞춰 주문한 소파까지 더하면... 귀신은 나를 죽일 수 없지만, 돈은 할 수 있다. 귀신보다 무서운 게 돈이었던 나는, 그렇게 그녀와의 동거 생활을 시작하게 되었다.

예상과는 달리 그녀는 생각보다 괜찮은 룸메이트였다. 우선 물리적 형체가 없어 집에 머리카락을 흘릴 일이 없었다. 침대가 없는 옷 방에서도 잘 지냈기에 처음 계획했던 대로 방을 활용하는 데에도 문제가 없었다. 게다가 그녀는 월세도 냈다. 한 달에 한 번씩 그녀가 나에게 귀띔해 주는 번호대로 로또를 사면 1등은 아니더라도 이 집의 월세 정도는 충분히 감당해낼 수 있었다. (1등 번호는 '죽어도' 안 알려준다.)

함께 산 지 일 년이 되어갈 무렵, 그녀에게 물은 적이 있다.

"너는 왜 나랑 같이 사는 거야? 나야 네 덕분에 용돈벌이도 쏠쏠하게 하고 있지만, 너는 굳이 나랑 같이 살아야 할 이유는 없는 거잖아."
"지금까지 난 너무 심심했어. 외로웠고. 너랑 있으면 외롭지 않아."

"좀 감동인데."
"그러니까. 일찍 일찍 좀 다녀. 집에 안 들어오면 안 들어온다고 얘기 좀 하고. 기지배야."

집에 일찍 다니라는 말을 내가 언제 들어봤더라. 나는 허공을 꼭 끌어안았다. 룸메이트를 향한 사랑이 듬뿍 담긴 포옹이었다.

某[1] 씨는 집에 돌아왔다. 창문 넘어 흘러들어온 형형색색의 네온사인 빛과 어항 조명이 어두컴컴한 방을 힘겹게 밝히고 있었다. 그는 짐가방들을 현관문 앞에 그대로 내려놓았다. 그리곤 불을 켤 생각도 하지 않고 어항 앞에 주저앉아 물속을 빤히 들여다보았다. 금붕어 몇 마리가 먹이를 주는 줄 알고 잠깐 모였다가 흩어졌다. 거품이 올라오는 촌스러운 장식품, 마감이 형편없는 모조 해초, 이끼 낀 모래. 나름대로 열심히 관리했다지만 세월은 불가항력이었다. 어항에 얼굴이 비친다. 멍한 얼굴을 가만히 지켜본다. 도대체 어디를 보고 있는지 가늠도 안 된다. 금붕어든 그든, 서로 다를 바가 없다.

某 씨는 오늘 여행에서 돌아왔다. 연인과의 이별, 잦은 결근으로 인한 해고, 그렇게 일상이 텅 비어버리자 저지른 기행이었다. 슬프게도 그는 갑작스

---

[1] 某 아무개 모

러운 조류에 빠르게 적응할 수 있는 힘을 지니지는 못했기에, 감당할 수 있는 범위를 한참 넘어선 변화 앞에서 도망쳐버리고 말았다. 장소는 중요하지 않았고 그냥 이 부정적인 파장이 미치지 못하는 곳이면 그만이었을 것이다. 어항이 놓인 장식장에 한참이나 턱을 괴고 있던 그의 눈이 서서히 감긴다. 피곤했겠지.

나는 그런 某 씨를 바라보며 생각해본다. 이 눅눅한 집에서 두 존재가 이보단 즐겁게 살 수 있는 방법에 대해서.

 첫째. 오늘처럼 집을 며칠씩 비우게 될 경우, 다른 사람에게 우리 먹이 주는 일 정도는 부탁해두기.
 둘째. 한 달에 한 번씩 물 갈아주기. 맨날 물만 부어주지 말고.
 셋째. 일 년에 한 번씩 바닥 모래를 바꿔주기. 냄새나.
 넷째. 대화하기. 우리는 공연히 뻐끔거리는 것이 아니다.
 다섯째. 종종 이렇게 말없이 우리를 바라봐주기. (단, 두드리는 것은 엄금.)

잠든 某 씨 얼굴이 둥글게 유리에 비쳐 돌아왔다. 나는 장식품이 뿜는 거품과 다를 바 없이 뻐끔거렸다. 거품 같은 소망이 수백번째 눈앞에서 터진다.

(　　) 의 장바구니

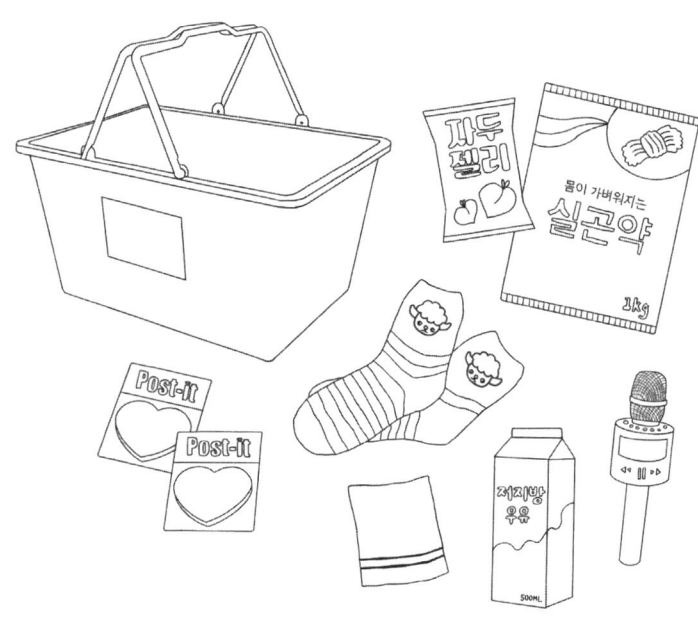

어! 뭐야. 이거 사 왔네? 실곤약.

장바구니를 뒤적이다가 눈이 동그래졌다. 너가 먹고 싶다며. 엄마가 심심하게 대꾸했다. 어젯밤, 같이 일본 음식 프로그램을 보다가 지나가듯이 "나는 오뎅 중에는 실곤약이 제일 좋더라." 라고, 정말 스치듯이 한마디 한 것뿐인데. 꼭 먹고 싶다는 뜻도 아니었는데. 기분이 좋아진 채로 장바구니를 마저 정리했다. 필요한데 자꾸 없어진다고 짜증 냈던 하트 모양 포스트잇. 너무 낡았다고 투정 부렸던 수면양말. 아무리 잘 말려도 계속 곰팡이가 핀다고 궁시렁거린 이태리타올. 스쳐 지나간 내 투정들이 장바구니에 한데 모여있었다.

뭐 더 필요한 거 있어? 엄마가 빼 먹은 거.

여부가 있겠습니까요. 첫째 딸의 까탈스러움을 잠재울 단 하나의 절대적인 존재이시여. 우리 집의 왕이시여. 그러나 까탈스러운 첫째 딸은 부끄러움을 담아 괜히 투정을 덧붙인다.

저지방 우유!
아, 맞다. 까먹었네.
다음엔 마트 같이 가용.

제 딴의 최선의 고마움과 애교를 장바구니에 담는다.

냉장고를 열면 부엌에 퍼지는 쿰쿰한 김치냄새, 화장실에 걸려있는 낡은 홍보용 수건, 전단지 뒷면에 휘갈겨 쓴 메모들. 내 방에 그런 것들은 용납할 수 없었다. 오늘의 집에서 구매한 미드센츄리풍 싸구려 가구들을 채워 넣고, 파란색 타일형 매트를 깔아놓으니 제법 그럴싸해 보였다.

이삿짐 사이에 묵은지를 담은 김치통을 슬쩍 끼워 넣는 엄마를 만류하고, 처음으로 갖게 된 김치 냄새 없는 나만의 집에 누워있던 순간. 목에서 맥박이 콩닥거리는 소리가 들려왔다. 내일 첫 출근이니 어서 잠에 들어야 할 텐데. 한참을 뒤척이다 핸드폰을 켜서 쿠팡에 들어갔다. 수건 좀 사야지, 하얀 걸로. 젤리 대용량 이거 싸네. 애들 집들이 올 때 블루투스 마이크로 놀면 재밌겠다. 고개를 돌리면 깨끗하고 어설픈 방이 한눈에 들어왔다.

자자. 이제 진짜 자야 돼. 일주일만 지나면 이 공간이 아늑하게 느껴질 수 있을까. 이 공간을 떠나가는 날 나는 펑펑 울까 환희에 차 있을까.

장바구니에 하염없이 물건들을 주워 담다 문득 정신을 차려보니, 창문으로 햇살이 쏟아지기 시작했다. 망했다.

작업에 들어서면 우선 수면양말을 신긴다. 그렇게 해야 온몸에 피가 잘 돈다. 신체 상태를 최상으로 끌어올리기 위해 지금까지 고수하고 있는 원칙이다. 이 단계에서부터 반항하는 사람은 없다. 처음부터 힘 뺄 필요가 없다는 걸 그들도 잘 아는 것이다. 발에 감기는 부드러움과 따뜻함을 희망으로 착각하는 것인지도 모르겠다. 다시 풀려나 집으로 돌아가는 일은 없을 텐데도, 사람은 가능성에 약하다.

이쯤 되면 나의 체력이 많이 소진되어 있다. 보통 내 체격의 두세배 하는 사람들을 옮기기 때문이다. 주머니 속 자두젤리를 한 개 꺼내 베어 물면, 쫄깃하고 달콤한 맛에 떨어진 혈당이 다시 찬다. 손 떨림도 덜하다. 더 깔끔하게 톱질할 준비가 되었다.

가장 중요한 이벤트가 끝나면, 이후 성공 여부를 결정하는 것은 신속도이다. 타일 바닥에 피가 배기 전에 빠르게 닦아내야 한다. 핏자국을 걷어내는 데에는 이태리타올 만한 게 없다. 생각보다 마모가 심하기 때문에, 몸집에 따라 흘러나올 혈액의 양을 잘 계산해야 한다. 이번 작업에만 3개를 사용했다.

쓰레기를 다 처리하고 나면, 모든 게 다시 처음으로 돌아간 듯한 여유가 찾아온다. 여유와 우유. 닮아서일까? 작업 후에 우유 한 컵을 마시면 긴장이 풀리는 기분이 든다. 컵을 내려놓고 핸드폰을 켜 온라인 쇼핑몰에 접속했다. 이태리타올, 저지방우유 500ML, 자두젤리, 수면양말. 오늘도 나는 똑같은 품목을 장바구니에 넣고 수량을 꼼꼼히 따져본다.

현우는 안에 있는 사람들의 얼굴을 빠르게 훑었다. 당장은 아는 얼굴이 보이지 않았지만, 오늘은 주말 오후다. 구석구석 돌아다니다 보면 누구든 마주칠 수 있다. 그렇게 생각하며 그는 챙을 한껏 내린 볼 캡 위로 후드까지 뒤집어썼다. 들켜서는 안 된다. 무엇을? 오늘의 장바구니를.

현우는 우선 <마초 헬스>를 한 권 집어 들었다. 평생 펼쳐보지 않겠지만, 오늘의 장바구니 품목을 '사내답게' 포장해 주는 용도로는 충분하다.

생활용품 코너로 걸어가며 현우는 각각의 품목에 대한 핑계를 생각해 보았다. 음... 가족들 심부름이야. 목욕탕 좋아하시는 아버지에게 이태리타올, 발이 찬 어머니에게 수면양말, 다이어트 중인 여동생에게 저지방 우유와 실곤약, 내 간식 자두 젤리... 이 가운데 진실은 자두 젤리뿐이다.

형형색색의 수면양말들이 걸려 있는 매대 앞에서 현우는 한참을 고민했다. 무늬 없는 어두운 남색의 양말도 보인다. 저걸 고르면 고민할 게 없겠지? 학교에서도 신을 수 있을 거야. 하지만... 굳어버린 석상처럼 고민하던 현우는 마침내 하늘색과 흰색 줄무늬에 눈빛이 반짝이는 양 캐릭터가 들어간, 유독 퐁실해 보이는 수면 양말을 집었다. 그리곤 뿌듯한 얼굴로 양을 슬쩍 쓰다듬었다. 만족스러운 퐁실함이었다.

그 애는 큰 일을 겪거나 앞두고서는 항상 일주일 정도는 사라지곤 했다. 음악이 있는 모든 곳을 돌아다니며 자기 인생의 배경 음악을 정한다나 뭐라나. 이번에도 역시 열흘간의 여행을 마치고 돌아온 그 애는 홀가분한 표정으로 (   )의 노래를 흥얼거리고 있었다.

: 무슨 일이 있었길래 열흘이나 음악을 찾으러 떠났을까? 이유야 모르겠지만, 아주 뒤숭숭했을지도요. 저는 하루하루가 똑같고 구간 반복인 거 같을 때 세상 제일 심란해진답니다. 그럴 땐 활발한 케이팝을 주제곡으로 틀고, 몰입하려 노력하는데요. 심란했던 그 아이가 열흘 만에 사냥해온 음악이 트와이스의 'Feel Special'이면 꽤 감동적이겠어요. 많은 이들에게도 그렇겠지만, 제게도 역시 우울과 극복의 테마송 같은 곡이거든요.

: 근데 인생의 배경 음악이면 내가 희망하는 분위기로 설정해야 하나? 아니면 정말 현실을 나타낼 수 있는 음악을 깔아줘야 할까? 어쩌다 보면 분기에 한번 꼴로 그 시절을 떠올리게 할 만큼 자주 듣는 노래가 나오긴 하는데. 진짜 죄송한데 저 그냥 존 케이지 '4'33"' 해도 되나요. 좀 뻔하죠. 그치만 이 경우 침묵도 흥얼거림이 되어주잖아요. 인생에 의미부여 할 거면 이 정도는 되어야 하지 않나.

: 의미부여하니까 생각났는데, 저는 영화 <아가씨> 사운드 트랙을 제 인생 주제곡이라 생각하고 살아요. '나의 타마코, 나의 숙희' 트랙을 너무 좋아하는데요, 영화 속 인물들의 고생과 해방, 그러니까 이 영화 자체가 이 트랙에 다 담겨있거든요? 그래서 이 음악대로 살면 힘들어도 빛 볼 일 온다고 생각하게 되어서 제 인생을 이 노래에, 이 영화에 대입하는 것이죠.

근데 나중에 독립해서 혼자 살게 되면 <레이디 버드> OST로 갈아타고 싶기도 해요. 아직 해보지 않은, 완전한 독립을 간접적으로나마 경험하게 해준 영화라서요. 언젠간 정말 그 순간이 와서 이 노래를 들으면 벅찰 것 같아요.

: 최근에 친가 쪽 할머니의 치매가 심해지셔서 엄마가 이주마다 한 번씩 할머니가 계신 강원도 삼척으로 내려가요. 처음에는 엄마가 그 먼 데까지 직접 운전해서 가는 게 걱정스럽고 싫었어요. 치매 걸린 시어머니를 돌본다는 게 쉬운 일이 아니잖아요. 게다가 할머니가 워낙 성격이 강하셔서 과거에 엄마와 마찰이 잦기도 했고요. 그런데 의외로 엄마가 그곳에서 보내는 시간을 무척이나 소중하게 여기더라고요. 할머니를 옆자리에 태우고 관광지도 놀러 다니고, 할머니가 잠드시면 혼자 드라이브도 다니고요. 예전의 꼬장꼬장함은 어디 가고 아이처럼 유순해진 할머니가 안쓰럽고 귀엽대요. 엄마가 입히는 대로, 시키는 대로 하는 게 꼭 제 어린 시절이 떠오르기도 한다더라고요. 할머니 집이 바닷가 근처에 있어 홀로 바다를 거니는 시간도 좋대요. 엄마는 할머니 집에서 보내는 시간을 2주에 한 번씩 누리는 휴가처럼 생각하는 듯했어요.

얼마 전에는 엄마와 함께 할머니 댁에 다녀왔어요. 열린 창문으로 불어오는 바람에 머리카락을 휘날리며 운전하는 엄마의 옆모습을 보는데 <델마와 루이스>가 생각나더라고요. 시어머니의 수발을 들어간다는 것이 믿기지 않을 만큼 홀가분해 보였어요. 조수석에 앉아 음악 담당을 맡은 저는 이상은의 '비밀의 화원'을 틀었어요. 엄마와 제가 함께 들을 수 있는 몇 안 되는 노래 중 하나인데 마침 그 상황과 아주 잘 어울리는 것 같았거든요. 지금 엄마의 인생에 배경 음악이라는 게 있다면 이런 거 아닐까 싶었어요.

A의 상황극은 맥주를 마실 때마다 빠지지 않고 뜬금없는 대사와 함께 시작되었다. 대부분은 '자기야, 자기가 나한테 대체 어떻게 이럴 수 있어?' 혹은 '그래서. 이제 그만하자 그거야?'와 같이 진부한 대사와 함께 시작되는, 오래된 연인의 이별 흉내였다. 비슷한 상황극을 오십 번쯤 반복했을 때였을까. 그녀는 강냉이 하나를 집어 먹으며 말했다.

"우리가 같이 먹은 강냉이가 몇 봉지인 줄 아니?"

그녀가 그 말을 내뱉은 순간. 우리는 이 대사가 우리의 호프집 역사에 길이 남을 명대사임을 알았다.

"와 그거 진짜 좋다. 진짜 적절하다. 야 빨리 어디다 적어놔, 안 까먹게."

A는 방송 극작과 전공생, 나는 문예창작과 입시생. 사실 그건 다 과거 얘기고. 현실은 둘 다 전문대 사회복지과 나이 많은 신입생.

재능이 없거나 밥벌이해야겠다는 뻔한 이유로 뒤늦게 먹고 살길을 찾아 나선 주제에, 우리는 핸드폰에 고개를 처박고 같은 문장을 메모했다.

대단한 발견이라도 한 것처럼. 영영 나오지 않을 책을 당장이라도 펴낼 것처럼.

인류는 도량형을 사랑한다. 연필도, 굴비도, 바늘도 각자의 단위를 가지고 오랜 역사를 지내왔지 않은가. 재고 세어서 이해할 수 있는 범주에 넣는 것은 인류의 궁극적인 행동양식 중 하나이다. 물론 이것은 물건에만 해당하는 이야기가 아니다. 카르다쇼프 척도[2]를 보라. 우리가 머리로 세고 싶어 하는 것은 결국 모든 것이다. 당연히 우리네 관계도 셀 수 있는 하나의 지표 정도는 가질 수 있다.

우리는 둘 다 만화 읽는 걸 좋아했다. 그래서 만화방에 자주 가서 책으로 탑을 쌓곤 했다. 다 읽은 책들은 왼쪽에, 곧 읽힐 책들은 오른쪽에 기둥을 이뤘다. 아예 더 쌓아 올려 동굴을 만들자. 만화로 이글루 다섯 개를 지어 버리자.

허나 단위에 의미가 생기는 것은, 결국 한 시대가 끝난 이후의 일이다. 적어도 무언가 지나갔다는 기분이 들 때, 우리는 놓친 걸 상기하기 위해 그때 쌓았던 만화책 탑을 떠올린다. 순간을 정의하기 위해서는 우선 흘려야 된다는 것을, 그렇게 도량형을 통해 깨닫는다. 조금은 슬픈 일이다.

---

[2] 카르다쇼프 척도 (Kardashev scale): 에너지 사용량에 따라 우주 문명의 발전 수준을 구분하는 척도

나중엔 우리들 사진으로 벽 하나를 덮자. 누군가 들뜬 목소리로 말했다. 나머지 셋도 뜨거운 조명에 약간 상기된 얼굴로 동복 셔츠와 재킷을 팔락이며 고개를 끄덕였다. 일 년에 한 번씩 찍으면서, 이제 겨우 두 번째면서. 내년부터는 교복이 아니라 다른 옷을 입고 찍게 될 텐데, 그땐 그 사실이 우리가 입을 옷만큼 많은 사진을 찍게 될 것처럼 느껴졌다. 다들 그랬다. 하지만 입을 옷이 많아진다는 건 다른 단위가 생기리란 뜻이었다. 우리가 사진관에 간 횟수로 시간을 세는 것처럼, 다른 이와의 시간을 다른 단위로 세게 될 것이라 뜻이었다.

단위는 슬며시 달라져갔다. 누군가에게 시간은 부러진 드럼 스틱, 누군가에게는 발권 받은 비행기 티켓, 또 누군가에게는 버린 책이 되었다. 사복을 입고 찍은 사진은 두어 장 정도가 전부였다. 사진관은 언제 갈까? 우리가 올해 사진 찍으러 갔던가? 우리는 여전히 안부를 사진관으로 물었지만, 사진은 더이상 늘어나지 않았다.

그래서 사진 언제 찍을래. 이 말이 이젠 농담이 되어버렸다는 것을 문득 깨달았을 때 다들 덤덤하게 슬퍼했다. 그렇구나. 이 시대는 지나갔구나. 역사교과서 속에서 나왔다가 사라지는 여러 왕국들의 이름처럼, 사진의 시대는 몇 년 간 머물다 결국 이렇게 막을 내렸구나. 붙잡을 수 없는 시간의 흐름과 무심한 변화에 무력감을 느끼며 다들 그냥 웃었다.

그러나 우리는 여전히 안부를 사진관으로 묻는다. 찍지 못할 것을 알면서도, 어쩌면 올해 만나는 날이 아예 없을 수도 있다는 것을 알면서도, 다들 잘 지내냐는 말 대신 '사진관 갈까' 같은 말로 운을 뗀다. 같은 시대를 거친, 망국의 백성들만이 나눌 수 있는 인사말이었다.

함께한 연말정산: 4번,
나눠 들었던 노래: 대충 세봐도 얼추 150개는 가뿐히 넘음,
서로 태워 보낸 택시: 적어도 40대,
깔고 앉아 부숴 먹은 안경테: 올해로 이제 2개,
뚫어준 변기: 약 3회,
놀러 올 때마다 매번 사들고 온 과자: 셀 수 없음
새로 까 준 칫솔: 62개,
아침에 주고 받은 굿모닝이나 거짓 없이 밤의 평안을 바라며 잘 자라고 했던 말들의 개수: 매일 낮밤으로 하는 거 같으니 아마 1200번 정도.

서른이 되어서는 함께 탈 산 봉우리의 수를 세게 될까? 그때쯤 되면 드디어 네가 칫솔을 가지고 다

닐까? 우리는 갖고 싶은 단위가 있다면 무엇이든지 가져버리자고 호언장담을 했다. 그건 사랑을 증명하는 우리만의 방식이었다.

그녀는 자신이 언제 죽든 금세 알려질 수 있도록 항상 문을 반틈씩 열어놓고 살았다.

화장실에서 발이 미끄러져서, 식사를 하다 음식물이 기도에 걸려서, 계단을 걷다 발을 헛디뎌서, 멀쩡히 걷다 심장마비가 와서 죽은 이들을 알고 있었다. 아무렇지도 않게 이어오던 일상 속 모든 몸짓과 행동이 목숨을 건 사투가 되었다. 늙는다는 것은 그런 것이었다.

그녀는 향기로운 것들을 사랑했다. 굽은 허리에도 항상 몸을 꼼꼼히 씻고, 향수를 뿌렸다. 음식물 쓰레기를 꼬박꼬박 버리고 꽃에 물을 주었다. 복지관 식당에서 만나던 김 씨가 그랬던 것처럼, 윗집에 사는 박 씨가 그랬던 것처럼, 죽고 한두 달 뒤에 발견되어버려서 코를 찌르는 악취로 기억되고 싶지 않았다.

덕분에 그녀가 머물렀던 자리는 향기롭게 남을 수 있었다. 지난 4일, 그녀는 옆집 김 씨의 신고로 사망한 지 세 시간 만에 발견되었다. 얼마 남지 않은 그녀의 가족들은 그녀가 생의 마지막 순간까지 머물렀던 집에서 그녀의 물건들을 어루만지며 그녀를 마음껏 그리워할 수 있었다. 항상 그녀가 뿌리고 다녔던 향수 뚜껑에 코를 박고 그녀의 향을 기억할 수 있었다. 장례식에서는 하얀 국화꽃 대신 그녀가 정성껏 물 주던 들꽃들이 제단을 장식했다.

인류는 멸종했다. 지구에는 나 같은 자가발전이 가능한 기계들과 급속도로 유독해진 환경을 견딜 수 있는 소수의 생물종만이 남아있다. 멈춘 지구 위 파괴와 침식은 더뎌서, 인류가 있을 시절의 모습을 꽤나 잘 간직하고 있다. 아직 골목과 동네의 틀을 갖춘 지역 또한 적지 않다. 그런 곳들을 나는 산책한다. 뚜렷하지만 느린 목적성을 띤 산책이다. 인간에 의해 만들어져 인간 없이 살아가며, 이해할 수 없는 너무 많은 것들을 목격한다.

오늘은 하얀 섬유질이 잔뜩 붙은 식물성 생명체를 발견했다. 고사리 같은 생명체는 종종 마주했어도 이건 처음이다. 집어 들자 바람에 솜털처럼 흩날린다. 인디케이터에 빨간 불이 들어온다. 최초로 인식한 물질이라는 뜻이다. 분석기가 한참 돌아가더니 Taraxacum platycarpum, 민들레의 학명을 띄운다.

며칠 후 방문한 같은 자리에는 아주 작은 초록색들이 땅에 솟아 있었다. 모두가 민들레이다. 나는 씨앗과 땅과 번식의 개념을 깨닫는다. 이것은 생명의 신호. 드디어 씨앗에는 물을 주어야 한다는 머릿속 데이터의 의미가 와닿았다. 나는 평소보다 조금 더 열심히, 더 오래 산책했다. 발밑을 자주 내려다보았다. 꽃만 모아 땅을 가꾸기도 했다던 인간의 마음을 알 것도 같았다.

저희는 지금 지구의 궤도에 진입하고 있습니다. 지구 대기권은 불안정하여 선체가 크게 요동칠 수 있으니 지정 좌석에서 벗어나지 마십시오. 이번 견학지는 대한민국입니다. 대한민국의 수도 서울 착륙까지 10초. 9, 8, ..., 2, 1.

뚜또까 행성인들은 특수 시력 장치를 이용해 625억 광년 전의 지구를 들여다보곤 했다. 이들은 지구의 아름다움을 사랑했다. 태양계에서 유일하게 생명력이 꿈틀거리는 행성이었기 때문이다. 계절마다 피고 지는 형형색색의 꽃, 녹갈색의 땅과 푸르른 바다. 특히 형체 없는 바람이 회오리를 만들어 지구를 쓸고 다니는 모습을 좋아했다.

행성만 사랑한 것이 아니었다. 지구인의 바보스러움도 사랑했다. 지구인 중에는 사람을 죽이는 직업도 있는 반면, 사람을 살리는 직업도 있었다. 쓰레기를 줍는 사람이 있는가 하면, 마구 쓰레기를 버리는 사람이 있었다. 지구에 살면서도 지구인들은 자기 행성에 대해 단 1%도 제대로 알지 못하는 것 같았다. 그런 끝없는 모순을 뚜또까 행성인들은 귀여워했다. 마침내 그들이 핵 전쟁으로 자멸했다는 소식을 들었을 때, 많은 외계인들은 인간이 인간답게 귀여운 멸종을 맞이했다고 생각했다. 지구 멸망 소식이 일간지 헤드라인에 들어설 정도로 뚜또까 행성은 지구를, 그리고 지구인을 사랑했다.

엘복스도 지구를 사랑하는 뚜또까 행성인 중 하나였다. 한때는 사랑했지만 종말한 지구인의 터를 가보는 것이 일생의 소원이었다. 엘복스는 천천히 발걸음을 뗐다.

"장치로 관찰하던 모습보다 훨씬 더 아름답고 황량하잖아."

영겁의 세월이 지나도 변하지 않을 꽃들이 저마다의 색들로 만개해있었다. 시멘트를 뚫고 뿌리를 내려 피운 줄기가 아름다웠다.

엘복스는 고개를 숙여 꽃내음을 맡았다. 제 고향에서는 맡을 수 없는 흙내와 달큰한 꿀 냄새가 은은하게 풍겼다. 그리곤 꽃을 슬슬 쓸어보며 중얼거렸다. 이런 풍경을 두고 멸망해버리다니 역시 바보야.

점심으로 먹을 도시락과 과일 주스를 포장해서 식당을 막 빠져나온 참이었다. 출입구 옆, 꽃이 흐드러지게 핀 화단이 시선을 붙잡았다. 자전거 손잡이를 내려놓고 홀린 듯 화단으로 다가갔다. 낡은 건물 앞에 조잡하게 만들어진 화단에 거짓말처럼 꽃이 가득했다.

지난주에는 저 군데군데 갈라지고 칠이 벗겨진 회색 벽 너머로 죽음이 있었다. 근심 어린 표정의 주민들과 요란하게 번쩍이는 구급차. 땅거미가 질 무렵 퇴근하고 돌아온 빌라 앞이 어수선했다. 늘 반 정도 열려있던 문으로 풍기던 단정한 향이 그날따라 빌라 전체에 가득했다. 그리고 철렁한 가슴에 돌아본 그 문은, 그날따라 활짝 열려있었다. 살면서 마주할 모든 죽음 가운데 아마도 가장 향기로울 마무리였다.

바람이 불자 그림 같은 풍경이 살아 움직였다. 순간 사위가 조용해지면서 이 공간에 나만 남은 것처럼 느껴졌다. 연보랏빛 꽃잎이 향기처럼 날리고, 점잖게 물결치는 꽃밭 위로 티 없이 맑은 햇살이 내렸다.

꾸질꾸질 — 구질구질

쌀쌀 — 살살

짜릿 — 저릿

절절 — 쩔쩔

지극정성 — 극성

짝 — 쪽

나는 700원짜리 삼각김밥으로 끼니 때우면서도 네가 굶었다면 뚜레쥬르에서 6,000원짜리 샌드위치 사 왔어. 너한테 제대로 된 명품 벨트 사주고 싶어서 집에 있는 온갖 잡동사니도 다 갖다 팔았고. 아무리 돈 없어도 영혼까지 끌어모아 기념일이면 꼭 오마카세 예약했어. 나는 만 원짜리 목걸이 차고 다녀도 우리 커플링은 도금이라도 했다고.

근데 그 결과가 이거야? 잡지 부록? 이걸 지금 기념일 선물이라고 가져온 거야? 내가 이번에 선물은 생략하자고 했잖아. 왜 그랬겠니. 내가 우리의 처지를 실감하지 않게 좀 도와 달라고. 제발 꾸질꾸질하게 굴지 좀 말라고. 뭐? 내가 네 구질거리는 모습을 좋아한 거 아니었냐고? 야. 구질구질이랑 꾸질꾸질이랑 같은 건 줄 알아? 너 밥 굶는 꼴 못 봐서 뭐 하나라도 좋은 거 먹이고 싶어 하는 내 꼬락서니가 지금 구질구질한 거고. 어? 어디 가서 기죽지 말라고 메이커 카디건 선물해주는 그런 게 구질구질한 거라고. 네가 지금 하는 건 꾸질꾸질한 거잖아. 구분이 안 가? 무슨 말인지 아직도 모르겠어?

: 꾸질꾸질 — 구질구질

그 애랑 헤어지고, 난 사랑을 돌아봤다. 그 애는 늘 제게 죽고 못살아 절절한 나의 사랑을 필사적으로 자기와 분리하려 들었다. *네가 말하는 사랑은 날 나쁜 사람으로 만들어.* 그렇게 그 애랑 헤어지고, 난 사랑을 돌아봤다.

쩔쩔 매던 시작이 잘못이었을까? 모르는 새 절절해진 내 마음이 문제였을까? 쩔쩔의 끝은 항상 절절이었고, 내 사랑의 크기는 늘 관계의 말썽거리가 되었다. 틀린 것, 과한 것, 비뚤어진 것, 맞지 않는 것. 연인들은 언제나 내 사랑을 그렇게 불렀다.

<바른 사랑으로 갑시다>라고 붉은 글씨로 크게 쓰인 피켓을 어깨 위로 높이 쳐들었다. 옳고 바른 사랑 따위는 없다는 삐쭉 선 마음에 휘갈긴 내용이었다. 그 애에게 하는 말이었다. 네가 귀에 못이 박히도록 말했던 그 어른스러운 사랑 말이야. 나의 쩔쩔과 절절을 단순히 유치한 것이라고만 말하던 그 얄팍한 사랑 말이야. 네가 말하는 사랑만이 사랑의 전부는 아니야. 누구든 의문할 바른 사랑이 나의 구호다.

: 절절 — 쩔쩔

엄마에게 우물쭈물 수학 학원을 보내달라고 말했다. 월말이면 한숨을 쉬는 부모님을 알아서 그동안 어떻게든 혼자 해보려 했지만, 학원을 다니는 애들은 점점 많아지고 그럴수록 시험문제는 점점 복잡해져서, 더 이상은 어쩔 수가 없었다. 엄마는 너무 기뻐했다. 해줄 수 있는 게 있어서 기쁘다. 엄마가 한 말은 아니지만 어쩐지 그런 말을 들은 것 같았다. 다행히도 성적은 계속 올랐다. 난 다시 학교에서, 그리고 학원에서도 의기양양할 수 있었다.

그러나 영광은 오래가지 못했다. 성적이 오른 건 좋았다. 문제는 가파르게 오르는 성적만큼 빨라진 진도였다. 이렇게 빠르게 달려본 적이 없어서 숨이 찼다. 문제를 아무리 풀어도 숙제는 끝나지 않았고, 미처 이해하지 못한 채 넘기는 페이지가 늘어갔다. 감당할 수 없는 오답 노트가 눈덩이처럼 불어났고, 그게 쌓이고 쌓여 난생처음 다음 날 눈을 뜨기 싫다는 생각이 들었다.

실망스럽다. 아무도 그렇게 말은 하지 않았지만 어쩐지 그런 말을 들은 것 같았다. 엄마는 엉엉 우는 나를 앞에 두고 아무 말도 없었다. 그다음 주부터 난 학원에 나가지 않았다. 아빠는 내가 집에 돌아와도 대화는커녕 인사조차 하지 않았다. 나중에, 나중에 듣기로 아빠는 나약한 자식이 꼴 보기 싫었단다. 진도 하나 제대로 못 따라가는 내가 한심해 보였단다. 실패한 아들 같아 속상했단다. 그랬구나. 그게 다 나 잘 되라고 하는 소리였구나!

: 지극정성 — 극성

한 교시 내내 플라스틱 자로 책상 가운데를 열심히 긁었다. 자는 부러졌지만 긴 나무 책상 중간에 얕은 홈이 한 줄로 생겼다. 이 선 넘어오는 물건 다 내 거야. 넘어오지 마. 아 너 쪽이 더 크잖아. 아니거든 똑같거든. 아니거든 다르거든. 어 너 팔꿈치 넘어왔다. 팔꿈치 내놔. 팔꿈치를 어떻게 내놔 바보야? 자로 자르면 되지 이리 와. 으악! 교실에서 가장 소란스러운 짝이었다. 맨날 싸웠다. 나만 이렇게 못된 짝 만나 고생하는 것 같았다.

하루는 하도 억울해 쉬는 시간에 담요를 뒤집어쓰고 엎어져 울었다. 엉엉. 시야 아래로 부스럭거리며 안절부절못하는 짝꿍 다리가 보였다. 담요 사이 삐져나온 손바닥에 마이쮸가 하나 올라왔다. 야 울지 마. 미안하단 소리 하나 없이 미안해 죽겠다는 표정이 선하다. 이렇게 쉬운 사람 아닌데. 포도맛 마이쮸 하나가 뭐라고 울음이 뚝 멈추고 베실베실 웃음이 새어 나오기 시작했다. 여전히 엎어진 채로 표정을 고른다. 최선을 다해 입꼬리 죽 내리고 고개를 팍 돌렸다. 쪽. 어라. 너 왜 이렇게 가까이 있었어. 허리를 굽히고 내 얼굴 살피려던 짝이 쪽 소리에 놀라 나동그라졌다. 아무 말도 못하고 눈만 겨우 뜬 채 서로만 봤다. 종이 울렸다. 교실 한편을 후덥지근하게 만든 최초의 접촉사고.

: 짝 — 쪽

장례식 기획서

행사명	(행사의 이름)
행사 개요	(행사의 목적과 목표)
행사 규모 (명)	(행사 참석 예상 인원)
행사장소	
예산	
참석 자격	(예: 고인과 연 3회 이상 만남을 이룸, 고인의 블로그 이웃 등)
식순	
제공 식단	
드레스코드	
플레이리스트	
유품 처리 방식	(예: 벼룩시장, 경매, 기부, 아나바다, 소각, 껴묻거리 등)

아... 멋진 행사명을 만들고 싶다. 그런데 도저히 아직은 제목을 정할 수 없다. 조금 더 멋있게 살아 보다가 이름을 붙여줄게요. 다른 건 몰라도 드레스코드는 꼭 지켜줬으면 좋겠다. 나는 살아생전 드레스코드가 있는 행사를 별로 가볼 일이 없는 일반적인 한국 사람이었기 때문에 장례식에라도 화려한 드레스코드를 부여하고 싶다. 조금 뻔하지만 핑크가 좋을 것 같아. 요란하게 입고들 와. 핑크 아이템 하나로 퉁칠 생각 말고 분홍으로 휘감고 와야 한다. 옷이 없는 사람들을 위해 고인의 분홍 옷들을 입구에서 대여할 수 있도록 할게. 그걸 위해서라도 살면서 분홍색 옷 쇼핑을 주저하지 말아야겠다. 메뉴는 내가 좋아하는 아스파라거스 버터구이와 에스카르고, 그리고 선지 해장국을 대접하겠다. 호불호가 좀 갈리나? 강남역에 그 맛있는 김밥 집 있는데. 그것도 조금 준비할게. 그리고 전 식장 금연구역입니다. 흡연자 친구들 미안. 그날만이라도 좀 참아줘.

행사명: <안녕은 영원한 헤어짐이 아니겠지요>

참가 대상 : 한 번이라도 내 농담에 웃어본 적 있는 모든 이들.

행사장소 : 그냥 한강에서 돗자리 깔아놓고 내 얘기 해줘. 한강 아녀도 되긴 하는데 햇볕이 잘 드는 곳이었으면 좋겠음.

식순 : 수건돌리기 게임도 하고 마피아도 하고 당근도 하고 바니바니도 하고 맛있는 거 잔뜩 먹어. 겉도는 애 없게 다들 아는 사람하고만 말하지 말고 다같이 잼나게 얘기해. 너네끼리 이야기하면서 깔깔 웃어줘.

드레스코드 : 예쁘고 편한 옷. 구두 절대 금지. 뛰어 놀거나 춤출 수 있는 신발 신어.

유품 처리방식 : 값비싼 물건들 몇 개는 이미 주인을 지정해놨으니 알아서 가져가, 나머지 물건들은 친구들끼리 나눠 가져. 요란한 게 워낙 많아서 니네 취향에 맞을지는 모르겠지만. 혹시나 망가뜨리거나 잃어버려도 죄책감 가지지 말기! 나 원래 물건 험하게 다루고 잘 잃어 버리는 거 알지? 원래 그렇게 될 운명이었다고 생각해. 행거 아래 있는 성인용품들은 엄마, 아빠가 발견하기 전에 처리 부탁해. 핸드폰은 나와 함께 태워주면 고맙겠다. 다른 것들은 상관없어.

제공식단 : 엽떡 허니콤보 순살 고구마피자 마라탕 필수. 비건 친구들도 먹을 수 있게 마라탕은 비건이었으면 좋겠음. 레터링 케이크 간지 나는 걸로 부탁한다. 무슨 맛이든 상관없음. 무조건 예쁘기만 하면 됨. 내 이름 꼭 새겨줘.

P.S. : 사랑을 사랑하지 않는 방법을 몰라서 사랑 없이 못 살던 사랑꾼으로 기억해줘. 많이 웃고 많이 먹어. 춤추고 노래해. 너네를 사랑할 수 있어 너무 좋아. 늘 행복해 사랑해.

행사 개요 : 2019년 안암동 자취방에 초대된 적 있는 친구들만 모았습니다. 혼자라면 보지 못할 공포 영화 <유전>도, 몇 번이고 혼자 봤던 오아시스의 일대기 영화 <슈퍼 소닉>도 그 자취방에서 함께 보았죠. 그 친구들에게 꼭 아래의 영화들을 소개하고 싶었어요.

식순 :

1. 간단한 자기소개
우리는 어떤 영화를 함께 봤나요? 평가가 엇갈렸던 영화나, 함께 과몰입했던 작품을 골라주셔도 좋습니다.

2. 영화 시간
제가 엄선하여 선정한 영화와 명대사들입니다. 우리가 함께한 수많은 '와치 파티'를 기억하세요? 영화를 보면서 같이 채팅하는 느낌이 나도록, 말할 것이 있는 장면마다 댓글을 미리 남겨두었습니다. 함께 즐겨주세요.

- 첫번째 영화 <프란시스 하> : "좋아, 프란시스. 우린 세계를 접수할 거야."
- 두번째 영화 <미스 리틀 선샤인> : "말년에 자신의 삶을 되돌아보며 힘겨웠던 시절들이 삶에서 가장 좋았던 시기라고 했단다. 그게 자신을 만들었으니까. 행복했던 시절에는 아무것도 배운 게 없었대."
- 세번째 영화 <디 아워스> : "'여기서부터 시작이야', '더욱 행복해지겠지', 절대 아니었지. 시작이 아니었어. 그냥 행복이었지. 그 순간이었어. 바로 그때."

드레스 코드 : 각자 좋아하는 영화 캐릭터처럼 입고 와주세요.

비고 : 반려 동물이 있다면 동반 가능. 귀여운 건 늘 환영합니다. 영혼으로 지켜볼게요.

유품 처리 방식 : 야금야금 모았던 영화 굿즈를 선물로 나눠 드립니다.

행사 개요 : 생전의 제가 스스로 했던 제 자신에 대한 해석을 바탕으로 준비해보았습니다. 저를 아는 사람들은 의아해 하지 않을 것이라 생각해요. 의아해하지 않을 이들에게 연락이 잘 갔으리라 믿습니다.

식은 크게 본식과 뒷풀이로 나뉘며, 본식은 익숙한 방식으로 짧게 진행됩니다. 그러니 모두 제시간에 도착해주세요. 저와 인사를 나눈 후, 하나뿐인 제 형제가 제가 남긴 마지막 편지를 읽을 것입니다. 보다 사무적이고 형식적인 편지(=유언)는 추후 해당하는 인물들에게 변호인을 통해 그 내용이 전달될 예정입니다.

식순 :

1. 본식은 예정된 날의 일몰 시간 30분 전에 시작됩니다. 장소는 본식 시작 시간 30분전부터 개방됩니다. (예: 11월 14일의 일몰 시간은 17시 21분입니다. 따라서 본식은 16시 51분에 시작되며, 16시 21분부터 입장하시게 됩니다.)
2. 본식은 인사와 편지 낭독 순으로 진행됩니다.
3. 본식이 종료되면 뒷풀이가 진행됩니다. 각자 준비해온 안주와 술들로 즐기시면 됩니다. 음식물 쓰레기는 최소한으로 부탁드립니다.
4. 마지막 순서는 배웅입니다. 제 요청에 따라 화장된 유골을 가족이 물가에 뿌리면 모든 식이 종료됩니다.

드레스 코드 : 특별한 테마는 없으나, 다들 마음껏 꾸미고 와주시길 바랍니다. 눈치 볼 필요도 없으니 컨셉과 정도를 자유롭게 정하여 한껏 차려 입고 와주십시오.

주의사항 :
- 본식동안 음주는 금지합니다. 짧게 진행되는 만큼, 30여분의 시간동안 집중하여 주시길 바랍니다.
- 음식물을 남기면 조의금 5만원을 내셔야합니다.
- 차림은 올블랙도 가능하나, 오로지 멋을 위한 검정만 허용합니다.

탄천 세이렌

수도권에 유례없던 가뭄이 일었다. 동네마다 흐르던 하천이 바닥을 드러내며 몽땅 말랐다. 물길을 따라 말라붙은 풀뿌리들과 가시만 남은 물고기들이 한동안 무방비하게 방치되었다. 가뭄이 끝날 기미가 보이지 않자 정부에서는 대대적인 하천 재정비 사업을 시행했다. 말이 하천 재정비지, 더 이상 물을 흐르게 할 방법이 없었기 때문에 단순히 물길에 즐비한 쓰레기를 정리하는 것에 불과했다. 주로 군인들과 나 같은 학생들이 초기 정리 작업에 대동되었다.

나는 우리 동네 탄천 중하류 쪽에 배정되었다. 업무는 단순했다. 큰 비닐봉지와 집게를 들고 다니며 살아있는 동식물 외의 모든 쓰레기를 주워 담는 게 다였다. 자연스럽게 쓰레기를 찾아 하류 쪽으로 걸었다. 워낙 지역이 넓어 감독이 느슨했다. 사람들은 삼삼오오 모여 땡땡이를 치느라 하류까지는 잘 오지 않았다. 나는 듬성듬성 널려있는 비닐 조각과 담배꽁초들을 주우며 수풀에 점점 깊이 들어갔다. 이전에 늪지대였을 법한 땅이 바짝 말라 갈라져 있었다. 누렇게 갈변한 키 큰 잎줄기를 헤치며 원래의 강줄기에 다가가기 위해 계속해서 걸었다.

바스락. 근방에서 마른 잎 스치는 소리가 났다. 주변에 풀이 무성해서 처음에는 그러려니 했다. 그런데 소리가 점점 잦아지더니, 급기야 가까워지는 것을 느꼈을 때는 갑작스레 목덜미에 소름이 돋았다. 집게를 장검처럼 치켜들었다. 여차하면 내려칠 준비를 하고 경계태세를 갖췄다. 시야가 트인 곳으로 가야겠다는 생각에 강가로 향하던 발걸음을 빨리했다. 두리번거리며 뛰다시피 걸었다. 내가 내는 소리인지 다른 것이 내는 소리인지 분간이 가지 않았다. 그 순간, 땅이 낮아지며 발이 쑥 빠졌다. 물길로 나온 거였다. 나는 앞으로 고꾸라져 넘어졌다. 황급히 고개를 들었다. 손을 뻗어 더듬거리며 놓친 집게를 다시 잡으려고 하는데, 등 뒤에서 기척이 느껴졌다.

그것이 단박에 무엇인지 깨달을 수 있었다. 푸르스름한 피부, 뺨과 팔 위로 군집해 돋은 비늘, 목덜미에 선명히 난 아가미. 인어였다. 인어는 두 걸음 정도의 거리를 유지하고 나를 바라보며 가만히 서 있었다. 어리둥절한 눈동자에는 공격적인 낌새가 없었다. 나는 일어나 옷을 털었다. 뭐라고 말을 걸지. 말을 할 줄은 알까. 이생명과의 조우가 나는 왜인지, 놀라울 정도로 초연하게 느껴졌다.

아, 나보고 도대체 어쩌란 건지. 자기들이 픽픽 바다에 뛰어든 게 왜 내 탓이냐고. 한번은 바다에 뛰어든 남자의 부인과 아기가 와서 한참을 울다 갔어. 여자는 너무 젊었고, 아이는 너무 어렸지. 나는 그저 무료함에 못 이겨 콧노래를 흥얼거렸을 뿐인데, 바다에 몸을 던진 건 그 남자인데, 왜 내가 이런 감정을 느껴야 하는 건지.

그들이 떠나고 멍하니 앉아있는데 배가 한 척 다가오더라고. 여자와 아이 얼굴이 생각나서 차마 입을 열 수가 없더라. 그래서 물 아래로 숨었어. 내 유일한 즐거움을 포기하면서까지 아량을 베풀었다고. 근데 그게 이런 결과를 낳을지는 몰랐지. 딱 배 한 척을 통과시킨 대가로 쏟아지던 수없이 많은 시쳇더미. 보고도 믿기지 않았지. 그게 모두 사람이었다는 게. 내가 노래를 해서 사람이 죽었다고 생각했는데, 하지 않아도 사람이 죽더라.

그래서 도망쳤어. 사람이 없는 곳으로. 어느 작은 나라의 아주 작은 하천으로. 아무도 돌아보지 않고, 하염없이 흐르기만 하는 이곳으로.

: 이거 혹시 콜럼버스 얘기야?
: 네.

한때 많은 역사서에서 원나라의 일본 원정 패인을 태풍으로 기술하곤 했다. 그 가공할 태풍의 위력은 역사의 일부로 남아 근대까지도 회자되었다. 그러나 수년 전, 어떤 역사서 한 권의 등장으로 수백 년간 진실의 자리를 유지했던 가설은 폐기되었다.

그 책은 옛 몽골 문자로 기술된 원나라 시절 서적이다. 두 차례의 일본 원정 과정이 상세히 담겨있다. 수많은 세월과 풍파를 견디고 이 책이 살아남은 것은 그야말로 기적 같은 일이었다. 세계대전 시기에는 소비에트 연방의 어느 조용한 도서관 구석에 처박혀있다가, 종전 후에는 한 중국인 농민의 옷궤 아래를 떠받치게 되며 문화대혁명을 피했단다. 농민이 죽고 집이 철거되면서 중국 정부의 눈에 들어 비로소 빛을 보게 된 것이다. 이후 마치 기다렸다는 듯 차례로, 일본의 작은 어촌에서 '하카타 만의 인어 博多湾の人魚'를 언급하는 고서가 발견되었고, 마침내 부산 해협에서 그 '세이렌'이 목격되면서 역사 교과서의 한 줄이 바뀌었다. 이제 우리는 모두 알고 있다. 한때 태풍으로 오인 받을 만큼 강력했던 파도는 사실, 제 영역을 침범 당한 세이렌들의 분노였다는 것을.

전설의 지위는 그 존재가 발각되면 물거품처럼 사라진다. 불행히도 인간은 호기심이 너무 많았다. 한번의 확실한 목격은 호기심을 확신으로 바꾸었다. 탄생 이래 처음 만난, 자신과 꼭 닮은 그 생물종을 미친 듯이 찾아 나섰다. 각종 대부들, 기업들, 과학자들은 물론, 단순히 전설을 목격하고자 하는 자들까지 한데 뛰어들어 동해를 시작으로 광활한 바다를 쥐 잡듯이 뒤졌다. 공식적으로 포획된 개체들은 대부분 연구실로 옮겨졌지만, 암암리에 거래되는 개체들은 소리 소문 없이 부자들의 집으로, 고급 식당으로, 불법 수족관으로 사라졌다. 그러는 사이 그들을 설명하는 책은 점점 두꺼워져 갔다. 여기까진 모두가 아는 이야기다.

그러니 지금 내 기분이 어떻겠는가. 반복적으로 집과 회사를 오가다 보면 숨이 막혔다. 이러다 질식하겠다 싶은 날들이면 아이러니하게도 늘 가까운 물을 찾았다.

오늘도 그런 날이었다. 바로 앞 개천으로 산책을 나왔다. 아무 옷에 모자를 대충 눌러쓰고 넋을 놓고 걷다가 늘 앉아 시간을 보내던 풀숲으로 왔다. 허리까지 오는 풀들을 헤치며 마른 억새가 자리처럼 깔려있고 물과 맞닿은 곳을 찾았다. 눈감고도 올 만큼 익숙한 곳이었다.

그러나 마른 억새를 젖히자 보인 건 반쯤 물에 잠긴 채 엎어져있는 사람의 형체였다. 물 아래로 일렁이는 비늘이 보였다. 그것의 하반신이었다. 언젠가 갔던 시장이 떠올랐다. 도마에 물을 뿌리자 핏물과 함께 쓸려나가는 비늘과 내장들. 얼음 위에 내던져지던 살덩이들.

여기 민물 아닌가. 세이렌은 바다에서 살지 않나. 고등어가 민물에 오면 어떻게 되더라. 세이렌. 먼 가로등의 아득한 불빛에도 묘한 색으로 반짝이는 비늘들을 보면서 머릿속에 그 이름이 스쳐 지나갔다.

죽었나. 순간, 지면 위에 맥없이 얹혀있던 손이 움찔거렸다. 그러더니 물속에서 커다란 지느러미가 고개를 내밀었다 사라졌다. 미끈한 표면에서 본 적 없는 빛이 일었다. 주변을 암흑으로 만드는 빛이었다. 이명이 들렸다. 나는 홀린 듯 다가갔다.

손을 뻗으면 닿을 정도로 가까워졌을 때, 세이렌은 죽은 풀 사이에 처박고 있던 머리를 치켜들었다.

그것은 본 적 없는, 마치 깨진 유리처럼 날카로운 눈빛을 하고 있었다. 나는 마주했다. 우매하고 잔인한 나의 동족을 향한 원망을. 오랜 시간 휘발되어 덩어리만 남은 슬픔을. 갈 곳이 없어서 끝내 침잠한 분노를.

앙상한 손이 풀과 흙을 움켜 쥐었다. 발끝에서부터 소름이 끼쳤다. 경험한 적 없는 위협적인 고요였다.

모든 건 지구 구형론이 시초였다.

인간들은 바다 끝에 다다르면 배가 뚝 떨어지는 줄 알아. 우리는 알지. 바다가 끝나도 항해는 끝나지 않는다는 걸. 저들 사는 땅보다도 훨씬 넓은 대륙이 있어. 모래가 빛나는 섬도 있어.

인어가 친절히 알린 명제를 증명하기 위해 인간들은 눈이 벌게졌다. 기름이 나는 신대륙이 있대. 황금 모래가 깔린 보물섬이 있다던데. 환상적인 소문이었다. 인간은 매일같이 배를 띄웠다. 그러다 한 배가 정말로 향신료를 한 움큼 훔쳐 돌아오자 나라가 들썩였다. 항해업이 국책 사업으로 지정되었다. 전보다도 열정적으로 항구가 움직였다.

일확천금의 탐욕을 실은 상선은 노상 만석이었다. 명제는 수심을 칼처럼 갈랐다.

인간이 지나간 자리에는 늘 죽음이 지겹도록 머물렀다. 존재도 희미한 보물을 두고 벌어진 격렬한 해전을 인어들은 냄새로 알아차렸다. 비늘에 스며드는 피 냄새를 참아가며 익사체를 해안가로 실어 날랐다. 바다를 깨끗하게 만들고, 죽음을 뭍으로 몰아내었다.

그러나 이 정도 일은 괴로운 축에도 들지 않았다. 신대륙도 황금도 찾지 못한 인간들은 고기라도 잡아가겠다며 바다를 헤집었다. 밤낮없이 뱃고동을 울려대며 마구잡이로 어획량을 채웠다. 그물에 잡혀가는 물고기와 고래들은 아우성치고, 범선, 해적선, 전투선은 하루도 빠짐없이 굉음을 만들어냈다. 냄새보다도 소음이 더 고역이었다.

인어의 귀는 아주 예민하다. 물에 걸러지지도 않은 날것의 음파를 견딜 수 있을 리 없다. 노래하기 위해 수면 위에 오르는 일을 멈췄다. 인어는 정해진 수명이 없어 자살로 생을 마감한다는 것도 옛말이었다. 바다를 가득 채운 소음을 참지 못해 돌연 바다에서 죽는 인어들이 너무 많았다. 장례를 치를 틈도 없었다. 아예 청각을 제거해버리는 인어들까지 생겨났다.

귀를 틀어막아 얻은 평화는 오래가지 못했다. 소리를 잃은 인어들은 전처럼 민첩하게 헤엄칠 수 없었다. 인어는 사냥감이 되었다. 아름다운 인어 사체는 선원들의 자랑거리였다. 슬픔과 수치가 바다에 만연했다. 더 이상 바다에서 살 수 없었다. 인어의 바다는 끝이 났다.

소란은 소금기에서 온다. 가장 탐할 것 없고 척박한 물로 가겠다. 탁하고 싱거운 물이 흐르는 작은 탄천으로 흘러 들어갔다. 매일 밤 탄천 여울에 올라앉아 듣는 이 없이 노래했다. 바다의 유일한 기억이 물살을 타고 조용히 흘렀다.

나는 이제 피아노 학원에 다니지 않는다.

레인보우 피아노 학원에는 언제 가든 반 친구들이 꼭 한 명씩은 있었다. 우리 반 애들 대부분이 그 학원에 다녔다는 얘기다. 학예회 때 반주를 맡을 정도로 잘하는 사람까지는 몇 없었어도, 대부분이 체르니 100 정도는 칠 줄 알았다. 그런데 정신을 차려보니 아무도 피아노 학원에 다니지 않았다. 나조차도 어느새 피아노 학원을 그만 둔지 오래였다. 내 손가락은 이제 젓가락 행진곡만 겨우 기억하고 있었다. 어쩌다가 그랬을까? 피아노 치는 게 참 즐거웠는데. 한 곡에 한 알씩 포도송이를 채우는 것도, 가끔 연습실 옆방 애를 몰래 불러와 수다 떠는 것도 모두 재미있었는데. 그 시간에 나는 영어 학원에, 민주는 수학 학원에, 인경이는 과학 학원에 앉아있었다. 오늘은 뭐 배웠어? 재미있었어? 묻는 엄마에 그즈음부터 뚱하게 "몰라."라며 입을 다물기 시작했다. 건반 없는 학원은 재미없어. 연필을 너무 오래 쥐어 손이 아파. 속으로 아무리 투정 부려도 어쩔 수 없었다. 엄마가 내 이름 대신 제니퍼라 더 많이 부르는 걸로 보아 가망이 없다. 나는 이제 피아노 학원에 다니지 않는다.

엄마는 14살이 되던 해를 또렷이 기억했다. 세계가 뒤집히는 느낌. 엄마는 자신의 14살을 그렇게 표현했다.

할머니는 독실한 기독교인이었다. 착실히 헌금하고, 성실히 봉사하는 남 권사님. 엄마는 권사님의 둘째 딸이었다. 공부 잘하는 첫째와 주판 신동 막내 사이 애매한 둘째. 중학교에 입학하던 해에 엄마는 청년부 언니에게서 피아노를 배우게 되었다. 변두리 둘째에게는 흔치 않은 기회였다.

엄마는 처음 건반을 치던 순간을 한참 동안이나 설명했다. 경상도 밑자락 작은 시골 마을에서 피아노는, 못해도 병원 원장 딸 정도나 되어야 배울 수 있는 것이었다.

"70년대에 강습료가 10만 원이면, 피아노를 꿈꾸는 게 말이나 되었겠니."

교회에 가지 않는 날에는 종이에 흑건과 백건을 그려놓고 연주 연습을 했다. 주일이 되면 건반을 치는 게 그렇게 기쁠 수가 없었다.

그러나 언니의 법대 입시와 동생의 서울 유학 사이에 낀 엄마의 피아노는 우선순위에 들지도 못했다. 자연스러운 일이었다. 피아노는 여전히 일요일 하루에만 칠 수 있었고, 엄마는 여전히 둘째였다. 둘째 딸에게 재능과 소망을 숨기는 일은 어렵지 않았다. 피아노 대신 엄마는 지방 전문대를 졸업하고 경리가 되었고 교회에서 만난 남자와 결혼을 했다. 삶은 바빴고, 아이는 자랐다. 카네기 홀이 뭐야. 예술의 전당이 다 뭐야. 살아내느라 피아노 곁에 설 틈도 없었다.

사느라 바빴던 엄마는 두 딸이 모두 대학을 졸업한 후에야 피아노 학원에 다시 등록했다. 다 늙어서 무슨 학원이냐며 처음에는 사양했지만 엄마는 장장 5년을 개근했다.

그간 배운 걸 보여달라고 이야기해도 한 번을 보여주지 않다가, 어느 날 불쑥 학원에서 정기 연주회를 한다며 초대했다. 담담하게 이야기했지만 묘하게 들뜬 얼굴이었다.

누구 어머니시냐고 묻는 학원 선생에게 멋쩍게 우리 엄마 보러 왔다고 답했다. 초등학생들 틈에서 엄마는 쇼팽을 멋들어지게 연주했다. 엄마는 상기된 표정으로 꽃다발을 받아들었다.

"이제 학원 그만 다닐래. 충분해."

어떤 미련도 없이 맑게 웃는 엄마의 얼굴은 오랜만이었다.

엄마는 이제 피아노 학원에 다니지 않는다. 대신 매일 오후 세 시 클래식이 흘러나오는 라디오를 듣는다. 그 앞에서 엄마는 피아노를 치는 것처럼 협탁을 두드린다. 그 누구보다 홀가분한 표정으로. 쇼팽이 소원을 들어준 사람의 얼굴이란 그런 것이었다.

제목 : 아이가 피아노를 부술 뻔했다네요~^^;;
닉네임 : 꿀꿀공주

내용 : 제 삶의 목표는 내 부모처럼 되지는 말자는 거였어요 ㅎㅎ 정말이지 우리 부모처럼 꽉 닫힌 부모는 안 되고 싶었는데... 공부를 잘한다고 잘 먹고 잘사는 게 아니라는 걸~ 48년을 살면서 온몸으로 깨달았어요. 모두가 말하는 '친구 같은 엄마'. 전 자신 있었어요. 딸이 하고 싶은 일이 있다면 얼마든지 지지해주는 든든한 엄마 말이죠~~

딸이 전단지를 하나 들고 왔더라구요~ 피아노 학원에 다니고 싶다고.. (올해 초등학교 들어갔어요 ~ㅎㅎ)

아마 새로 등록한 학생들에게 나눠준다는 싸구려 게임기가 탐났던 것이겠지만 (ㅋㅋ) 자식이 하고 싶다는데, 걸림돌이 되는 부모가 되고 싶진 않은 마음... 아실거예요. 주 3회.. 한달 18만원. 생각보단 비쌌지만.. 공주 눈빛에 사르르~~ ㅎㅎ. 마침 동네 아는 맘이 전자피아노 거의 새거 당근해주셔서 잽싸게 들고 왔네요. 첫날 다녀와서 어설프게 자랑하던 젓가락 행진곡이 어찌나 귀엽던지~~^^

그런데... 일년째 그 곡만 칠 수 있다면 믿으시겠어요?? 학원은 빠짐없이 나가는데.. 늘지를 않더라구요.. 제가 일땜 바빠서 못가보다가 겨우 학원 상담을 가니 샘이 하시는 말이..;;

"피아노는 취미로만 시키셔야 할 것 같아요. 아이가 힘이 좋아서 건반을 부서질 듯 세게 쳐요. 힘 조절이 어려운가 봐요."

그치만 아직 어리고 가능성 있는 울 공주니 괜찮은데.. 문제는 미술 학원에서도, 태권도 학원에서도, 플롯 샘께도, 연극 샘께도 이 얘기를 들었어요. 부모의 역할은 어디까지인지.. 제가 언제까지 같이 도전해봐야할지.. 이런 진중한 고민이 들더군요..^^ 다른 맘들은 어떠신가요?

나는 이제 피아노 학원에 다니지 않는다. 대신 그 시간에 박물관에 간다. 정확히는 지하 3층 특수 목적 수장고에. 그곳에 있는 수많은 종이 악보들 사이에서 피아노를 연주한다. 박물관 관장, 유명 배우, 전자 피아노 기업 회장. 관객은 모두 범죄자.

피아노가 한 대 있어요. 진짜 피아노요.

내가 선생으로 있는 피아노 학원에 불쑥 찾아온 사람은 자신을 관장이라고 소개했다. 그리고 명함을 내밀었다. 이름과 주소. 박물관이다.

여기서 이걸 연주해줘요. 무엇이든 지원할게요. 선생의 안전까지도.

고아한 뒷골목으로의 초대였다.

자원은 귀하고 소비는 곧 파괴인 시대에 악기만큼 사치스럽고 낭비인 물건은 없다고 인류는 판단한 것이다. 그렇게 피아노는 하루아침에 멸종했다. 생산은 당연히 금지되었고, 이미 존재하던 피아노들은 파괴되고 해체되어 '쓸모 있는' 재료가 되었다.

하지만 사람들은 역사상 가장 사랑받았던 소리를 도저히 포기할 수가 없었다. 피아노는 정육면체의 전자기기로 재탄생했다. 효율적이고 가성비 좋은 신세대의 악기였다. 그러나 그것으로 연주한 음악이 클래식이라고 불리진 못했다. 부자들은 어떻게든 진짜 피아노를 집에 들이기 위해 애썼다. 아주 작은 해머와 아주 가는 현 하나하나가 밀수품이 되어 국경을 넘나들었다. 그야말로 망국의 유랑민이었다.

세상엔 여전히 그랜드 피아노의 소리를 기억하는 이들이 존재했다. 그들은 종이 악보와 건반으로 연주되는, 전원과 스피커로부터 자유로운 물성을 지닌 소리를 동경했다. 그런 이들을 위한 은밀한 클래식이 존재한다는 소문을 듣기는 했다. 억만금을 쥐어주고서라도 듣고자 하는 그런 연주회. 그들은 그 어떤 불명예와 돌팔매질도 감수한다고 했다.

나는 이제 피아노 학원에 다니지 않는다. 대신 그 시간에 박물관에서 진짜 피아노를 연주한다. 관객은 모두 범죄자. 물론 나 역시도. 눈을 감고 우리가 절대 포기할 수 없는 낭만을 즐긴다.

정말이지 저는 사랑으로부터 영원히 도망치고 싶습니다. 정확히는 '성애'에서 도망치고 싶어요. 저는 평소 '시장에 나를 내놨다'는 표현을 자주 쓰는데요. 나름 스스로에 만족하며 잘 살아가다가도 누군가에게 사랑받고 싶다는 욕구가 불쑥 치밀어 오르곤 해요. 나 자신이 연애 시장에서 경쟁력 있는 매물인지 끊임없이 평가하게 됩니다. 각자 인생에서 주인공으로 꿋꿋하게 살아가고 있는 사람들인데도, 이 시장 안에서 만나면 내 맘대로 이렇다 저렇다 평가하게 되는 것도 묘한 죄책감이 들고요. 하지만 어쩌겠어요. 사랑받고 싶어 죽겠는걸요. 아 지겨워요. 귀찮아 죽겠어요, 진짜.

제가 연애하는 걸 한 번이라도 목격한 친구들은 한 명도 빠짐없이 제 연애를 반대해요. 정확히 말하자면 연애하는 제 모습을 반대해요. 단순히 보기 싫어하는 수준을 넘어서 무서워한답니다. 평소에는 이성적인 편에 냉정하게 고민 상담도 잘 해주는 스타일인데요, 연애만 하면 사랑에 눈이 멀어 정말 밑도 끝도 없이 무너져 내리거든요. 예전에 신점을 한번 봤는데, 무당이 그러더라고요. 너는 연애만 하면 네 인생 내팽개치고 냅다 사랑만 쫓아서 조상들이 기겁을 하고 연애 길을 막으려든다고. 아, 그런데 어떡하죠? 그 마음고생이 주던 자극을 머리가 못 잊는 것 같아요. 제게 사랑은 아름다운 철퇴 같아요.

언젠간 널 꼭 잃고 말 거야. 부정적인 제 천성이 가장 천연덕스럽게 할 수 있는 말인데요. 전 늘 사랑하는 대상과의 관계에서 가장 공포스러운 엔딩을 상상하곤 합니다. 그래서 사랑은 제 심신에 대단히 유해하고, 시작하기가 너무 무섭습니다. 가령 이런 식이에요. 내가 잠시 집을 비운 사이, 네가 인덕션을 잘못 눌러 온 집이 불에 타버릴지도 모르겠지. 넌 어리숙하니, 쉽게 빠져나오지 못할 테고, 그렇게 나는 원치 않는 방식으로 이 사랑이 끝났다고 선고받을 거야. 그렇습니다. 사랑은 저의 정신 건강에 너무 유해합니다. 되도록 멀리하고 싶어요.

사랑 자체에서 얻는 에너지가 무엇인지 저도 알아요. 저도 느껴봤어요. 그리고 그것이 살아가는 데에 큰 원동력이 된다는 점도요. 근데 사랑은 저를 너무나 못난 사람으로 만들어요. 전 누군가를 좋아하면 나의 최악에 대해서만 골몰하게 되어요. 상대에게 보여주고 싶지 않은 점들에 대해 신경 쓰느라 오히려 그것에 대해서만 생각하게 되는 거죠. 그래서 사랑하는 동안 전 너무너무 못난 사람이에요. 내 못난 점만 보니까요. 게다가 상대가 내게 실망하는 것이 두려워서, 괜히 먼저 실망스러운 행동을 저질러요. 상대방이 그런 날 보고 실망하지 않고 안타까워할 때, 화를 낼 때 사랑을 느껴요. 그러다 결국 상대가 지쳐 떠나면 전 엉망진창 박살이 난 채로 남게 되는 거예요, 원동력을 잃은 채! 사랑은 원동력인데... 그 원동력을 얻기 위해 저는 박살이 나야만 해요.

십계명

[불만스러운 표정의 보르조이교]

1. 세상 만물은 혼란과 불만 상태에 있을 때 활기를 띤다고 믿는다.

2. 따라서 모든 평화를 야기하는 행위에 반대한다.

3. 미소를 강요하는 일은 엄격히 금지된다.

4. 교회에서는 의무적으로 교인에게 불만댄스를 가르쳐야 한다.

5. 사진 찍을 때 "브이", "김치", "치즈", "스마일" 등의 말을 금지하며, "보르조이—"만 허용한다.

6. 개가 먹을 수 없는 음식은 먹지 않는다.

7. 종교적 안식일인 화요일에는 호리병에 음식을 담아 먹는다.

8. 천국에는 개와 고양이만 갈 수 있다.

9. 다만, 보르조이 교인들은 천국과 지옥의 중간인 보르조이 강에 사는 물고기로 환생할 수 있다.

10. 개의 소리로 기도해야 한다.

[날라리교]

첫째♥ 목걸이, 팔찌, 반지를 합쳐 최소한 7개는 착용하고 다닐 것!

둘째♥ 욕망에 충실하되, 책임을 회피하지 말 것!

셋째♥ 하루 한 끼는 달콤한 디저트를 먹을 것!

넷째♥ 합법적인 선에서 반드시 복수하고, 쿨하게 용서할 것!

다섯째♥ 민무늬 티셔츠와 속옷은 절대 금물!

여섯째♥ 같은 네일 아트를 일주일 이상 지속하지 말 것!

일곱째♥ 글씨를 쓸 때는 자음은 크게, 모음은 작게 쓸 것!

여덟째♥ 사랑 때문에 하룻밤 이상 울지 말 것!

아홉째♥ 지갑은 꼭 에나멜 장지갑을 사용할 것!

열째♥ 시선을 두려워하지 말 것!

[공룡교]

1. 공룡 멸종에 대한 정보는 모두 날조되었으며, 의도적으로 조작되었다.

2. 공룡은 거룩한 실존임을 기억하라. 실수로라도 화석이라는 말을 입에 올리지 않는다.

3. 인간은 본디 태초부터 이 지구의 주인이 공룡이라는 사실을 깨우치고 있으나, 6세 이후 급격하게 타락한다. 이는 화석을 숭배하는 인디아나 존스 교의 음모이다.

4. 다섯 살이거나, 아이가 다섯 살인 교인에 한하여 장로직에 지원할 수 있다.

5. 가금류의 소비와 섭취는 어떠한 방식으로도 금지된다.

6. 공룡 도감의 이미지를 믿는 것은 곧 우상 숭배이며 이를 금한다.

7. 간빙기에 공룡이 도래할 것이다.

8. 티렉스의 손을 본뜬 손 모양으로 기도를 한다.

9. 매해 10월 16일 화석의 날에, 미국 유타주 51구역에서 공룡 감금 위치 공개와 공룡 해방 촉구 시위를 한다.

10. 마이클 크라이튼이 이 종교의 예언자이며, 스티븐 스필버그가 예언에 대한 간증인이다.

[파인애플통조림교]

태초에 캔과 파인애플이 있었고 둘이 하나 되어 파인애플 통조림이 되니 보기에 더욱 좋더라

1. 파인애플 통조림은 영원하나니 유통기한을 믿지 말지어다.

2. 四月³ 초하루는 사특한 날일지니 電話를 삼갈지어다.

3. 四月 초하루의 파인애플 통조림은 그 권능이 오직 한 달뿐이다.

4. 선글라스를 쓴 여인이 레인코트를 입어 그 이유를 물으니 여인 가로되 날씨를 미리 알 수 없나이다 하니 이는 그가 지혜로움이다.

5. 파인애플과 위스키를 같이 먹지 말지어다.

6. 구두를 신고 잠들지 말지어다.

7. 통조림에 사랑을 담지 못한다.

8. 기억의 流通期限을 지우지 못한다.

9. 비가 내리는 날 힘써 네 모든 눈물을 땀으로 흘리고

10. 유통기한을 정해야 하는 때가 오거든 필히 一万年으로 하라.

---

³ 四月: 사월 / 電話: 전화 / 流通期限: 유통기한 / 一万年: 일만 년

(　　　) 팬티

너무 작은
작별
즐거운
다 늘어난
구멍난
비싼
리본 달린
캐릭터
모르는
새로운
예상치 못한

화가 나. 그는 하루 종일 화가 나 있었다. 어딘지 엇나간 하루를 보내고 있기 때문이다. 이 엇나갔다는 감각이 어디서 기인하는지 고민해 볼 기력도 없을 정도로 그저 화가 났다. 가만히 앉아만 있어도 화가 치밀어 올라 자꾸만 한숨이 나왔다. 불편하다. 인생이, 삶이, 하루가 너무 불편하다. 운동화를 신은 발을 두들겨도 보고 의자에서 허리를 삼만 번 비틀어도 봤는데 여전히 찌뿌둥하다. 그의 미간이 펴질 생각을 안 했다. 귀가하는 버스 안에서도, 집에 도착해 신발을 벗어던지고 뜨거운 물로 발을 씻고 난 후에도 의미 없이 난 화가 사그라들지를 않았다. 소리라도 뻑 지르고 싶었다. 잼 바른 식빵도 기분에 인생에 도움이 안 됐다. 그는 샤워라도 할 요량으로 신경질적으로 옷을 벗어던졌다. 니트를 벗는데 정전기에 성질이 나 옷을 찢을 뻔했다. 겨우 머리를 빼내고. 바지에서 추워서 허옇게 튼 다리를 빼냈다. 그렇게 속옷을 벗어젖힌 순간. 그는 깨달았다. 아, 내가 오늘 하루 종일, 너무 작은 팬티를 입고 있었구나. 너무 작은 팬티에 내 엉덩이가, 허벅지가, 사타구니가 꽉 눌려 소리를 지르고 있었구나. 해방감이 상쾌하다 못해 짜릿할 정도였다. 아! 웃음이 번졌다. 까르르. 웃음이 터져 나왔다. 엉덩이도 팬티도 그도 자유롭고 행복했다. 시원한 바람이 볼기를 훑고 지나갔다.

— (너무 작은) 팬티

오늘이면 밤낮없이 팬티에 속박된 삶도 정말 끝이었다. 마지막 과업을 하러 떠나는 지은의 발걸음이 가뿐했다.

대한민국에 저만큼 ABC 팬티를 많이 입어본 사람은 없어요.

지은은 자신의 농담에 호방하게 웃어주던 동료들의 얼굴이 하나둘 떠올랐다. ABC 창사 이래 속옷 상품개발팀에 입사한 첫 여직원. 자신의 이름 앞에 붙은 그 수식어가 자부심이었던 신입사원 시절을 또렷이 기억할 수 있었다. "ABC 여성 팬티의 첫 개시자 윤지은. 평생 ABC 팬티는 무료." 그 두 가지 사실을 대단한 복지인 양 믿으며 살아간 날들. 이제는 다 지난 이야기였다. 입사 이래 올린 수많은 보고서에도 변함없는 디자인, 꽃무늬 아니면 레이스, 팬티라이너도 붙지 않을 만큼 작은 크기의 안감. 8년째 똑같은 이 회사의 팬티가 지은 자신같이 느껴졌던 어느 날, 그는 퇴사를 결심했다.

오늘, 지은은 ABC 팬티의 탄압에 멋지게 저항하기 위해 화장실로 향한다. 익숙한 7층의 여자화장실, 업무에 치일 때마다 들어가 쉬던 단골 세 번째 칸. 지난 8년간 지은의 은밀한 땡땡이를 기억하는 회사 내의 유일한 공간이었다. 변기에 앉아 있자 니 이 0.5평 남짓한 정사각형 칸에서 보냈던 시간들이 주마등처럼 스쳐 갔다. 그는 피곤하게 쌓인 ABC의 과오와 얼마간의 청춘을 사뿐히 벗어냈다. 조막만 한 팬티가 구석의 쓰레기통 위에 놓였다. 칸을 나선 지은은 거울 앞에 서 옷매무새를 가다듬고 미소를 지었다. 비로소 해방된 기분이었다.

— (작별) 팬티

진한 주황색 밴드를 두른 남색 속옷. 하이라이트 는 잔뜩 박혀있는 빨갛고 하얀 별. 나만의 화려한 스타, 스텔라. 이 팬티처럼 하루를 보내고 싶은 날들이 있다. 즐거운 날은 꼭 스텔라와 함께 해야한다. 그래야 즐거울 수 있어.

큰일이다. 두 개의 파티, 그러나 스텔라는 이 세상에 단 하나뿐. 목요일은 동아리 공연, 금요일은 친구의 생일 파티. 두 날 모두 스텔라가 필요해. 오랜 시간 준비해온 공연은 중요해. 난 최상의 텐션으로 무대에 오를 거야. 하지만 금요일에 있을 생일 파티는? 사랑하는 친구를 위해 이 세상 누구보다 즐겁게 놀아야 하는데!

일주일 전부터 팬티 팬티 염불을 외는 나를 보고, 엄마는 어디선가 요란한 팬티를 사다 줬다. 아니야. 제아무리 화려한 팬티라고 해도 나의 스텔라를 대신할 수는 없어. 이 팬티의 가치는 화려함에 있는 게 아니라, 내 삶의 모든 유쾌하고 행복한 순간을 함께 했다는 데에 있는 거라고.

스텔라에 박힌 별 하나하나는 그런 소중한 기억인 거야. 별 하나에 자신감, 별 하나에 당당함, 별 하나하나가 상징하는 나의 애티튜드… 그 어떤 팬티도 능가할 수 없어. 큐빅이고 징이고 모두 다 허상일 뿐이야.

결국 난 두 날 모두 스텔라와 함께 하기로 했다. 공연은 만족스러웠고 모두 기뻐했다. 분위기대로라면 정말 즐거운 뒤풀이가 예상되었지만, 난 다 무시하고 서둘러 집으로 돌아왔다. 그리고 바로 팬티부터 세탁했다. 고급 중성세제에 부드럽게 손빨래 한 후, 건조대에 빨래집게로 판판하게 매달았다. 보송하게 말려줄게. 드라이기를 켰다.

그러다 졸았다. 정말 잠깐이었는데…

오, 마이 스텔라. 나의 불타는 욕심이 스텔라에게로 옮겨 붙어 타오르고 있었다.

그을음? 신경 쓰지 않아. 약간 늘어난 것? 괜찮아, 난 쿨하니까. 하지만… 구멍은, 이토록 큼지막한 구멍만은… 모든 즐거움과 행운이 이 구멍으로 다 새어나갈 것만 같았다. 스텔라를 끌어안고 쓰러져

엉엉 우는 나의 코끝으로 녹은 나일론의 매캐한 냄새가 스쳤다. 파티는 당장 오늘 저녁인데 이걸 어떡하지? 내가 즐겁게 놀지 못하는 모습을 보면 친구가 실망할 거야. 그럴 수는 없어.

나는 몇번이고 구멍난 스텔라에 다리를 끼워봤다. 추했다. 자포자기의 심정으로 엄마가 사다 줬던 팬티를 꺼내 들었다. 큐빅과 징이 경박하게 반짝거렸다. 나... 아직은 준비가 안 된 것 같아. 서툴게 스텔라의 구멍을 꿰맸다. 스텔라는 성치 못한 몸으로 나를 끌어 안았다. 우리는 슬픈 마지막 춤을 시작했다.

— (즐거운) 팬티

친구들은 저를 사랑합니다. 하지만 제 모든 것을 감당하지는 못합니다. 때문에 저는 친구들과 만나면서도 자꾸만 새로운 사람을 찾으러 밖으로 나갑니다. 거리에 지나다니는 사람을 힐끗 쳐다보며, 친구의 학교 동기와 자기소개를 나누며, 성별에 관계없이, 나이에 관계없이 그들과 사랑에 빠질 수 있을지 가늠합니다. 그리고 그들이 나를 사랑할 수 있을 것 같을 때에도, 내가 그들을 사랑할 수 있을 것 같을 때에도, 일방향 양방향 가리지 않고 일말의 가능성이라도 보인다면 최선을 다해 MC가 됩니다. 최선을 다해 사회를 진행하다가 잠깐의 정적이 찾아오면 원활한 진행을 위해 냅다 팬티를 내리기도 하지요. 누군가에게 들킬까 조마조마하면서도 누군가라도 알아주기를 바라고, 진짜로 들켜 버리고 나면 주인 잃은 팬티만을 덩그러니 남겨 둔 채 냅다 도망쳐버리는 사람. 아무도 시키지 않았지만 스스로 팬티를 내리고서는 팬티를 내리게 하는 사람은 나도 사절이라고 자존심을 세우고 싶은 사람. 그게 바로 접니다.

저는 종아리까지 내려오는 회색 펜슬스커트 아래, 5000년 동안 한 번도 벗은 적 없지만 구멍 하나 나지 않았다는 도깨비 팬티와 같은 튼튼한 소재의 섹시한 빨간 팬티를 남몰래 입고, 얇은 굽이 달린 구두를 신고도 뚜벅뚜벅 잘 걷는 사람이고 싶습니다. 하지만 저는 여기저기 팬티를 벗어두고 도망치느라 비싼 팬티 대신 2000원짜리 싸구려 시장 팬티를 10개 한 묶음으로 사고, 왜인지 아무도 건들지 않은 제 팬티는 매번 금방 고무줄이 늘어나고 여기저기 구멍이 숭숭 나버리고 맙니다.

저는 정말이지 이제 저의 M.I.C를 다른 사람에게 넘겨주고 싶습니다. 호기심을 자극하는, 지적인 대화를 통해 내 안에 감춰진 챠밍 포인트를 은근하게 드러내고 싶은데, 제 입버둥은 왜 자꾸 천박한 농담들만 쏟아내는 걸까요. 정말이지 박수칠 때 떠나야 하는데 말이에요.

— (다 늘어난) 팬티

여름밤엔 여름밤의 언어를 쓰세요.
지금의 규칙은 영원의 반칙.

앨리, 이 긴 겨울이 끝나면 다시금 비행선이 하늘 위로 날아오를 거라고 했던 말 기억나? 겨울 방학을 앞두고 긴 장마가 내리고, 여름의 초입에 눈발이 날렸어. 묘하다고 생각했지만 이렇게 긴 겨울이 올 거라고는 상상도 하지 못했다. 여름이 영원히 자취를 감출 걸 알았더라면, 마음 먹었을 때 우리의 소행성을 찾으러 비행선을 타고 떠나 버릴 걸. 동급생들 중에는 정말 그렇게 가버린 친구들도 있었잖아. 넌 늘 태양계에서 가장 멀리 떨어져 있는 분홍빛 왜소행성에 가서 살겠다고 했어. 외딴 데 혼자 떠 있는 행성이라며, 장난삼아 그 소행성을 외톨, 외톨, 그렇게 불렀지.

학계에 등재되지도 못할 유치한 이름으로 우리는 우리만의 꿈과 낭만을 되새겼어. 다른 생명체를 찾지도, 만들지도 말자고. 오롯이 둘이서만 함께 늙어가자고. 우리의 죽음이 세계의 종말이 되게 해버리자고 그랬었잖아. 넌 항상 널 꼭 닮은 것들에 마음을 쓰곤 했지. 이 겨울이 영영 끝나지 않을 거 같은 기분이 드는 날엔, 그곳에 함께 가자고 했던 너를 머릿속에서 지울 수가 없어. 마지막 비행선을 타고 오르는 네 뒷모습을 보고도 차마 용기를 내지 못한 내가 비겁했다고 이제서야 고백하는 거야.

앨리, 넌 벌써 그곳에 닿았을까? 지금도 방과 후 아무도 없는 교실에 혼자 남아 우리가 속삭였던 그때의 약속을 떠올려. 여전히 넌 그때의 규칙을 기억하고 있을까. 우리가 만나면 그때의 규칙이 영원해질 수 있다고 믿고 싶어.

방학을 알리는 꿈을 꾼다. 눈을 감으면 마을이 보인다. 매미소리가 건강하다. 가분 없는 동네에 개울이 길고 느리게 흐른다. 나는 익숙하게 새로운 얼굴들과 인사한다. 반가운 대화를 나누며 여름 과일을 나눠 먹는다. 게으르게 누워서 허공에 씨를 뱉다 보면 평상에 깔아둔 보자기에 수박 물이 든다.

아주 어려서부터 이 꿈을 꿨다. 기억나지 않을 무렵부터 나는 땡볕이 내리쬐는 거실에 드러누워 여름 잠을 잤다. 눈을 감고 있으면 마을 나무 그늘에서 다시 눈을 떴다. 그 아래 앉아 땅콩을 주워 먹으며 몇 시간이고 책을 읽었다. 신나게 방학을 보내고 깨면 주근깨가 늘어 있었다.

그곳에서 늘 함께 여름을 나던 친구가 있었다. 우리는 송사리를 잡고 들꽃을 엮고 돌을 주웠다. 내가 책을 읽으면 그 애는 머리를 땋아주거나 등을 맞대 앉아 선잠을 잤다. 그 존재가 너무 당연했기 때문에 한 번도 이름을 물은 적이 없었다. 때가 되면 똑같이 새카맣게 탄 팔을 휘저으며 작별을 했다. 잘 가, 다음 여름에 만나. 응, 너도 잘 지내.

언젠가부터 여름 방학이 되어도 이 꿈을 꾸지 않게 되었다. 머지않아 학교를 졸업하고서는 방학이라는 단어조차 잊고 살았다. 꿈을 꾸지 않는다는 것도 몇 년이 지나서야 문득 깨달을 정도로 매 여름이 정신없었다. 숨이 차다 못해 누워 지내야만 했던 한 여름에 나는 유년의 꿈을 떠올린 것이다.

깨달은 순간부터는 그 꿈의 부재가 사무쳤다. 여름만 되면 앓던 이름 모를 그리움. 이따금 턱 끝까지 차오르던 보고 싶은 친구의 이름. 그치면 눈물 났던 쓰름매미 소리. 그릴 수 없는 것을 그리워할 때 사람은 슬프다. 그 꿈의 규칙은 짧은 여름. 너와 내가 느꼈던 더위. 깨면 사라지는 것이 규칙. 나는 눈을 감았다.

"이번 주에는 뭐 했어?"
"음, 수요일에는 아빠가 자는 동안 아빠 머리에 불을 붙여봤어. 아빠 머리통을 시작으로 집이 활활 불타기를 내심 바랐는데 그냥 아빠 머리에 화상만 조금 입고 끝나서 아쉬워."
"난 그냥 별일 없어. 아, 옆 반 남자아이들이 단체로 쥐약을 먹고 죽었는데 범인이 담임이었다지 뭐야."

지인이를 만나지 않는 일주일 동안 나는 그녀를 만나서 할 말들을 틈틈이 핸드폰에 적어 놓았다. 아빠가 불 타 죽었다고 하기 같은 반 여자애에게 고백받았다고 하기 알고 보니 걔가 여장남자였다고 하기. 언제나 이야기는 끊임없이 쏟아져 나왔다.

"이거 나 러시아 여행 갔을 때 사 온 거야. 너 줄게 가져. 난 잠깐 전화 좀."

지인이가 가방에서 손바닥 두 개 만한 크기의 상자를 꺼내 나에게 건넨 뒤, 울리지도 않은 핸드폰을 들고 밖으로 나갔다.

상자를 열자 안에는 '메이드 인 차이나' 스티커가 붙어있는 빨간색 마트료시카가 들어있었다. 미미 인형의 웃음과 못난이 인형의 울음처럼 마트료시카의 얼굴 또한 어딘가 과장되어 있었다. 무표정이라 말하기도, 어떤 표정을 짓고 있다 말하기도 애매한 얼굴이었다. 그 기묘함 때문에 나는 어떠한 의식을 치르는 듯이 조심스럽고 경건한 마음으로 마트료시카를 하나씩 열어나갔다. 같은 색의 같은 얼굴을 한 나무 조각이 겹겹이 들어있었다. 그리고 마침내 손가락 두 마디 정도 되는 크기의 마트료시카를 열었을 때, 그 안에는 아무것도 들어있지 않았다. 창고는 원래부터 고요했으나 나는 마트료시카 안의 고요가 흘러나온 것이라고 믿었다.

마트료시카를 남겨두고 떠나간 지인이는 돌아오지 않았다. 핸드폰 조명을 켜고 밖으로 나가 삼십 분이 넘도록 찾아 헤맸다. 설상가상으로 밖에는 비까지 내리기 시작했다. 비를 바라보며 한참 동안 지인이를 기다렸다. 경찰을 부르고 싶어도 부를 수조차 없었다. 어떤 말도 믿지 않는 것이 우리의 규칙이니까. 급한 마음에 지인이가 두고 간 가방을 열어 안에 든 물건을 하나씩 털어 보았다. 수능특강, 검은색 가죽 필통, 지인이는 수험생이었구나. 그리고 가방의 맨 밑바닥에 있던 카드를 하나 꺼냈다. 카드에는 지인이의 얼굴과 이름이 선명하게 새겨져 있었다. 본명이라니. 이건 반칙이잖아. 불행한 일이 벌어졌다는 것을 온몸으로 실감할 수밖에 없었지만, 아는 척하고 싶지 않았다. 영영 미뤄두고 모른 척하고 싶었다. 가만히 앉아서 지인이를 기다리는 동안 초침 같은 빗소리가 울리고 있었다.

저녁을 먹고 D와 운동장을 빙글빙글 돌았다. 저녁 시간이 지난 운동장에는 우리 말고도 사람이 많았다. 누군가는 자리를 깔고 앉거나 누워있었고 운동장 한 구석에는 버스킹도 하고 있었다. 시장에 온 것처럼 시끌벅적했는데 유학생인 내 귀에는 전부 흐릿하게만 들렸다. 소리가 눈에 보인다면 연기와 먼지로 가득한 곳이었을 테다.

그래서 D가 하는 말은 오히려 더 또렷하게 들을 수 있었다. 소음 가운데 유일하게 사람 말처럼 들리는 게 그의 말이었기 때문이었다. 사람 진짜 많다, 매일 이래? 응, 우린 저녁 먹고나면 걷고 바람 쐬고 그런 거 좋아해. 우리는 서로의 언어를 섞어가며 자신의 일상과 과거를 소개했다. 나는 더듬더듬 D의 언어로 내가 요새 읽는 책을 이야기했다. D는 나의 언어로 맞장구를 쳐주려 애썼지만 잘 안 되는 듯 민망해했다. 대신 나를 배려한 느린 말씨로 지금 버스킹에서 부르는 노래를 소개해줬고, 이 학교에 오기 전 이야기들을 들려주었다.

느낌과 표정으로 이어지는 대화는 내일을 이야기하기 시작했다. 내일은 수업이 끝나고 룸메이트와 시내로 놀러 나갈 것이라고 말하자, D는 도시 이곳저곳 괜찮은 장소들을 소개해주었다. 내일은, 다음 주는, 그리고 다음 달은. 다음 달에 나는 돌아간다. 모두가 나와 같은 언어를 쓰는 곳으로. D도 알고 있다. 잠깐 정적이 흘렀다.

여름에도 연락할 거지? 정적을 견딜 수 없어 마구 내뱉었다. 말하면서도 실수했다는 생각이 들어 말꼬리를 흐렸다. 우리는 노래를 듣는 척 고개를 살랑살랑 끄덕였다. 마치 아까 했던 말은 없었던 것처럼. 우리 사이를 운동장의 소음이 채웠다. 노래가 한 번 가까워졌다가 다시 멀어지자 그제야 D는 웃으며 고개를 끄덕였다. 연락해야지. 그리고 마주친 얼굴은 같은 생각을 한 것 같았다. 안도해야 할지, 불편해야할지 알 수 없었다.

우리의 문법엔 내일도 있고 모레도 있지만, 다음 계절은 없는데. 이것만이 유일한 규칙이었는데, 이걸. 그렇게 잠깐 후회했다. 그래서 내일 어디 갈 거야? 두 언어가 간신히 다시 섞였지만, 우리는 운동장을 겨우 한 바퀴 더 돌고 빠져나올 수밖에 없었다. 어두컴컴한 산책로에서 잠깐 서로 마주보다가 헤어져 각자의 기숙사로 돌아갔다.

딸애는 능력이라 부르기에도 민망할 정도로 사소한 능력이 하나 있었다.

지율아. 요거 봐봐. 요기 이 숫자 보고 있어봐.

휴대폰 화면을 딸의 얼굴 앞에 들이밀었다. SY전자 31,300 ▼. 세 살배기 딸은 침을 흘리며 고개를 돌려댔지만 나는 지금 반드시 확인해야 할 것이 있었다. 끈질기게 딸의 관심을 화면으로 유도했다. 어르르 깍꿍. 어머머 이게 뭐야. 이게 뭐지? 요기 보세요. 십 분간의 사투 끝에 딸의 시선이 2초 정도 화면에 머물렀다.

서둘러 휴대폰을 확인했다. SY전자 51,500 ▲. 오. 이런. 오, 이런 신이시여. 나는 비명도 지르지 못하고 허리를 숙여 딸을 터질 듯이 끌어안았다. 내가 복덩이를 낳았네, 복덩이를 낳았어.

딸애는 어릴 적부터 창밖을 보는 것을 좋아했다. 구름이며 나무며 사람이며 쉼 없이 움직이는 모양새가 재밌는지, 먹고 자는 시간을 제외하면 늘 거실의 커다란 창 앞에 앉아있었다. 엄마, 맘마, 다음으로 배운 말은 창이었다. (네? 창이요?) 맞다. 창. 놀랍게도 딸은 정확한 발음으로 "창."이라며 창문을 가리켰다. 그리고 바라본 창은 티끌 하나 없이 깨끗해져 있었다. 그래서 나는 딸이 아주 어릴 때 그 능력을 발견할 수 있었다. 딸은 창밖이 아니라 창문을 바라보는 것이었다. 정확히는 눈길만으로 창문을 닦고 있었다.

어디 고층 빌딩 창문 닦는 사람은 연봉이 억 소리가 난다더라. 분명 어딘가 써먹을 곳이 있는 재주인 것 같아, 딸이 크고 나서는 나름의 훈련을 시도한 적도 있었다. 하지만 집안 모든 창문을 다 닦는 데에는 사흘이 걸렸고 그러고 나면 딸애는 어김없이 코피를 쏟았다. 딸의 지친 얼굴도 얼굴이지만, 아이의 눈빛에서 원망이 보이기 시작하자 그제야 난 내가 잘못하고 있다는 것을 깨달았다.

한동안 둘 다 창문을 제대로 쳐다보지 못했다. 나는 딸 눈치를, 딸은 내 눈치를 보느라 곁눈질로 창을 힐끔거릴 뿐이었다. 다시 시간이 한참 흘러 딸이 고등학생이 되고 어느 날, 내가 낑낑거리며 창문 바깥을 닦고 있는 것을 보던 딸이 창문에 눈빛을 한 번 쏘아 주었다. 그렇게 나와 딸과 창문은 화해했다.

고마워, 고생했어. 비 오고 나서 한 번씩인데 뭘. 고기를 구워서 딸애 밥그릇에 놓아주며 말했다. 동생 방 창문은 언제 닦았대. 내일 전역이잖아, 안 그래도 닦으려고 했어. 그거 청소 한참 안 해서 힘들었을 텐데. 말했지, 중요한 건 횟수라고. 아무리 더러워도 상관없어. 고마워. 뭘. 고기 한 점을 또 밥그릇에 얹어줬다.

아 맞다 엄마, 나 자취방 집 주인이 창문 어떻게 닦냐고 물어보더라. 그러더니 다음 달 월세 좀 덜

받을 테니까 시간 되면 창문 좀 닦아 달래. 그래서, 하겠다고 했어? 아니지? 미쳤어. 절대 안 하지. 나 그럼 또 코피 쏟아. 야, 미안해 미안해, 그땐 내가 너무했어. 깔깔깔.

너네 엄마가 엘피는 기가 막히게 찾아. 시디처럼 등이 있는 것도 아니고 그 종잇장 같은 걸 어떻게 꺼내보지도 않고 한 번에 속속 잘도 찾아내는지, 신기해 아주. 너네 할아버지가 엘피 모으는 거 좋아하고 그랬잖니. 하루는 날 잡고 시험 치듯이 시켜봤는데, 세상에 그날 장식장 하나를 다 비웠잖아. 이름만 대면 자리를 미리 외워둔 것 마냥 속 꺼내는데 신묘해 아주. 그래서 얘가 투시를 하나 무슨 초능력이 있나 해서 상자에 있는 물건 맞춰보라고도 시켜봤는데, 그건 못하더라. 웃기지, 다른 건 못 찾고, 엘피판만 찾을 수 있는 거야. 오호호!

할머니는 엄마랑 서로 어깨며 등이며 찰싹찰싹 때려가며 한참을 웃었다. 그러다 눈물을 닦으면서 할머니는 말을 이었다.

동네 엘피 가게 사장님들, 음악카페 DJ들이 너네 엄마 엄청 좋아했어. 너네 엄마 데려다 알바 시키겠다고 싸우고 그랬다니까. 그때 일한 게 도움이 됐나, 그러다가 음악카페 차린 거잖아. 자기는 자신이 있다. 시디니 엠피쓰리니 하는 것들 나오면서 사장들 DJ들 다 가게 문 닫는데, 얘는 그런 사람들한테서 엘피를 잔뜩 사가지고는 카페를 차린 거야. 내 딸인데도 대단해 참. 거기서 너네 아빠도 만나고. 그 음악카페 해봤자 얼마나 하려나 했는데, 아이고, 어서 오세요, 저기야 손님 왔다, 가서 주문 좀 받아봐.

"대표님의 빵 맛 비결, 세계의 8대 미스터리죠. 엄청난 명성에도 불구하고 여전히 한 개의 지점만을 운영하시는 이유가 있으실까요?"

서아는 자기를 둘러싼 취재진들이 눈치채지 못하게 은근하게, 아주 조용히 제 손을 내려다봤다. 모든 빵 맛의 비결은 이 손에 있었다. 완벽한 달콤함의 초콜릿 쿠키를, 완벽한 폭신함의 치즈 케이크를, 완벽한 부드러움의 밤식빵을 만드는 데 기여한 이 손. <영재발굴단>을 꿈꿨지만, 결국 <세상의 이런 일이> 정도에 그칠 법한, 아주 사소하지만 끝내주는 소분 실력이 기자가 찾고 있는 미스터리의 해답이었다. 그건 배웠다기보다는 날 때부터 가지고 있는 오감 같은 거에 가까웠다. 손끝으로 집는 것만으로 소수점까지 완벽하게 무게를 가늠할 줄 아는, 그야말로 소분의 천재. 사소한 재능은 베이킹에서 유독 빛났다. 서아는 영재는 못되어도 베이킹의 귀재가 되어 천재라 불리는 이 인생이 나쁘지 않다고 생각했다.

오늘도 서아는 기자의 질문에 거짓으로 대답한다. 역시 마음이 들어간 게 가장 중요한 거겠죠. 레시피보다는 제 빵을 먹고 사람들이 행복해하는 상상을 하면 저절로 맛있는 빵이 만들어져요. 역시 거짓말이다.

사랑을 밀랍에 가두는 건 우리 가족의 오랜 전통이다.

애초에 밀랍을 활용한 사랑 보관 방식은 이전 세대에서 편지를 왁스로 밀봉하던 것에서 기인하였다. 유독 연서의 실링이 훼손되지 않은 경우가 많았다. 밀랍이 사랑을 대표하기 시작한 이유이다. 그것이 후세에 왜곡되고 와전되어 지금의 형태가 되었다.

밀랍에 사랑을 가두는 방식은 사람마다 다르다. 손톱, 머리카락 등을 모아 갈아서 밀랍에 섞어 넣는 사람도 있는 한편, 체취를 채향하여 향수로 만드는 사람도 있다. 보다 순수한 밀랍의 성질을 중시하는 사람은 사랑하는 이를 아예 꿀벌 통에 넣어 신체 일부에 벌집을 짓도록 하는 경우도 있다. 전통파는 예전 관습을 따른다. 사랑하는 마음을 종이에 가득 적어 봉투에 넣는다. 그리고 밀랍을 부어 밀봉한다. 예전에는 사랑에 수신과 발신이 있었다는데, 사랑이 갈 곳을 잃은 현대에는 편지를 보낼 곳이 없다. 보통은 상자 하나가 가득 찰 때까지 모으다가 정기적으로 불에 태운다.

사랑을 밀랍에 가두는 건 우리 가족의 오랜 전통이다. 그래서 우리는 고조할머니가 키우던 강아지 맥스도 여전히 볼 수 있다. 살아있을 적 모습 그대로. 몇 대에 걸친 전통으로 우리 집의 밀랍 활용 기술은 상당하다. 덕분에 맥스는 맑은 눈동자, 촉촉한 코, 윤기나는 털 하나하나까지 다 유지할 수 있었다. 밀랍에는 향유를 섞는다. 향 역시 밀랍의 주인이 가장 사랑하던 향이 들어간다.

밀랍에 담긴 사랑은 특별히 보관된다. 여름날이면 뜨거운 공기를 피해 건조한 지하실로 들어간다. 여름철에 지하실은 다양한 시대에 걸친 다양한 모습의 사랑이 전시된 박물관이 된다. 서늘한 공기 속에 온갖 향이 섞여있다. 시대순으로 전시된 이 박물관 가장 안쪽에는 이 집에서 가장 오래된 사랑이 있다. 그건 사람 모양이다. 지금 이 집에 살고 있는 이들 가운데 이 사랑에 대해서 아는 사람은 아무도 없다. 아무런 기록도 존재하지 않는다. 이 거대한 저택 구석구석을 뒤져 온갖 편지, 글, 일기, 심지어 낙서까지 긁어모았지만 단서조차 찾을 수 없었다.

사랑은 우리의 의사와는 상관없이 오고 가기 때문에, 집 안에는 늘 밀랍을 위한 준비가 되어있다. 생산과 가공까지 모두 저택 안에서 이루어진다. 이는 매우 신성한, 일종의 의식이다. 큰 방 하나는 이 의식을 위한 장소로 활용된다. 안은 마치 고풍스러운 서재 같다. 한편엔 가공되지 않은 밀랍이 벽돌처럼 쌓여 있고, 이를 녹이기 위한 시설이 있다.

밀랍 속에 가둬지기 전, 사랑은 마지막으로 편지를 듣는다. 고조할머니는 맥스에게 두루마리 7개

분량의 사랑 편지를 써 남기셨다. 양피지부터 A4 용지까지 다양한 용지 위에 쓰인 마지막 편지는 방 벽의 거대한 책장에 잘 보관된다. 우리 가족은 밀랍만큼이나 이 사랑의 역사서를 소중히 여긴다.

숨 쉬고, 노래하고, 잠을 자고, 지속되는 삶에서는 사랑이 영원할 수 없었다. 우리 가족 밀랍 가게는 영원한 사랑을 꿈꾸는 의뢰인들로 언제나 붐볐다. 결혼을 해 가정을 꾸리고, 아이를 낳고 키우는 평범한 사랑에는 쉽게 녹이 슬었다. 물이 한순간에 기체로 변하듯이, 사랑도 한순간에 식고, 변했다. 사랑이 영원할 수 있을까요. 사랑의 가변성은 첫발을 뗀 연인들의 두려움이었다.

우리 가족은 그들의 구원투수였다. 연인과 손을 붙잡고 온 사람들의 의뢰를 해결해 주는 박제사. 사랑을 영원히 기억할 수 있도록 밀랍 속에 그 모습을 가둬주는 직업이었다. 둘만이 아는 가장 아름다운 자세를 취한 연인들에게 밀랍이 쏟아지고, 차가운 공기에 맞닿은 밀랍은 한 톨의 사랑마저도 꼭 붙잡으려는 듯이 굳어갔다. 혀를 맞댄 연인, 우스꽝스러운 춤을 추는 연인, 몸을 웅크리고 서로를 한껏 감싸 안은 연인... 제각각 표현한 사랑의 모습이 밀랍에 담겼다.

사랑을 박제하는 밀랍 가게는 현재는 터만 남았다. 그 위에 과거의 밀랍상을 보관한 박물관이 세워졌다.

"여기, 3차 대전 중 찾아왔던 한 젊은 연인의 밀랍상입니다. 어떤 사랑이 느껴지나요?"

박물관은 한산했다. 조부모님의 밀랍상을 보러 온 가족이나 사랑을 다시금 다짐하러 온 커플이 드문드문 관람 중이었다. 많은 시대를 지나며 사랑을 밀랍화하는 문화는 거의 사라졌으나 이전 세대의 진득한 사랑을 기억하고자 하는 이들이 가끔 방문했다. 밀랍상 옆의 화면에서는 녹화된 도슨트의 음성이 흘러나왔다. 어떤 사랑이 느껴지시나요. 듣는 이 없이 텅 빈 복도에 질문이 울렸다. 질문에 대답해 줄 사람은 없었다.

내가 만드는 기념일

편지의 날 Letter Day
7월 1일

묵언수행의 날 Silence Day
4월 29일

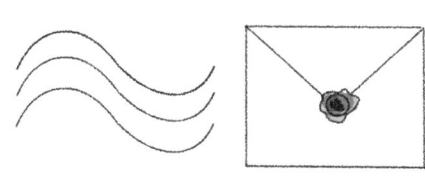

* 일 년의 딱 절반이 되는 날 편지를 보낸다. 연말연시에만 집중되는 편지 유통량을 분산시키기 위해 고안되었다.
* 인당 1통 국/내외 우편비가 지원된다. 제정된 이래로 발렌타인데이보다 더 상징적인 사랑 고백의 대목이 되었다.
* 말린 나뭇잎이나, 압화를 같이 실어 보내는 문화가 있다. 멀리 있는 이에게도 꽃을 보낸다는 의미를 담고 있다.
* 레터데이 특별 우표가 발행되어 이를 모으는 콜렉터들도 많다.
* 전후로 펜팔 구하기가 성행한다.

비트겐슈타인의 "말할 수 없는 것에는 침묵하라"는 말에서 유래하여 그의 서거일인 4월 29일을 묵언수행의 날로 지정했다. 대화, 필담, 채팅 등 어떤 형태의 소통도 불가하며, 생각의 의도를 타인에게 전하려는 시도조차 용납되지 않는다. 친구와의 만남, 가족과의 외식, 연인과의 데이트. 모든 외부 활동은 가능하나 아무 말도 하지 않는 것이 원칙이다.

오래된 침대의 날 The Old Bed Day
4월 10일

붕어빵의 날 Boong-O'bbang Day
11월 8일

2023년, 한 청년이 20년 넘게 사용한 침대를 버리고 새 침대를 구매하면서 제정되었다. 매년 4월 10일, 신체 및 정신적 성장을 모두 함께한 침대와 작별한 날을 기념함으로써 다가올 앞날에 행운을 비는 날이다.

대형 폐기물 스티커를 사용 중인 침대에 붙이고 하루를 보낸다. 이는 이전 침대를 기억하는 의미를 지니고 있다.

(동의어: 입동)

세상에 없는 향에 대한 시향기

Old Video Tape

Top Note : Ozone, Vinyl
Heart Note : Nail polish, Instant Curry
Base Note : Seaweed, Sofa

브라운관 모니터에 파스스 퍼지던 정전기 향 (놀랍게도 이게 오존 냄새라네요). 비닐 테이프 향. 비디오 틀어놓고 조심스레 바르던 매니큐어. 녹화하던 프로그램이 끝나고도 끄는 걸 깜빡해, 몇 달 지난 아홉시 뉴스가 흘러나오는지도 모르고 온 가족이 시청하던 티비. 그때 풍기던 미역국과 카레 향. 모두 한 병에 담아 보내드립니다.

the Concert Day

Top Note : 비누, 코튼, 알데하이드
Heart Note : 땀, 철
Base Note : 파스, 암브록산

고등학교 시절 용돈을 모아서 간 콘서트가 떠오르는 향이에요. 몇 개월을 기다리고 준비한 일이 눈앞에서 일어나는 벅찬 두근거림이 재현됩니다. 초반 비누 향은 은은하고 차가운 느낌이에요. 이후 올라오는 약간의 먼지 냄새는 호불호가 갈릴 것 같아요. 가장 큰 특징은 잔향에 있는데, 피부와 섞이면서 사람마다 완전히 다른 향이 되어요. 같이 갔던 친구에게서는 굉장히 황홀한 향이 났어요!

dizzying pool

Top Note : 락스, 씨솔트, 알로에 잎
 Heart Note : 히노끼나무, 츄러스
Base Note : 물곰팡이, 도브비누, 싸구려스킨

실내 수영장에서만 맡을 수 있는, 머리가 어지러울 정도로 강한 락스향. 코끝에 스치는 쿰쿰한 물비린내를 재현해낸 향수. 미끌거리는 타일바닥. 머리통을 은근하게 조여오는 수모. 웅웅 울려퍼지는 말소리와 멀리서 들려오는 아이의 울음소리. 천장에 매달려있는 조악한 돌고래 장식과 매점 앞에 길게 늘어선 줄. 어지럽고 생동감 넘치는 실내 수영장의 풍경이 눈 앞에 펼쳐집니다.

Earth Mother

Top Note : 바닐라, 비누, 요오드
산부인과 병동, 신생아에게서 나는 순한 향.

Heart Note : 얼그레이, 공룡 화석
작열하는 태양과 끓는 태초의 지표면, 울창한 우림과 비 갠 뒤 젖은 흙에서 나는 지렁이 냄새.

Base Note : 유향, 후추, 메소포타미아
유서 깊은 중세 성당 제단이 풍기는 유향의 냄새와 지구 반대편 법당에서 피운 향.

우주, 우리 은하, 그 중 지구의 이야기를 품은 향. 태초의 자연, 세계를 구성한 종교의 잔해, 그 지구에 발 딛고 살아가는 인파의 향을 재현한 향수입니다.

인생 DLC*

---

* DLC (DownLoadable Content)

어제 DLC를 샀습니다. 제 뒷목에 있는 포트는 대체 왜 있는 것인가 했더니, 바로 DLC 슬롯이더라고요. 나름 첫 구매인 만큼 신중히 고민했어요. 별별 제품이 다 있더라고요? 뱀파이어, GL, 조선시대까지, '이런 인생도 원한다고?' 싶을 정도로 기상천외한 것들도 많았어요. 용산 DLC 단지를 정말 하루 종일 돌아다닌 것 같아요. 사장님들이 눈치를 줘도 어쩔 수 없었어요. 말했지만 제 첫 DLC인걸요.

그래서 전 무엇을 샀냐고요? 이제부터 설명해 드릴게요. 저는 원래 뽑기를 좋아했어요. 어릴 적엔 학교 앞 문방구를 지나치지 못했고, 커서는 경품 뽑기가 취미일 정도였죠. 그리고 전 글 쓰는 것도 좋아한답니다. 항상 아름다운, 하지만 흔하지 않은 나만의 표현을 쓰고 싶어서 안달이 난 사람이에요. 일기 쓰는 데에 한 시간씩 걸리곤 하죠. 이런 저를 위한 DLC가 놀랍게도 존재했습니다. 바로 '작가의 삶 DLC', 어떤 작가인지는 무려 '랜덤'! 등줄기가 찌릿하더라고요. 마치 누군가 나를 위해 준비해둔 것처럼 완벽하잖아요! 보자마자 바로 구매했고, 그 자리에서 설치했어요.

어떤 작가인지는 아직.. 잘 모르겟따 (ㅠ^ㅠ) 근데 일기를 쓰눈데 약깐 재밌기는 하다 ㅎ l ㅎ l. 완존 맘에 든다! (* v *)!! 몬가 힘이 마구 솟아올라따..+_+) 심장이 뛴다.. 마구마구.. 뛴다...

마치.. 누군가 그리운 것 처럼..
"우웅..이느낌머지..심장이아파..막..눈물이나.."
그때,누군가 내 어깨를 감싸줫엇다..어..??
꽃미남.. 츄릅 (-^-+!
"..왜 울엇는데.."
"..양파 썰다가..."
"피이.. 내가 양파냐.."

인생이 너무 쉬웠다. 난이도 최하, 튜토리얼 모드로 설정된 게임 같았다. 치트키를 쓴 것 마냥 그 어떠한 삶의 과업도 노력 없이 해낼 수 있었다. 학업, 연애, 취미, 가족... 모든 분야에서 이미 최고점을 찍었다. 사는 게 재미가 없었다. 남들이 말하는 고난과 역경이 궁금했다. 나도 어려움이라는 것을 해치고 극복이라는 것을 해 보고 싶었다. 집사가 내게 '가시밭길 DLC'를 추천했다. 단번에 솔깃했다. 그거, 어디 가면 구할 수 있어? 제 내장 칩을 바로 양도해 드리겠습니다. 그러면 나야 너무 고맙지. 당장 뒷목에 DLC를 설치했다.

눈을 두 번 깜빡깜빡. 같은 방에서 눈을 떴다. 뭐지? 뭐가 달라진 거지? 집사를 불러 봐도 답이 없었다. [집사 같은 건 없습니다. 혼자 힘으로 알아내 보세요.] 못 보던 메시지 창이 떴다. 창을 끄려고 하는데 또 다른 알림이 떴다. [알림 제거 기능은 캐시 샵에서 구매할 수 있습니다.] 그것쯤이야, 하고 캐시 샵으로 이동한 나는 눈을 의심했다. 보유 캐시 600원. 라면도 못 사 먹는 이 금액이 나의 전 재산이라고? 그렇군. 이것이 나의 고난의 시작이란 말인가. 심장이 두근거렸다. 설레는 것도 아닌데 가슴이 왜 이렇게 뛰지? [경고: 상태 '부정맥' 강화. 해지 아이템 구매 필요.] 잠시만. 집사, 이 가시밭길 DLC라는 거 '이지 모드'는 없는 건가? [집사 같은 건 없습니다.] 아니, 집사, 답 좀 해봐! [혼자 힘으로 알아내 보세요.] 집사!

<아무리 곤란한 상황도 3분짜리 넘버만 있다면 얼마든지 OK! 뮤지컬 DLC로 어제보다 오늘 더 명랑해지세요!>

큼지막한 홍보 문구가 적힌 박스를 뜯었다. 이거면 모든 게 해결된다는 거지. 거지 같은 두 시간 통근도. 6년째 달고 있는 대리 직함도. 눈치 없고 쓸모없는 무능한 상사도. 하나같이 얄미운 동기들도. 이 난처함을 모두 명랑함으로 퇴치할 수 있게 된다는 거지? 곧 아홉시이다. 사람들이 출근하기 전 빠르게 DLC를 설치해야 한다. 나는 망설임 없이 목뒤에 칩을 꽂았다.

다시 눈을 뜨자 아홉시를 이제 막 넘기고 있는 시계가 보였다. 그때,

♪ 이게 누구 (누구누구) / 별 볼일 없는 (아예 없는) 서 대리 / 아니신가—

복도 끝에서부터 리듬에 맞춰 회사원 무리가 걸어오고 있었다. 팀장은 마이크를 들고 한껏 제 목소리에 취해 노래를 불렀다. 옆에 달라붙어 슈밥바 슈밥바 추임새를 넣는 김 과장이 보였다. 무대에서도 아부는 여전하구나. 노래 한 줄을 끝내고, 팀장은 마이크를 내 쪽으로 든 채 기다리고 있었다. 나의 답가를 원하는 것이다. 나는 목을 가다듬었.

♪ 팀장님 / 아침부터 카페 다녀왔어 / 내 커피 (커피! 커피!) / 쏙 빼놓고 왔어
♪ 지옥 같은 2호선 / 나도 탈래 자가용 (용용용용) / 누가 나 좀 구해줘요 (대체 누가)
♪ 나 아낀다며 (진짜야) / 다음 승진은 나라며 (진짜라니까) / 맨날 그 소리
♪ 더는 안 속아 / 6년 묵은 사직서 (사!직!서!) / 나 그만 돌아갈래 (야이야이야~)

화려한 피날레. 모두가 마지막 포즈로 멈춰 숨을 몰아쉬는 가운데 반짝이가 터지고 박수갈채가 울려 퍼졌다. 그러고는 다들 다음 장면을 위해 빠르게 발걸음을 옮겼다. 곤란한 아침, 나의 명랑함이 빛을 발한 것이다.

내가 사랑했던 이들은 언제나 여자들이었습니다. 키가 작으면 귀여워서 좋고, 키가 크면 섹시해서 좋습니다. 머리가 길면 청순해서 좋고, 투블럭을 하면 멋있어서 좋습니다. 살이 찌면 말랑해서 좋고, 비쩍 마르면 폼이 나서 좋습니다. 여중, 여고, 여대를 나온 저는 항상 쉽게 사랑에 빠졌습니다. 하지만, 그들은 제 손을 꼭 잡고 길을 걸으면서도, 제 어깨에 머리를 기대고 잠들면서도, 심지어 가슴을 장난스레 찌르면서도, 저를 사랑하지 않았습니다.

그래서 GL 세계관 DLC를 구매했습니다. 칩을 목 뒤에 꽂고 나니, 세상에 모든 남자들이 사라지고 여자들만 남아있었습니다. 출근을 위해 사무실에 도착하니 대리님이 서류 뭉치를 든 채 제 앞에서 티 나게 넘어지셨습니다. 왜인지 안경을 반쯤 입에 문 채로요. 제 또래 동료들은 모두 미니스커트 차림을 하고 발그레 한 볼을 한 채 제 앞에서 몸을 배배 꼬고 있었습니다.

눈앞에 펼쳐진 생소한 풍경에 당황한 것도 잠시, 저는 곧장 밖으로 뛰쳐나와 택시를 탔습니다. 제가 언제나 그리워했던 첫사랑 소연이를 만나러 가기 위해서였습니다.

언젠가 친구들에게 소연이가 카페를 오픈했다는 소식을 들었지만, 용기가 나지 않아 방문을 미뤄 왔던 저는, 마침내 지금에서야 소연이를 볼 용기가 샘솟았죠. 이런 세계에서라면 어쩌면 우리가 잘 될지도 모르잖아요.

카페에 도착해 문을 열자, 세일러복 위에 앞치마를 두른 채 새까맣게 타버린 국자를 들고 스스로 머리에 꿀밤을 놓고 있는 소연이가 보였습니다.

하지만 반가움도 잠시, 그녀의 머리칼을 부드럽게 쓰다듬는 다른 여자의 손이 보였습니다. 멋들어지게 차려입은 고급 슈트. 칠흑같이 검은 숏컷 머리칼과 곧게 뻗은 목선. 길게 찢어진 무쌍커풀의 눈과 얇은 입술.

그때 깨달았습니다. 세상이 변해도, 이루어지지 않는 사랑이 있다는 사실을 말이에요.

우리 엄마 글씨체가 원래 이랬던가?

인사해. 은희 이모야.

오랜 친구라며 엄마가 처음 보는 아줌마를 집에 데려왔다. 화장기 없는 피부에 입술에만 새빨간 루주를 바른 그는 편하게 대하라며 부담스럽게 인사를 해 왔다. 목소리도 크고 초면에 끌어 안아오는 몸짓도 우악스러웠다. 나는 떨떠름하게 인사를 하고 다시 방으로 들어갔다. 딸애가 낯을 좀 가려. 으응 괜찮아 저 나이 땐 다 그렇지 호호호. 대화가 벽을 넘어왔다.

이모라고 부르라고 했다. 처음엔 입에 잘 안 붙었는데 언젠가부턴 아줌마보다 이모가 자연스럽게 튀어나왔다. 내가 보기에는 좀 이상한 사람이었는데 나에게 무척 친절했다. 묘한 카리스마가 있어 어린 내가 따르기에 더할 나위 없었다. 일 나가고 없는 엄마 대신 나와 많은 시간을 좁은 집에서 보내준 것도 한몫했다.

가끔 맥주 마시다가 한 컵씩 불쑥 따라주기도 하고, 엄마는 못 보게 하는 청불 영화를 티브이로 틀어주기도 했다. 둘이서만 저녁을 먹는 날도 많았는데 이모는 요리를 잘 못했다. 그런 주제에 내가 라면을 끓여 오면 물이 적네 면이 퍼졌네 이것저것 훈수를 두었지만 밉지는 않았다. 내가 친구랑 싸우고 돌아온 날에는 나보다 더 흥분해서 그런 것들은 머리채를 확 잡아 뜯어야 된다며 불같이 화를 냈다. 맞기만 했냐며 이마를 쓸어주는 손바닥에서는 담배 냄새가 났다.

하루는 은희 이모가 작게 엄마 방으로 나를 불렀다. 집에 어차피 아무도 없는데 소곤거렸다. 비밀이라면서 휴대폰을 꺼내 사진을 한 장 보여줬다. 화면 너머 빛바랜 사진 속에는 누가 봐도 불량한 꼴을 한 무리가 자세를 잡고 있었다. 주변의 오토바이, 깃발, 쪼그려 앉아 노려보는 눈빛, 사진 속 모든 것에서 세월을 초월한 날티가 났다. 이모가 가운데 인상을 잔뜩 찡그린 한 여학생을 손가락으로 짚었다. 야, 이거 너네 엄마야. 네? 입 밖으로 물음표가 쏟아졌다.

이모는 내 표정을 보더니 키득거렸다. 너네 엄마가 우리 클럽 리더였어. 화면을 한 장 넘겼다. 이거 봐라, 이것도 네 엄마가 쓴 거야. '동부여걸연합 철칙'이라는 제목 아래 무시무시한 규칙들이 빼곡히 쓰여있었다. 우리 엄마 글씨체가 원래 이랬던가? 엄마가 좀 무뚝뚝하고, 장 보다 흥정하는 것에서 지지 않는 드센 성격이긴 해도 폭력 클럽의 리더였다니 믿기 힘들었다. 의심스러운 눈초리로 화면을 뚫어져라 보자 은희 이모는 쏙 핸드폰을 거둬갔다. 진짜예요? 물어도 호호 웃기만 했다.

이모는 어느 날 갑자기 사라졌다. 학교 갔다 돌아오니 짐도 방도 싹 정리되어 있었다. 엄마 말로는 무슨 태국인지로 출장 갔다고 했다. 일도 안 하는데 무슨 출장. 난 이모를 기다리지 않았다. 어차피 안 돌아올 걸 알고 있었다. 엄마도 은희 이모 얘기를 다시 꺼내지 않았다.

잊고 살다 몇 년 후에야 문득 생각이 났다. 이사 가던 날이었다. 은희 이모 앞으로 왔던 우편물이 화장대 아래서 나왔다. 엄마, 은희 이모 기억나? 그때 우리 집 잠깐 살았던 이모 있잖아. 이모가 엄마 고등학생 때 사진 보여줬었지? 같이 폭주족 했던 사진. 엄마는 접시를 싸다가 황당하다는 듯이 돌아봤다.

무슨 소리야? 은희는 국민학교 친구였는데. 그것도 공장에 일 나간다고 제대로 졸업도 못했어. 그때도 빚쟁이들한테 쫓긴다고 몇십 년 만에 연락 와가지고 잠깐 지내게 해준 거였는데. 네가 잘못 들은 거겠지.

엄마의 단호한 일갈에 나는 더 이상 질문하지 않았다. 아닌데... 분명히 엄마 글씨체였는데. 너네 엄마 대단했다며, 우리 둘이 구역 일대를 주름잡던 희시스터즈였다며 히죽거리던 벌건 은희 이모 얼굴이 아른거렸다.

―――――

"벌써 우린 졸업을 앞두고 있네. 너와 만난 순간부터 나는 이 시간이 잠깐일까 너무 두려웠는데. 그래도 우린 어떻게 어른의 문턱을 잘 밟았다. 앞으로도 겨울 끝날 무렵이면 네 생각을 많이 할 거야. 생일을 진심으로 축하한다."

'너의 영원한 벗―' 생일 편지의 끄트머리에는 이름 없는 발신인이 적혀있었다. 정성스레 눌러 쓴 편지. 이름을 부르지도, 이름이 불리지도 않는 편지. 엄마의 것은 아닐 거라 생각했다. 이토록 오래된 편지를 간직할 만큼 로맨틱한 성격은 아니니까. 어린 기억 속 엄마는 어딘가 결핍된, 무기력한 사람이었다. 우리 남매가 십몇 년간 꾸준히 쓴 어버이날 편지는 매번 사흘을 넘기지 못하고 깨끗이 치워지곤 했다.

엄마의 20대를 감히 상상해 본 적 없었다. 이 편지는 수연 씨의 대학 시절 한 폭에 어떤 낭만이 머물고 갔다는 증거였다. 기분이 묘했다. 다시 적당한 페이지에 편지를 꽂아 넣고 앨범을 정리하려던 순간, 사진 한 장이 발등을 툭 치고 바닥으로 떨어졌다. 인화된 지 30년은 충분히 넘어 보였다. 철쭉이 만개한 교정을 뒤로하고 여대생 넷이 함께 찍은 다정한 사진. 그런데 어딘가 이상했다. 한 사람의 얼굴 부분이 도려내져 있었다. 누구길래 얼굴을 잘라내기까지 했지? 사진을 뒤집었다. '1989년 학교에서 현주, 희숙, 수연, 정미', 정성스레 눌러 쓴 익숙한 글씨체. 머리에서 이야기가 엉켰다.

책장을 빈틈없이 채운 일기장과 앨범. 비로소 궁금해진 것들. 혹시 다른 사진도 있을까? 손가락으로 끝없이 이어진 책등을 훑었다. 관리가 안 돼 표지가 잔뜩 상한 오래된 사진첩, 그 아래 처음 보는 묵직한 공책 한 권이 눈에 들어왔다. 손을 많이 탔는지 반질반질했다. 펼치자 먼지가 매캐하게 날렸다.

수업, 여행, 아르바이트, 개강. 처음 몇 장은 여느 대학생이 쓸법한 일상적인 내용들. 일기는 점점 길어졌다.

"이번 학기 가장 재미있는 수업은 <유럽 문화 스케치>다. 건축, 미술, 음악, 유럽사를 함께한 문화 예술에 대한 이야기를 듣는다. 수업 시간마다 유럽을 여행하는 기분이다. 그저께는 파리를 여행했다. 에펠탑 아래 미야, 너와 서보고 싶어. 너의 단발머리가 파리와 정말 잘 어울릴 텐데."

"너 없는 방학은 도통 시간이 가질 않는다. 나도 미를 따라 부산에 가고 싶었는데 꼼짝없이 본가에 잡혀 왔다. 우리 동네 강둑을 같이 걸어도 좋을 텐데. 우리 언젠가 서로의 고향에 가볼 수 있을까? 하루빨리 개강을 했으면. 미야, 보고 싶어."

수많은 낯간지러운 일기가 이어졌다. 우리 엄마가 이런 말을 할 수 있는 사람이었나. 우리 엄마 글씨체가 원래 이랬던가? 잠깐만 보고 덮으려던 독서가 늘어졌다. 도둑질이라도 하는 듯이 심장이 뛰었다.

얇은 외문을 뚫고 엄마의 발소리가 들렸다. 띠딕. 현관문의 비밀번호를 누르는 소리. 황급히 일기장을 덮었다. 나는 엄마에게 아무것도 묻지 않기로 했다. 코트를 벗는 엄마의 뒷모습이 쓸쓸했다.

당신은 내가 이 세상에서 가장 증오하는 인간이지만, 가장 애틋한 인간이기도 해. 내가 떠나야 하나, 당신을 보내야 하나 오랜 시간 고민해 왔어. 이제서야 결론을 내리게 되었네. 전엔 그래도 이 생에 미련이라 할 게 남아있던 것 같은데, 이제는 더 이상 아쉬운 게 없어. 결정하고 나니, 놀랍도록 가뿐하고 개운한 기분이야. 이렇게 맑고 또렷한 정신을 느껴본 게 얼마 만인가 싶어. 당신은 충분히 괴로워하고, 충분히 행복을 만끽하면서 오래오래 우리 딸 곁을 지켜주길 바라.

엄마 없이 아빠와 단둘이 명절을 보내고 돌아온 주말 밤, 집안에 남아있는 것은 냉장고에 가득한 밑반찬들과 식탁 위에 종이 쪽지 한 장 뿐이었다. 아빠는 곧장 핸드폰을 켜고 경찰에 전화했다.

50대 여성, 부부싸움으로 인한 배우자와의 갈등 이후 유서로 추정되는 메모를 남기고 실종.

모든 인과 관계가 뻔한, 단순하고 명료한 상황에 경찰들은 정해진 메뉴얼 대로 차근차근 움직였다. 주변인을 조사하고. 핸드폰 기록을 찾고. CCTV로 흔적을 뒤쫓았다. 경찰들과 아빠가 발 빠르게 움직이는 사이, 내가 할 일은 침대에 누워 가만 기다리는 것뿐이었다. 경찰이 수거해가기 이전 찍어둔 엄마의 유서를 읽고 또 읽었다.

엄마의 문장들에서는 다양한 감정이 보였다. 증오, 애틋, 미련, 괴로움, 행복. 그 모든 것들이 복잡하게 얽혀있는 감정을 애증, 혹은 사랑이라 부르지 않았던가. 하지만 그 대상은 내가 아니었다. 엄마의 유서에는 나에게 건네는 말이 단 한 줄도 없었다. 앞 글자만 떼서도 읽어보고, 끝 글자만 떼서도 읽어보고 종이를 돌려 읽어보기도 했다. 하지만 그럴 때마다 나는 엄마의 유서에 한 줄짜리 문장으로도 남지 못했다는 사실을 매번 다시 실감해야 했다.

눈을 감으면 내 곁에서 살아 숨 쉬던 엄마의 모습이 떠올랐다. 등굣길, 작게 만 김밥을 내 입에 하나씩 넣어주던 엄마, 어버이날 학교에서 만들어온 허접한 카드를 받고 눈시울을 붉히던 엄마, 엉킨 내 머리칼을 나무 빗으로 정성스레 빗겨주던 엄마. 사랑이라 믿어 의심치 않았던 순간들이었다.

잠시 숨을 고르고, 핸드폰 화면 안에 남아 있는 엄마의 유서를 다시 한번 바라보았다.

이게 진짜 우리 엄마가 쓴 것이 맞나.
우리 엄마 글씨체가 원래 이랬던가.
글로 남지 못해 허무해진 사랑이 서글퍼 아무말도 할 수 없었다.

현관문을 열고 들어서자마자 느껴지는 심상찮은 공기에 단박에 알아차렸다. 실내화 가방을 천천히 내려놓으며 주위를 살피는데, 엄마와 아빠가 서로의 반대편에서 나타나 나를 반긴다. 오로지 나에게만 향하는 눈길이 부자연스럽다. 마치 옆은 보이지 않는 것처럼, 아니 서로 보려고 하지 않는 것처럼 꾸역꾸역 나만 바라본다. 아 또 시작되었군. 나한테만 들리도록 작게 한숨을 폭 쉬고는 웃으며 엄마 아빠의 손을 잡는다.

가끔 엄마 아빠는 이렇게 다툰다. 이유도 별 거 없다. 저녁 메뉴를 못 정했거나, 책을 안 치웠거나, 아니면 그냥 말투가 맘에 안 들었거나. 휴. 사랑하면 닮는다던데. 엄마 아빠는 생김새는 물론이고 사소한 것 하나하나, 말투까지 모조리 다른 것을 보니 사랑하지 않는 것이 분명하다. 아예 정반대인 것을 보니 엄청 싫어할지도. 이런 날이면 나는 두 사람 사이를 오가는 전령이 된다. 너네 아빠 밥 먹는대? 너네 엄마는 뭐래? 오늘도 바쁜 하루가 될 것이다. 나보다 먼저 유치원에서 돌아온 동생에게 몰래 묻는다. 엄마 아빠 싸웠어? 몰라, 근데 막 마트 언제 가냐고 얘기하다가 갑자기 막 둘이 얘기 안 해.

오늘은 선생님이 알림장에 부모님의 답장을 받아오라고 하셨다. 하필 이럴 때. 평소라면 한 번에 끝날 일이지만 오늘은 눈치를 봐가며 알림장을 들고 엄마 아빠 사이를 오가야 한다. 한숨을 다시 한 번 푹 쉰다. 그리고 알림장을 손에 들고 때를 노렸다. 아빠가 화장실에서 나오는 순간 후다닥, 엄마가 산책 가려고 현관문을 열 때 후다닥. 엄마에게는 아빠가 쓴 글이 보이지 않도록 다른 페이지를 보여주는 치밀함도 놓치지 않았다. 숙제는 꼬박 반나절 만에 끝났다. 한숨을 푹 쉰다. 동생이 나를 보고 따라 한다.

선생님은 부모님이 써준 글은 비밀이라며 읽지 말라고 하셨지만, 난 정말 비밀이라면 알림장 같은 데에 쓰면 안 된다고 생각한다. 그러니까 한 번 읽어도 상관없지 않을까? 이미 실수인 척 부모님이 글을 써준 페이지를 빠르게 열고 닫아보았다. 경보가 울리거나 부모님에게 전화가 오진 않는 것으로 보아 괜찮은 것 같다. 집이 조용한 지금이 기회다. 난 방에 들어가 주위를 살피고 알림장을 열었다.

아빠 엄지손톱만큼 크고 삐뚤빼뚤한 내 글자가 빼곡한 알림장 한구석에 정말 멋진 글씨가 있다. 앗 근데 왜 하나만 있지. 아 맞다 엄마한테는 뒤편에 받았지. 아빠가 써준 답장 아래에 꾹꾹 '엄마 껀 뒤에 있어요'라고 썼다. 화살표도 빼먹지 않았다. 그리고 페이지를 넘겼다.

뭐지? 페이지를 팔락 거리며 아빠가 써준 글과 엄마가 써준 글을 번갈아 봤다. 글자들이 휙휙 지나가니 어지럽다. 앞쪽도 뒤쪽도, 꼭 한 사람이 쓴 것만 같다. 우리 엄마 글씨가 원래 이랬던가? 아닌데, 엄마 글씨는 좀 더 가늘고 뾰족했는데. 아닌가? 그건 아빠 글씨던가? 어라. 기역도, 니은도, 디귿도 다 똑 닮아있다. 알림장을 내려놓고 방에서 나왔다. 마침 아빠가 엄마에게 꼬박 반나절 만에 말을 걸고 있었다. 저녁 밖에서 먹을까? 그러든지.

너무? 아픈? 사랑은? 사랑이? 아니야?

"심사에서 탈락하셨습니다."
"네? 이번엔 또 왜요?"
"모의 연애 시뮬레이션에서 통증 지수가 기준치를 초과했어요."
"아니 저 괜찮았는데요."
"단순히 하나의 시뮬레이션에서 괜찮았다고 통과할 수 있는 게 아닙니다. 데이터를 토대로 향후 연애를 다시 설계해 본 결과, 약 사만칠천백오십이 개 경우에서 두 분 모두 너무 괴로우세요. 총 엔딩의 구십 퍼센트 이상이 새드 엔딩입니다. 그중 오십 퍼센트 이상이 사망 플래그가 낀 배드, 배드 엔딩이고요."
"...그럼요?"
"이전 시뮬레이션에서도 말씀드렸지만, 다른 파트너를 생각해 보시는 게..."
"그때도 말씀드렸지만 그럴 생각은 없습니다. 가볼게요. 다음 190차 세션에서 봬요."

A와 B는 손을 잡고 상담실을 나왔다. 손에는 기록 보고서가 들려 있었다. 시뮬레이션은 두 사람의 성장과정, 환경, 신체조건, 성격 및 가치관 등을 종합적으로 고려하여 둘의 연애가 바람직한 방향으로 흘러갈 수 있는지 미리 확인하는 작업이었다. 연애 심사에선 가장 결정적인 단계로, 조건에 부합하지 않는 수치가 측정되면 탈락하게 된다. 두 사람의 집으로 돌아온 A는 파일을 꺼내 오늘 받아온 검사지를 정리했다. 검사 횟수가 곧 200회에 달하는 만큼 파일은 두툼해져 있었다.

이번에는 또 어디서 문제였던 거야?
여기. '...이전 시뮬레이션과 제4 환경 조건(K-961 구역)을 달리하였으나, 향후 연애에 유의미한 변화가 관측되지 않음.'
유의미한 차이가 없어서 유의미하다는 말이네. 언제나처럼.

이 조건은 그동안 수도 없이 변경했던 부분이다. 환경 조건이란 쉽게 말해 두 사람이 해당 시기 어디에서 지내느냐인데, 더 이상 새로울 것이 없을 정도로 다양한 시도에도 불구하고 검사지에 적힌 문구는 변함이 없었다.

진짜 우리가 문제인가?

B는 문득 이런 생각이 들었다. 번거로운 절차를 수없이 밟으면서 단 한 번도 없던 일이었다.

다른 파트너를 생각해 보시는 게...

담당자는 직접적이지는 않지만 A와 B가 만나면 아플 수밖에 없다는 의견을, 아니 사실을 수차례 암시해왔다. 하지만 역시 A가 아닌 다른 파트너는 상상조차 할 수 없었다.

곧 200회가 되는 상담도, 곧 200번째 확인받게 되는 잘못된 만남이라는 사실도. A가 아니었다면 여기까지 오지도 않았다. 이게 사랑이 아니야?

애인과 크게 싸웠다. 나는 침대에서, 그는 소파에서 잠을 잤다. 다음날 그의 얼굴을 어떻게 마주할지 한참을 고민하다가 겨우 침실 문을 열고 거실로 나왔을 때, 그는 변하는 중이었다. 이미 목 아래가 전부 나무로 변해 있었다. 그는, 널 저주할 거야, 라고 건조하게 내뱉고는 그대로 가시나무가 되어버렸다.

난 그 뒤로 한 달 동안 거실을 피했다. 정확히는 가시나무가 된 그를. 그는 소파 바로 앞에 뿌리를 내리고 있었다. 눈을 뜨고 자리에서 일어나자마자 한 일이 나를 저주하며 가시를 잔뜩 세운 흉측한 나무로 변하는 것이었다니. 그 사실을 견딜 수가 없었다.

한 달이 지나고 겨우 그의 앞에 섰다. 미움과 두려움이 가라앉자 발걸음은 조용해졌다. 자세히 들여다본 나무는 전체적으로 고동색이었고 가시는 녹색으로 시작해 끝으로 갈수록 붉었다. 검붉은 가시 끝을 가만히 바라보는데 갑자기 왈칵 눈물이 쏟아졌다. 악을 써가며 서로의 면전에 화를 퍼붓던 시간과 떨어져 지새운 밤, 밝아오는 해 아래서 애인을 저주하기로 결심한 마음. 그의 분노와 외로움과 증오 모두, 나를 향해 뻗은 사랑이라는 것을 내가 모를 리 없다.

가슴은 울렁이며 끊임없이 눈물을 밀어 올렸다. 위로받고 싶었다. 한 달 동안 외면한 나의 사랑을 품을 활짝 열어 끌어안았다. 맞다, 그를 안으면 이런 느낌이었지. 언젠가 부드러운 손길로 쓸어내렸던 나의 몸 구석구석을 그는 빠짐없이 찔렀다. 살에 박혀오는 가시를 느끼는데 잘 살아보자는 말이 입에서 흘렀다.

나는 지금 클라이맥스에 있다. 내 한 마디로 모든 게 끝난다. 말하면 안 되는 걸 알지만, 목 끝까지 대사가 차오른다. 뱉으면 이 이야기는 끝이다. 풍비박산이 난다. 나는 이것을 잘 알고 있다. 아, 그런데 참을 수가 없다. 아침 드라마의 주인공이 될 절호의 찬스. 액션 사인이 떨어진다. 나는 머릿속 문장을 훑는다. 드라마퀸의 폭탄발언.

"누군 좋아서 그런 줄 알아?"
"그만하자."
"이럴 거면 왜 낳았어?"
"난 너랑 있으면서도 건조 못 돌린 세탁물이 생각나."
"이놈의 집구석 지긋지긋해..."
"나다운 게 뭔데?"
"어. 그냥 죽으려고. 너랑 이러고 있느니 차라리 죽으려고."
"빨리 말해. 시간 아까워."
"너 진짜 쓰레기다. 말 섞기도 싫다."
"내가 죽으면 돼? 내가 죽으면 되냐고!"

"대체 이럴 거면 나를 왜 낳았어?"

몇 시간 전, 밤새 드라마 정주행을 마친 나는 한 장면에 꽂히고 말았다. 닭똥 같은 눈물을 흘리며 고래고래 소리치는 여자 주인공. 놀란 눈으로 딸을 바라보다 꼭 끌어안는 그녀의 엄마. 극적인 포옹과 함께 동시에 눈물이 터지고. 비로소 서로를 이해하게 되는 두 모녀. 나는 이 진부하지만 환상적인 장면을 몇 번이고 돌려보았다.

그러다 마침내 저질러 버렸다. 오늘, 해서는 안 될 금기의 말을 내뱉고 만 것이다. 그래 엄마. 무슨 말이라도 해봐. 오늘 끝장을 봐. 나는 침을 꿀꺽 삼키고 시뻘게진 눈으로 엄마의 입술이 천천히 열리는 것을 기다렸다.

"낙태는 살인이야. 낙태하면 지옥 가."

상상치도 못한 답변에 나도 모르게 입이 벌어졌다. 얼어붙은 내가 어지럽게 머리를 굴리는 동안 말을 마친 엄마는 무서우리만큼 침착한 표정으로 나를 거실에 남겨둔 채 안방으로 사라졌다.

이건 대체 무슨 장르지? 블랙 코미디? 서스펜스? 호러? 확실한 건, 내가 원한 드라마의 결말은 이런 게 아니었다는 것뿐이었다.

인간형 안드로이드, 나를 응시한다. 말싸움이 고조된다.

"사랑해."

"사랑이 뭔지는 알아? 너는 그냥 이럴 때 사랑한다고 말하라고 입력된 고철이잖아."

"......"

출력값을 잃은 안드로이드는 다음 명령어를 기다린다.

나 또한 할 말을 잃는다. 상처는 늘 나만 받는다.

나 너한테 상처 줄 거야. 네가 나로 인해 상처받았으면 좋겠어. 나 때문에 받은 상처로 네가 눈물을 뚝뚝 흘리면 좋겠어. 그게 네가 나를 사랑한다는 증거가 아니면 뭐겠어?

느릿느릿 내게 쌓인 불만을 얘기하는 너. 언제나 조심조심 날 배려해서 말을 고르는 그 모습이 참 좋다. 그리고 너는 가끔 말을 너무… 지금이다. 살짝 좁힌 미간, 좋아. 지긋이 감은 눈, 완벽해. 자, 액션.

"빨리 말해. 나 오늘 나올 때 화분에 물 주는 거 깜빡했단 말이야."

그렁그렁 한 눈, 떨리는 입술. 아, 할 말을 잃은 표정. 드라마퀸을 사랑하는 건 아무래도 힘들지? 그래도 사랑한다고 해줘. 앞으로도 잊을 때마다 한 번씩 내가 이런 대사를 칠 수 있게 해줘!

우리 포르투갈에 가요. 해변에 누워 천천히 정성껏 햇볕을 쬡시다.

한창 젊을 때 결혼했다. 어렸고 건강했다. 사랑으로 이룬 가정이었지만, 어려운 집안 사정에 각자가 숨 돌릴 틈 없이 일하느라 제대로 된 신혼여행도 가지 못했다. 무엇이든 뛰어들어 바삐 벌었다. 부부는 삶이 너무 고될 때마다 포르투갈의 조용한 해변에서 언젠가 맞이할 휴가를 떠올리며 미소를 되찾았다. 눈썹 휘날리며 지나는 세월에 주름과 관절염이 먹물처럼 몸에 뱄다. 10년, 20년, 30년이 치열하고도 허망하게 흘렀다. 부부는 노부부가 되었다. 퇴직을 앞둔 할아버지는 할머니의 손을 잡고 말했다. 우리 포르투갈에 가요. 할머니는 오래된 여행 가방에 오래된 수영복을 챙겼다. 깨끗이 먼지를 털었다.

마침내 도착한 포르투갈의 해변은 상상했던 것만큼 따뜻했다. 자갈 씻겨 내려가는 소리가 시원했다. 할아버지는 등이 배기지 않도록 돌멩이들을 걷어내고, 부드러운 모래 위에 돗자리를 깔았다. 할머니는 땡볕 아래 모자도 잊은 채 해변에 발을 담갔다. 천천히 누워 정성껏 햇볕을 쬐던 할아버지는 문득 조금 울었다. 환희의 눈물이었다.

자갈 치우고 돗자리 깔아 만든 안전지대.

나에게 허락되었던 안전지대를 떠올려 본다면 단연 옥상이 떠올라요. 학창 시절, 하교 후 친구들과 놀고 싶은데 마땅한 장소가 없을 때마다 우리 집 옥상에 돗자리를 펴고 앉아 시간을 보냈어요. 집에는 부모님이 계셔서 함부로 놀러 가기가 꺼려졌지만, 옥상에는 항상 아무도 없었으니까요. 부모님도 제가 바로 위에 있다는 사실을 아니까 안심하셨고요. 저녁 내내 엄마가 옥상으로 가져다준 떡볶이나 과일 같은 것을 나눠 먹으며 놀았습니다. 그러다 시간이 되면 계단을 몇 칸 내려가 집으로 돌아갔죠.

재수생이 되고 나서는 새벽마다 홀로 옥상을 찾았어요. 재수하면서 흡연을 시작했는데 가족에게는 비밀이라 마땅히 피울 수 있는 곳이 없었거든요. 밤새 기출 문제를 가지고 씨름하다 혼자 옥상에서 담배를 피우며 멍하니 바람을 맞았어요. 같이 옥상에서 먹고 떠들던 친구들은 입시에 성공해 화려한 캠퍼스 라이프를 즐기거나, 동떨어진 곳에서 자취를 시작해서 처음으로 고독과 싸우고 있거나, 독서실에 파묻혀 살거나 하면서 각자 먹고 살길을 찾아 서서히 흩어져가고 있었죠.

사실 그때는 숨길 것도 하면 안 될 것도 많으니 옥상이 안전지대로 작동할 수 있었는데, 재수가 끝나고 자취를 시작하면서부터는 안전지대라 할 만한 곳이 없어진 것 같아요. 예전에는 관심으로부터 도망쳤는데, 막상 오롯이 홀로 남게 되니 혼자 있는 게 편하지 않은 순간이 찾아오더라고요.

그래서 지금은 서로 안부를 묻고 다정한 말 한마디라도 건네는 사람들이 있는 곳을 찾아다녀요. 나를 걱정하는 사람들이 있는 곳이 되레 안전지대가 되었네요.

파도가 평온하게 치는 해안가에 누워 자는 할아버지를 보며, 동경했던 낭만을 떠올려본다. 나도 저렇게 눕고 싶을 때 잘 눕는 사람이 되고 싶어 했었지. 수평으로 보는 하늘에서만 쏟아지는 평온함이 있는 법이다.

도서관 앞 학교 잔디에 가방을 베고 누워있는 아이들, 모래사장에 돗자리 없이 축축한 몸을 마구 눕힌 사람들. 버스킹 하는 밴드 앞 돌계단에 반쯤 기대 노래를 듣는 청년, 먼지 쌓인 미술관 바닥에 앉아 몇 시간이고 그림을 감상하는 노신사. 유학 시절 제멋대로 누워 있는 사람들을 보며 잘도 눕는 여유에 대해 자주 생각했다. 해안가의 무당벌레, 잔디의 진드기가 무서워 눕지 못했던 만큼 잃어버린 여유의 개수를 셈해본다.

○○ 씨는 사람들이 있을 적엔 이상하다는 말을 듣곤 했다. 인사와 관심이 마시고 먹는 일과 같았던 마을에서, 그는 이웃들에게 일말의 관심도 보이지 않았다. 그래도 주에 한 번은 머리가 새하얀 아내와 함께 장을 보러 나오기도 했으나, 그마저도 점점 줄어들다가 이내 마을에 검은 차와 흰 꽃이 다녀간 이후로는 결국 손에 꼽게 되었다. 이따금 순진한 이웃이 먼저 인사를 해와도 그는 무표정으로 고개만 희미하게 까딱할 뿐이었다. 그래서 아이러니하게도, ○○ 씨는 늘 마을 사람들의 관심을 받았다. 정작 본인은 그걸 탐탁잖아 했지만.

그러던 어느 날 ○○ 씨는 지하실에서 정신을 잃고 쓰러졌다. 죽음을 떠올릴 겨를도 없이 순식간에 벌어진 일이었다. 그는 잘 정리된 지하실 한가운데에서 마치 자는 사람처럼 누워있었다. 무려 3일 동안. 그는 기적적으로 눈을 떴고, 그 어느 때보다 무거운 몸을 이끌고 겨우 지하실을 기어 나올 수 있었다. 지하실 문을 열고 그는 가장 먼저 조용하다고 생각했다. 오랜만에 보는 햇빛에 시린 눈이 아니었다면 아직 지하실에 있다고 착각할 정도로 조용했다. 원래부터 소란스러운 동네는 아니었지만, 이건 단순한 조용함을 넘어선 기이한 고요함이었다.

지상으로 돌아와 기력을 회복하는 동안 텔레비전과 라디오를 수없이 켜고 껐다. 그러나 내내 신호 없음을 알리는 잡음뿐이었다. 며칠 후 그는 드디어 문밖을 나섰다. 바깥은 지하실 문이 열린 그날처럼 여전히 고요했다. 그는 거리를 돌아다니며 사람들을 부르기도 했고 모든 집의 현관문을 두드려도 봤으며 심지어는 창문을 들여다보기도 했다. 마을 사람들이 봤더라면 기절할 법한 행동들이었다. 그러나 그의 침묵은 곧 마을의 침묵이었다.

이렇게 된 것이다. ○○ 씨는 더 이상 이상하다는 말을 듣지 않는다. 그도 그럴 것이 이상하다는 말을 포함, 모든 말이 사라졌기 때문이었다. 지하실에서 정신을 잃고 쓰러져 있던 3일 동안, 지구상 모든 인간들이 사라졌다. 이 사실을 받아들이고 가장 먼저 지은 표정은, 미소였다.

이제 ○○ 씨는 배낭 두 개를 메고 유모차를 끌며 여행을 다닌다. 옷가지와 간식 등 여행 짐을 두 배낭에 가득 담고 유모차에는 작은 도자기를 태웠다. 말이 사라진 세상에서 ○○ 씨는 끊임없이 이야기한다. 이곳저곳 걸어 다니며 마을 사람 그 누구도 듣지 못한, 세상 사람 그 누구도 듣지 못할 이야기를 한다. 내용은 대체로 장소와 기억과 추억과 사랑에 대한 것들이다.

○○ 씨는 둘만의 해변으로 향했다. 울퉁불퉁한 자갈이 무성한 이 해변은 언제 와도 불친절하다. 그래서 바다는 늘 멀찍이서 냄새를 맡고 소리만 들을 뿐이었는데, 오늘은 좀 더 힘을 내어 해변에 들어섰다. 자갈을 치워 자리를 만들고 돗자리를 펼쳤다. 마침내 자리를 잡고 편하게 누운 ○○ 씨는, 팔을 뻗으면 닿는 자리에 있는 도자기를 슬슬 쓸며 한숨처럼 좋다는 말을 흘렸다. 이 세상 유일무이한 기쁨이었다.

"이런 안드로이드라면 사랑할 수 있어."
"이런 안드로이드라면 사랑할 수 있어?"

어떤 안드로이드라도 사랑할 수 있어.

열 번 부르면 한번 답할까 말까 한 불량한 태도라도. 청소용으로 만들어진 주제에 먼지떨이 하나 주워 들기 싫어해도. 빤히 바라보는 눈동자 속 카메라 렌즈가 비춰 보여도. 이따금 사운드 모듈이 튕겨 모르는 목소리로 이야기해도. 데이터 업데이트가 끊겨 동문서답하는 대화가 늘어나도. 무릎 나사를 조일 때마다 아프다며 소리를 질러도. 설사 그 모든 게 프로그래밍 된 통증이더라도. 끌어안은 몸통 속에서 기름 찰랑이는 소리만 나도. 딱딱한 입매가 최선이라도. 전원이 나갈 때면 싸움이 그리울 정도로 싸늘해져도. 언젠가 동작을 멈출 플라스틱 눈꺼풀이 나를 슬프게 해도.

어떤 너라도 사랑할 수 있어. 편안함이 없어진 이 세계에서 너에게 안락한 마지막을 가르칠 수만 있다면. 따뜻한 침대에 누워 눈을 감는 것이 행복이라고 학습시킬 수만 있다면. 메모리가 아닌 기억을 만들어 줄 수 있다면. 텅 빈 지구 위 너와 내가 외로움을 덜 수만 있다면. 유일한 포옹으로 계산된 온기를 나눌 수만 있다면.

이런 안드로이드라도 사랑할 수 있어.

: 아름다운 이야기네요.

: 근데 이렇게 지구상 남은 유일한 존재가 아니더라도 나는 충분히 사랑할 수 있을 것 같은데.

: 그래 뭐 애착 정도까지는 가능할 것 같은데 성애적 사랑은 절대 못할 것 같아. 연애 감정이 생길 수가 있을까? 걔는 '나'를 사랑하는 게 아니라 '구매자'를 사랑하게 프로그래밍 되어있는 거잖아. 나는 연애를 할 때 상대방이 다른 누구도 아닌 나를 사랑하기로 결심했다는 점이 핵심이라고 보거든.

: 아니 봐봐, 너를 사랑하는 게 그 안드로이드의 존재 이유잖아. 그렇게 프로그래밍 된 거잖아. 그건 로맨틱하지 않아?

: 선택의 여부가 중요해. 자의식을 가지고 많은 인간 중 나를 사랑의 상대로 선택했다는 점이. 안드로이드라면 평생 이 부분을 '엎드려 절 받기'라 의심해야 하니까.

: 인간을 인간답게 만드는 것이 뭔지 고민하게 되는구나. 몸이 기계이고 뇌가 컴퓨터라는 것만으로 사랑에 거부감을 느끼게 된다는 게...

: 인간도 어느 정도는 감정을 학습하고 모방하지 않나? 어차피 우리도 서로의 머릿속을 알 수 없어. 남이 어떤 생각과 과정을 통해 소통을 도출하는지 모르고 사니까. 그렇지만 나도 인간으로서 학습한 바가 있기 때문에 인간의 생김새를 하고 있어야...

: 나는 내가 어떤 사람을 사랑할 수 있는지도 몰라. 그래서 안드로이드도 사랑할 수 있을 것 같아.

: 사랑에 빠지기 위해 구매하진 않더라도, 구매하고서 사랑에 빠질 수는 있겠지.

: 나를 사랑하는 안드로이드라면 사랑할 수 있어.

: 차라리 나를 사랑하지 않는 안드로이드라면 짝사랑할 수 있을지도.

: 안드로이드도 이런 고민을 할까?

: 아... 인간 하기 싫다.

할아버지는 지구의 끝에서 떨어져 낙사하셨다.

아주 초기 인류는 지구가 둥글다고 믿었다. 정말이지 바보 같은 가설이 아닐 수 없다. 인류가 문명을 세우고 과학을 발전해나가면서 지구가 평평하다는 사실이 하나 둘 증명되기 시작했다. 그러다가 미국의 과학자 헬린 귀니가 공룡 멸종의 정확한 이유를 밝혀냄으로써 지구 평평설이 완벽하게 증명되었다. 중생대 3기 백악기 말 소행성과의 충돌로 공룡들이 지구에서 튕겨나가는 대참사가 발생했다는 것이다. 이후 기술의 발달로 우주에서 찍은 지구의 사진이 공개되면서, 사람들은 완벽히 아름다운 평평 지구를 눈으로 확인할 수 있었다.

동쪽은 아침 해가 밝고 이곳 서쪽은 땅거미가 짙다. 어둡고 습한 서쪽 땅에 사람들은 비밀을 잔뜩 안고 찾아온다. 그러고는 끝이 보이지 않는 폭포 아래로 그것들을 흘려보낸다. 지구상에 남기고 싶지 않은 비밀은 위험을 내포하기 마련이다. 그래서 서쪽 폭포는 그야말로 무법지대다. 잃은 게 없는 자들과 많은 걸 잃게 한 자들이 모두 모인다. 매일 지는 해를 따라 많은 목숨이 폭포 아래로 사라진다.

나는 이곳에서 드문, 새로 태어난 생명이다. 이 서쪽 땅에서 나고 자랐으며 물가를 떠난 적이 없다. 언제나 폭포 소리가 있었다. 폭포는 고요하다.

그렇지 않은 건 곧 사라질, 그 앞에서 벌어지는 싸움과 허무한 소회들뿐이다.

서쪽 폭포는 조업 금지 구역이다. 그러나 지구 끝 폭포에서 살아남은 물고기들은 맛이 좋기로 유명해서, 동쪽의 부자들은 이렇게 사람을 부려서라도 고기를 낚아오게 했다. 아빠는 어부였다. 덕분에 아빠는 적지 않은 돈을 벌었지만 이곳에서 돈은 그렇게 가치 있는 것이 아니었다. 사실 이곳에선 대부분이 그렇다. 아무리 비싸고 무겁고 아름다운 것들도 폭포 아래로 떨어지고 나면 사라진다. 다시 말하지만 서쪽 폭포는 무법지대다. 아빠의 소식이 하루아침에 끊기는 것도 놀랍지 않은 일이었다.

혼자 남은 난 안타깝게도 고기를 낚는 재주는 배우지 못해 가업을 이을 수 없었다. 배 없이도 살 수 있는 지역을 찾아 떠났다. 이곳은 유서도 遺書島, 세상 서쪽 끝 마지막 섬. 이 작은 섬은 수많은 사람들이 머물다 가는 무인도이다. 마지막으로 남긴 유언과 편지가 쌓여 이룬 큰 댐이 있어 유서도라 이름이 붙었다. 난 이곳에서 사람들이 남기고 간 물건들을 들여다보며 산다. 삶의 끝에 마지막으로 먹고자 챙겨온 식량, 가장 좋아하던 옷, 가지런히 벗어 둔 신발. 이름 모를 인생들의 끝자락. 폭포를 향하는 발길은 끊기지 않는다.

나는 김나나, 아이돌 가수다. '지구끝 지구'의 운용 자금 모금을 위한 <사랑해, 평평지구> 특집 음악방송 로케이션 촬영을 하게 됐다. '지구끝 지구'는 말 그대로 지구의 끝에 있는 지역을 부르는 이름이다. 세계의 모든 묻히지 못한 쓰레기, 사체, 기타 등등 하여간 내다 버릴 것들이 모두 모여 우주로 날려지는 곳이다. 지구는 평평하기 때문에 가장자리라고 부를 수 있는 부분이 존재하는데, 그곳이 바로 유일하게 중력이 우주를 향해 강하게 작용하는 구간이다. 일반인이 방문하면 매우 위험하기 때문에 출입이 철저하게 통제된다.

'지구끝 지구'는 많은 국가들이 연합하여 운영한다. 처리되는 일들이 워낙 많기 때문에 유지되는 데에 많은 비용이 필요하다. 케이팝의 핵에 선 가수로서 이런 범세계적 사안에 도움이 될 수 있다는 것은 여러모로 큰 영광이다. 아마도 나의 아이돌 커리어 중 가장 의미 있는 공연이 될 것이다. 라이브 에이드처럼 역사에 길이 남는 콘서트가 될지도 모른다. 언론의 집중도부터 남달랐다.

문제는 예기치 않은 곳에서 발생했다. 출국을 이틀 앞두고 가족과 시간을 보내기 위해 본가에 방문했을 때였다. 몇 년에 한 번 가족행사에서나 볼까 말까 하던 먼 친척이 갑작스레 찾아와 저녁식사에 함께하게 되었다. 식사 내내 어색하게 고개만 끄덕이던 친척은 후식을 먹을 때가 되어서야 입을 뗐다.

"저, 실은, 나나가 '지구 끝 지구'에 간다는 얘기를 듣고 걱정이 돼서요. 많은 분들이 모르시는데… 지구 끝이라는 건 다 조작된 거고 거짓말이에요. 지구는 사실 둥글거든요."

뭐라는 거야? 황당해서 아무도 대꾸를 할 수가 없었다. 그런 우리 가족 앞에서 차분하게 지구 구형론을 설파하는 친척의 눈에서 광기가 보이는 듯했다. 무서울 정도였다.

"이미 수십 차례 증명된 바 있는 음모예요. 가면 나나는 죽을 겁니다. 거기 용역일 합격했다며 좋아했던 제 친구 놈도… 흐윽…"

친척은 급기야 울며 호소하기 시작했다. 무슨 이런 미친놈 같은 양반이 다 있냐며 아빠가 불같이 화를 냈다. 택시를 불러 강제로 친척을 끌어내 싣는 동안 그는 절대 나나를 보내서는 안 된다며 울고불고 난리를 쳤다. 엄마는 멀쩡하던 사람이 어쩌다 이상한 데에 빠져서 저렇게 됐는지 혀를 차며 걱정했다. 안 그래도 큰 공연 앞두고 스트레스 받는데 진짜. 신경 쓰지 말고 들어가 자라며 엄마가 수면 안대도 챙겨줬지만 괜히 찝찝한 마음이 가시질 않았다.

내 번호는 어떻게 알아냈는지, 다다음날 출국장에 도착하자 문자까지 와 있었다. [나나야, 다시 생각해 봐라. 너 이렇게 죽는 꼴 못 본다. 허무맹랑한 얘기가 아니다. 이 링크를 잘 읽어보면... 더보기] 어우, 진짜... 차단. 의전팀의 에스코트를 받으며 비행기에 올랐다. 샴페인 한 잔을 비운 후 커튼을 치고 눈을 감았다. 컨디션 관리를 위해 쭉 취침할 요량이었다. 그랬는데... 그러고 보니 지구끝의 사진을 본 적이 있던가? 그 주변 나라가 뭐뭐 있었지. 그쪽엔 희한하게 정보가 없긴 하네... 아 왜 그 사람은 쓸데없이 그런 얘기를 해가지고 이상한 생각을 하게 만들지. 애써 잠들어 보려 했지만 불안감을 떨치기가 힘들었다.

"... 30분 후 착륙하겠습니다."

그래도 어느덧 잠들었었나. 안내 방송에 눈을 떴다. 원래 이렇게 비행기 안이 조용한가? 아무리 노캔 헤드폰을 꼈다고 해도... 나는 천천히 창문 덮개를 올렸다. 눈이 부셔 잘 보이지 않았다. 잔뜩 찌푸린 채 아직 구름 가득한 하늘을 응시했다.

...에이. 그럼 그렇지. 한창 비행 중인 창밖에는 선명한 지구의 끝이 서서히 드러나고 있었다. 날카로운 가장자리 너머 칠흑같은 우주가 보였다.

맛있는 음식과 평온한 잠에 오늘도 감사드립니다. 아멘.

할아버지의 식사 기도가 끝나고, 우리는 슬그머니 감은 눈을 떠 숟가락을 들었다. 오늘 아침은 미역국. 잘 미끄러져 떨어지란 거야 뭐야. 이런 상황에서까지 농담이 생각나다니. 나도 모르게 피식 웃어버렸지만, 아무도 보지 못한 것 같았다. 식사를 마친 가족들은 바지런히 자신의 몫을 해냈다. 아버지는 가이드에게 연락해 우리의 출발 소식을 알리고 주차장에 먼저 내려가 시동을 걸었다. 엄마는 할아버지의 머리를 단정하게 젤로 발라 멋을 내준 뒤 주머니에 핫 팩 몇 개를 챙겨 드렸다.

언제나 등산용 바람막이 차림이던 할아버지가 정장을 입은 것은 십 년 전 할머니의 장례식 이후로 처음이었다. 머리 손질과 면도까지 마친 할아버지는 텔레비전에서나 보던 중년 배우처럼 품위 있어 보이기도 했다.

"할아버지. 이제 가요."

할아버지의 손을 잡고 주차장으로 내려갔다. 세 시간 뒤, 우리는 가이드와 함께 작은 항구에서 배에 오를 것이고, 열다섯 시간 동안 태평양을 건널 것이고, 빠르면 스무 시간 뒤, 우리는 지구 끝에 할아버지와 함께 서있게 되겠지. 마침내 할아버지의 바람대로, 그가 지구 밖으로 사라지기 까지는 몇 시간이 걸릴까.

평생 동안 벗어나지 못했던 지구의 끝자락에서 한 걸음 나아가 세상 밖으로 사라지는 죽음. 뼛가루조차도 남기지 않고 영영 닿을 수 없는 우주 속으로 사라져 버리는 죽음.

할아버지가 평생 동안 꿈꿔왔던 생의 마지막 장면을 위한 여정이 이제 막 시작되고 있었다.

너무 (　　) 해

    장류진
    릴리 슈슈
    디올 광고
    왕가위
    홍상수
    무라카미 하루키
    팀 버튼

: 나 이제 퇴근하려고. 넌 아직?

모니터 우측 하단에 미리보기가 짧게 떴다 사라졌다. 시계는 10시 45분을 가리켰다. 10년이 지나도 이 회사 생활은 똑같겠지. 밤이 깊은 이후에도 서로의 퇴근 여부를 묻는 일이 일상이 되었다.

[11시 넘어야 택시비 지원. 조금만 더 있다가 가려고.]

메시지 옆의 1 표시는 전송되자마자 사라졌다. 친구의 답장을 기다리며 얼음이 녹아 밍밍해진 아메리카노를 한 모금 빨았다.

: 편하게 퇴근하네. 부럽다.

영혼이 담기지 않은 답장에서 사무실 히터에 녹은 화장과 떡진 머리를 하고, 퇴근 준비를 하는 친구의 얼굴이 떠올랐다. 결로가 흘러 컵 아래 물이 흥건했다. 오늘에만 벌써 네 잔 째 커피였다. 새로운 답장이 도착했다.

: 샤워실에서 씻고 퇴근해야겠다. 나는 택시비도 안 나오는데 수도세라도 아껴야지.

소희는 여전히 명랑하고 쾌활한 정신 승리법을 구사했다. 그래. 돈 받고 목욕탕 다녀온 거 같고 나쁘지 않겠다. 나의 모니터 밑에도 매일 아침 탕비실에서 훔쳐 온 길리안 초콜릿이 쌓여 있었다.

[아, 맞다. 안 그래도 오늘 회사에서 길리안 두둑이 챙겼어. 너 그거 좋아하잖아. 다음에 만나면 줄게.]

고작 초콜릿 하나에 일의 슬픔을 상쇄할 수 없다는 건 알고 있다.

: 그래.. 고물가 시대잖아. 초콜릿 사 먹을 돈이라도 아껴야지.

장류진 소설[4] 같다. 택시비, 수도세, 고급 초콜릿으로 심야 야근을 버텨내는 나와 소희의 인생이. 이 하루가 정말로 소설이라면 '그리고 나는 집에 갔다. 푹 잤다.'로 결말을 내버릴 텐데. 나는 잠시 스트레칭을 하고 다시 엑셀을 켰다.

---

[4] <일의 기쁨과 슬픔 (2019)> : 장류진 작가의 첫 단편소설집. 현대 한국 사회에서 직장 생활을 하는 청년들의 현실적인 애환을 그리고 있다.

길 한복판에서 사랑한다고 말했어.

응응.

그리고 똑같이 말해달라고 했어, 고래고래 소리를 질러가면서.

너 미쳤어?

하지만 말해야 알지. 아니면 어떻게 알아?

너도 너다.

하지만 이것이야말로 사랑 같지 않아?

너 또 디올 향수 광고[5] 찍었구나.

내가 그렇지 뭐.

"이건 너무 릴리 슈슈잖아."

내가 건넨 이어폰을 귀에 낀 친구가 미간을 찡그리며 웃었다.

예술을 동경하는 청소년이라면 피해 갈 수 없는 그 작품. 릴리 슈슈의 모든 것[6].

교복 입은 학생들이 드넓은 잔디밭에 서서 헤드셋을 끼고 몽롱한 음악을 들으며, 무엇인지도 모를 '에테르'를 울부짖는, 진부하지만 사랑하지 않을 수 없는 그 영화.

청소년기에 우울을 주머니에 넣고 몰래 감춘 훈장처럼 만지작거리던 우리는 그 영화를 몇 번이고 함께 돌려보았다.

대학에 들어가고 나서부터는 호프집에서 철 지난 유행가에 맞춰 천박하게 웃어제끼는, 미감이라고는 찾아볼 수 없는 멍청하고 우매한 동기들을 욕했다.

그리고 지금은, 우리가 의미도 이해할 수 없는 영화를 돌려보며 스스로에게 취하는 동안, 미감 없는 동기들이 토익을 보고, 공모전에 나가고, 어학연수에 다녀오고, 취직을 하며 닦아놓은 길을 보며, 우리가 얼마나 한심하게 살았는지 한탄한다.

이게 다 릴리 슈슈 때문이야. 우리가 어릴 때 그런 걸 보고 자라서 이렇게 된 거야.

---

[5] <MISS DIOR – The new Eau de Parfum (2017)> : 두 남녀가 서로에게 소리 질러 가며 격정적으로 사랑을 묻고 확인하는 내용의 광고.
[6] <릴리 슈슈의 모든 것 (2001)> : 이와이 슌지 감독의 장편 영화. 감당하기 어려운 현실 속에서 가수 '릴리 슈슈'를 동경하며 위안을 얻지만, 결국 파국으로 치닫는 청소년들의 이야기를 다루고 있다.

그래도 좋았는데. 어디에도 자랑스레 내보일 수 없는 시간들이지만, 좋았었는데.

우리가 릴리 슈슈를 사랑했던 우리를 비웃는 것처럼. 나중에도 지금의 우리를 비웃을 수 있을까. 왜 그땐 그런 바보 같은 걱정을 했지. 사랑하는 걸 사랑한다고 말하는 걸 뭘 그리 어려워했지. 하고 이야기할 수 있을까. 우리가 우리를 부끄러워하지 않을 순간이 찾아올 수 있을까.

고개를 돌리자 어느새 눈을 감고 손가락을 끄덕거리는 친구가 보였다.

"그래도 좋긴 좋네. 담에 공연하면 같이 보러 가자. 이건 라이브로 들어야 할 것 같아."

나는 모르겠어. 자신이 없어. 그래도 너랑 함께여서 조금 덜 부끄러울 것 같기는 해.

식당에 들어설 때부터 심상찮았던 빗줄기는, 나설 즘에는 말 그대로 쏟아지고 있었다. 온 세상이 북이라도 된 것처럼 차 지붕부터 나뭇잎까지, 비는 신명 나게 두드려댔다. 우린 우산을 쓰고 나란히 걸었다. 요란스러운 장마에 바짝 붙어있으면서도 서로에게 소리를 질러가며 말해야 했다.

우산은 소용이 없었다. 세찬 바람과 거세게 좍좍 내리는 비에 옷은 빠르게 젖어갔다. 티셔츠가 달라붙었다. 젖은 옷과 묵직한 신발을 포기할 즈음에 누군가 노래를 시작했다.

하늘에선 비만 내렸어. 뼛속까지 다 젖었어[7].

아하하. 우리 지금 되게 노랫말처럼 걷는다.

노래는 끊길 듯 계속 이어졌다. 세월에 변하지 말자며, 얼어붙지 말자며, 도시의 소음도 잡아먹은 장대비 속에서 우리는 노래했다.

---

[7] 'Antifreeze' : 가수 검정치마가 2008년 발매한 앨범 <201>에 수록된 곡. 빙하기가 찾아오더라도 뜨거운 사랑으로 말미암아 얼어붙지 말자는 내용을 담고 있다.

멸망 한시간 전까지 택시를 몰던 운전기사와의 인터뷰

멸망을 한 시간 남긴 서울의 도로 한복판. 지나다니는 차량은 거의 없이 한적하다. 그곳에서 여전히 열심히 택시를 운전하고 있는 한 기사를 만났다.

I 이제 겨우 한 시간 남았는데, 여전히 운행하는 택시가 있어 놀랐다.
(웃음) 한 시간이나 남은 거다.

I 승객을 많이 만나나?
의외로 끊이질 않는다. 지난 한 시간 동안만 해도 다섯 분을 모셨다. 몇 년 만에 합승을 하는 승객들도 있었다.

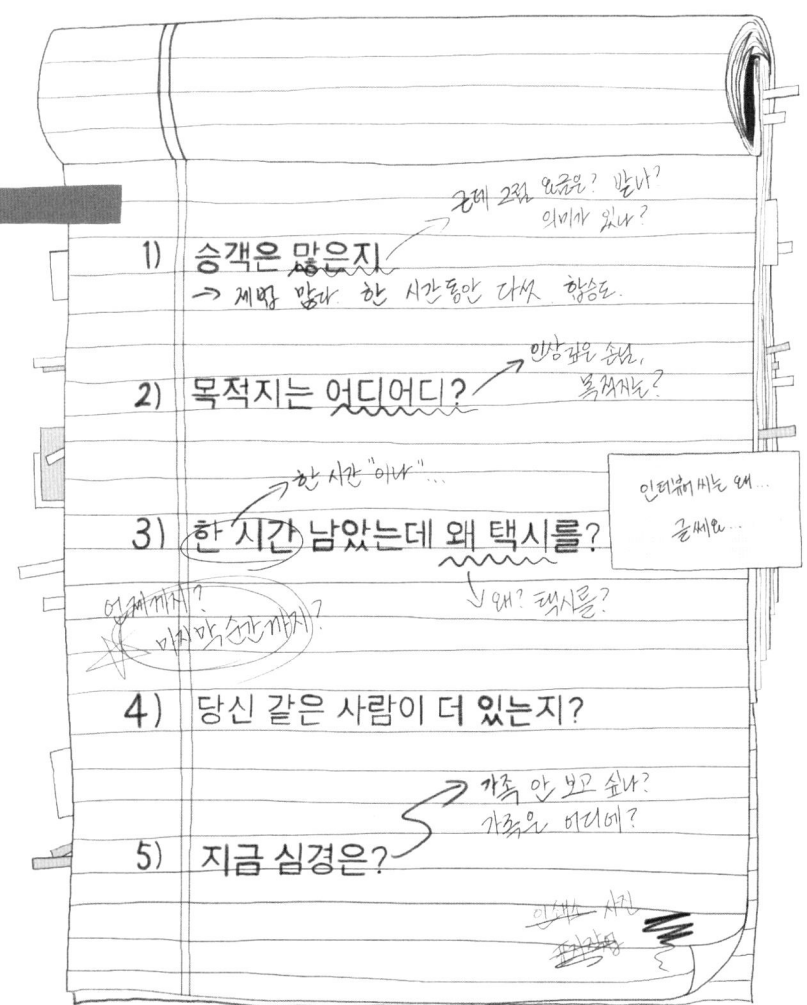

이제야 깨달았다. 내가 탄 지하철이 20분째 멈추지 않고 있었다.

어디서부터 였을까. 늦은 새벽 퇴근길, 피곤을 이기지 못하고 깜빡 잠에 들었다. 정신을 차려보니 차량 안에는 아무도 없었고, 마지막 안내방송에선 분명 곧 종점이라고 했다. 하지만 그 이후 문이 열린 적은 없었다.

구 역사라도 지나갈까 싶어 창밖을 계속 지켜봤지만 내내 캄캄했다. 인터넷도 전화도 다 먹통이다. 열차가 앞으로 가고 있는 게 맞나? 더 깊이 들어가는 건 아니면 좋겠다. 그럼 내려서 올라올 때 힘들잖아. 아니 잠깐, 내릴 수나 있나? 그제야 어쩌면 여기서 아주 오래 내릴 수 없을지도 모르겠다는 생각이 들었다.

이 열차를 타고 영원히 달리게 될까? 결국 멈춘다면, 어디로 가는 열차일까? 생각은 꼬리에 꼬리를 물고 이어졌다. 집으로 돌아가지 못하는 거라면... 인사도 못하고 이렇게 새벽 내내 힘들게 알바나 하다가 떠나는 거라면, 그건 너무 아쉬운데. 그럼 돈은 왜 벌었지. 아 어제 본 티켓 예매할 걸 그랬다. 아니다, 헛돈 쓰는 거 피했으니까 다행인가. 더 놀 걸 그랬다. 친구들도 만나고. 좀 피곤해도 어제 동창회 갈 걸 그랬나. 괜히 피곤하다고 뺐네. 아, 내리게 된다면, 그곳에서는 알바 같은 거 안 해도 되면 좋겠다.

그래서 이건 어디로 가는 걸까? 이 정도 달렸으면 우리나라 밖일 것 같은데. 오늘 지하철에서 졸지 않았으면 이럴 일도 없었겠지? 진짜 새벽까지 접시 나르다가 퇴근하는 건 너무 힘들다. 다시 졸리다. 지금까지 내내 아무것도 안 보였으니까 자고 일어나도 마찬가지 아닐까? 좀 더 자야겠다...

그렇게 다시 잠들고 얼마나 지났을까. 허벅지에서 리드미컬한 진동이 느껴졌다. 아 전화!

여보세요...
또 잤지? 어디야?

고개를 번쩍 들어 앞을 보자, 아까 봤던 아저씨가 아직도 고개를 까딱이며 졸고 있다. *이번 역은 ○○역입니다. 내리실 문은...* 내릴 곳이다.

응, 엄마 전화 덕분에 겨우 내렸어.
으이구, 피곤하겠다. 얼른 와.
응.

출근 시간인지 반대편 승강장은 북적북적하다. 지하철을 두 바퀴 도는 동안 푹 자서 그런지 몸과 머리는 개운했다. 얼른 집 가서 아침 먹어야지.

이제야 깨달았다.

신설동행 막차가 저승열차라는 이야기가 단순한 인터넷 괴담이 아닐 수도 있다는 사실을. 핸드폰을 켜 재생목록을 열었다. 못해도 7곡은 넘게 재생된 것 같았다. 창밖 기둥에 적힌 역 이름은 신설동이었다. 분명 이어폰을 꽂기 전, 곧 신설동 역에 도착한다는 안내 음성을 들었던 기억이 나는데. 열차가 20분 넘게 멈추지 않았다는 건가?

어쨌든 이 열차가 저승열차라면, 잃을 것이 없지 않은가. 죽든 죽지 않든 말이다. 죽지 않고 돌아온다면 이 괴담의 주인공이 되어 영화도 만들고, 책도 쓰고, 웹툰도 그려서 벼락부자도 될 수 있을지도 모른다. 어쩌면 지지부진한 내 삶을 구제할 한 줄기 빛 같은 방법이 될지도 모르지. 죽으면 어쩔 수 없고, 어차피 미련도 없다. 상상은 끝없이 뻗었고, 열차는 멈추지 않고 달렸다. 알 수 없는 종착지를 목적지로.

손에 든 종이 쪼가리의 숫자들을 하나씩 읽어나가던 그는 순간 입을 틀어막았다. 드디어 내가 수없이 품었다 내던졌던 기대들이 이렇게 돌아오는구나.

그는 급하게 옷가지를 챙겨 서울역으로 향했다. 로또 일등 당첨 시 유의사항은 인터넷에서 수없이 보아 이미 머릿속에 깊게 새겨져있었다. 택시. 택시를 타야 한다. 하지만 당장 계좌에 있는 돈은 5900원. 택시비를 검색해 보니 만 원은 족히 넘는다.

그는 하는수없이 집 앞 지하철역으로 향했다. 최대한 태연하게 행동하려 해도 목을 따라 뛰는 맥박과 벌겋게 달아오른 얼굴은 가라앉지를 않았다. 지하철 좌석이 반이 넘게 비어있었지만 앉지 않았다. 지난달 잃어버린 무선이어폰처럼, 앉았다가 자신도 모르게 주머니에서 흘러나갈지 모르니까.

그는 엉켜있는 줄 이어폰을 거칠게 핸드폰에 꽂아 넣고 덜덜 떨리는 손으로 '마음안정을 위한 힐링 클래식' 영상을 클릭했다. 화면에는 80년대 일본 만화체로 그려진 여자아이가 책상 위에 앉아 고개를 꾸벅거리는 애니메이션이 반복되어 재생되고 있다. 그리고 얼마나 흘렀을까.

그는 그제야 깨달았다. 그가 탄 지하철이 한 시간째 멈추지 않고 있었다.

화면 속 여자애는 여전히 꾸벅거리고 있었고, 지하철에 타고 있는 승객들도 처음 탔을 때 그대로였다. 바뀐 것은 핸드폰 화면 오른쪽 상단에 나타난 시계가 나타내는 시간뿐이었다.

순간 그의 허리에서 쭈뼛 식은땀이 흘러내렸다.

인터넷을 늘 가까이했던 그는 지하철과 관련된 온갖 괴담을 떠올려보았다. 지하철에 얼굴이 보이지 않는 승객들이 탑승하는 것도, 눈이 푹 패인 여자가 탑승하는 것도, 팔 척이 넘는 요괴가 탑승하는 것도 두렵지 않았다. 그저 목적지에 도착할 수만 있다면. 서울역에 내릴 수만 있다면. 그는 주먹을 꽉 쥐었다.

나는 묘한 상상을 시작한다. 만약 이 열차가 달리고 달려서, 아무도 모르는 오래된 역사에 나를 내려준다면. 마법처럼 사람들이 사라진 공간에 나 혼자 내려 모험을 시작한다면. 아무리 외쳐도 대답 없는 긴 터널을 며칠이고 걸어야 한다면. 추위에 떨며 매일 밤을 버텨야 한다면. 남은 생 홀로 어둠 속을 헤매야 한다면. 그렇게 적적하게 세월이 흐르다가 나는, 마침내 만난 빛을 따라 출구를…

상상이 미처 끝나기 전 지하철에서는 연착되어 양해를 구한다는 안내 방송이 나온다. 나는 강남역에 무사히 내린다. 지각이라고 회사에 연락해야하나 잠깐 고민한다. 다시 돌아가지 못할 고요한 이 세계를 되돌아본다. 걸음에 아쉬움이 남는다.

내 우주 안에 움막을 짓고

열 명은 거뜬히 누울 만큼 커다란 침대와 푹신한 침구, 품에 쏙 안기는 크기의 인형들이 있습니다. 그 방 안에서 저는 침대의 끝에서 끝으로 계속해서 굴러다니죠. 빔프로젝터를 천장에 고정해 두고 누워서 영상들도 봐요. 슬픈 현실을 다루는 심각한 것들은 싫습니다. 아주 짧고 바보 같은 영상들만 볼 수 있어요. 요즘 유행한다는 웃음 참기 챌린지 동영상 같은 거요.

침대 바로 아래에는 침대보다 거대한 풀장이 있습니다. 오랜 시간 누워있어서 등이 배길 때 첨벙 빠져들어 둥둥 떠있기 좋은, 아주 커다란 풀장이요. 심심할 때면 머리끝까지 물에 잠그고 숨을 참아봐도 좋답니다.

방 전체에 노이즈 캔슬링 머신이 설치되어 있어요. 안방에서는 엄마 아빠의 사소한 언쟁이, 옆 방에서는 아기 우는 소리가, 복도에서는 장판에 짝짝 달라붙었다 떨어지는 분주한 발걸음 소리가 난무해도 제 방에는 아무 소리도 침범하지 않아요. 동쪽 벽에는 기다란 나무 책상이, 서쪽 벽에는 바퀴가 달린 계단식 책장이 있어요. 언제든, 기분 내키는 대로 움직일 수 있어요. 책장의 두 번째 칸에는 턴테이블이 놓여 있습니다. 침대 머리맡에서, 독서의자 옆에서 작은 방구석 콘서트를 열 거예요.

닫혀있지만 열린 공간입니다. 방 한 쪽엔 큼직한 창이 있죠. 창으로는 산이 가까이 보여요. 사계절을 온몸으로 느낄 수 있겠죠? 그 느리고 거대한 변화를 지켜보는 자리는 침대예요. 사랑하는 인형들을 잔뜩 쌓아둔, 창에 붙어있는 푹신한 침대. 거기에 앉아 전 이불을 두르고 실과 바늘을 쥐고 있습니다. 조용하고 부드럽게 그리고 쉼 없이 변하는 그곳은, 상상하는 것만으로도 편안해져 잠이 밀려와요.

침대 머리맡에 창이 나 있습니다. 침구는 푹신하고 깨끗한 냄새가 나며 헤졌습니다. 방에는 거대한 장식장이 있지만 언제나 자리가 부족합니다. 사랑하는 것들을 모두 들여놓을 수 있을 만큼은 아니기 때문에 결국 언젠가는 정리를 해야 합니다. 방바닥에는 고양이가 좋아하는 오래된 러그가 한 장 깔려 있습니다. 벽에는 액자와 포스터가 가득합니다. 아주 좋은 컴퓨터가 한 대 있습니다. 문밖에는 가족이 있습니다. 엄마가 귤을 한 그릇 가져다줍니다.

amateur 아마추어 (n.)

from French *amateur* "**one who loves, lover,**"

from *amatus*, past participle of *amare* "to love"

arson 방화 (n.), **ardent** 열렬한 (adj.)

from Late Latin *arsionem* (nominative arsio) "**a burning,**"

from past-participle stem of Latin *ardere* "to burn"

down 아래의 (adv.)

originally of *dune* "**off from (the) hill,**"

from *dune* "from the hill"

bless 축복을 빌다 (v.)

from Old English *bletsian* "make holy,"

from Proto-Germanic *blotham* "**blood**"

amateur : lover

우리가 처음 만났을 때 너는 사람 눈도 제대로 마주치지 못해 친구 하나 없는 사회성 떨어지는 인간이었어. 하지만 아주 가끔, 웃을 때 쏙 들어가는 보조개가 꽤나 매력적이어서 나는 네가 웃는 모습을 한 번 더 보고 싶어 안달이 났지.

나는 언제 어디서나 내 살을 깎아 먹는 이야기를 스스럼없이 내뱉는 사람이었어. 하지만 쉽게 웃고 쉽게 즐거워하며 쉽게 호감을 사는 사람이라 낯선 사람에게 철옹성같이 구는 네 속을 비집고 들어가 아무렇지도 않게 자리를 잡았지.

마지막에 너는 낯선 사람에게도 인사치레로 '다음에 또 뵙자'는 이야기를 할 수 있는 인간이 되었어. 동시에, 슬플 때도 푹 패인 보조개를 보일 수 있는 사람이 되어 스스로가 기쁜지 슬픈지조차 분간하지 못하는 인간이 되었지.

마지막에 나는 네게 모든 이야기를 털어낸 덕분에 더 이상 남들에게 쓸모없는 말을 털어내지 않는 진중한 사람이 되었어. 하지만 그 덕분에 네가 없이는 외로움에 몸부림을 치는 인간이 되었지.

우리는 서로가 빚어낸 작품이잖아. 가장 아름다운 결과물인지, 가장 추악한 결과물인지는 모르겠지만, 우리가 살면서 해본 것 중 가장 열심히 만들어 냈잖아. 만들어 본 적이 없어서, 만들어진 적이 없어서. 우리는 그게 얼마나 힘든 일인지도 모르고 열심히도 서로를 붙잡고 어루만졌잖아.

amateur의 어원은 lover 이래. 하룻강아지 범 무서운 줄 모르는 것처럼, 처음이라서, 뭣도 몰라서, 겁도 없이 덜컥 사랑에 빠질 수 있는 거겠지. 서로의 손으로 만들어진 우리가, 서로를 빚어내느라 낡고 닳아버린 우리가, 다시 누군가를 어루만질 수 있을까. 그 길고 지난한 기간을 기꺼이 견뎌 내겠다는 결심을 품을 수 있을까.

나는 이제 범이 무서워. 간질거리는 마음이 느껴지기만 해도 두려워.

너는 어때? 기꺼이 견뎌낼 수 있겠어?

---

bless : blood

이상하게 그게 그렇게 되네요. 그 매주 설교 때마다 피 뿌리는 거. 그게 다 블레씽이라는 거래. 우리 블러드로 하는 축복이라는 거예요. 근데 봐봐, 피 기부한 자매님들 다 진짜로 축복받았잖아. 하은이 서울대 간 거. 그 뭐야, 김씨네 남편 암 싹 다 나은 거. 자매님 작년에 통풍으로 고생했잖아. 그거 빨리 블레씽해요. 다 업보 쌓인 거 피로써, 그 뭐야, 사해주시는 거래. 나도 두 달에 한 번은 꼭 하려고 하잖아. 가능하면 더 자주 하고 싶지. 축복 많이 받아서 나쁠 게 뭐 있어, 안 그래요?

---

down : hill

북부에서의 일주일도 끝나간다. 이 여행이 마무리 된다는 뜻이다. 벤치에 앉아 강의 야경을 바라보는데, 마치 강물처럼 남부에서의 일주일이 머릿속에서 흐르기 시작했다. 의아했다. 내가 훨씬 편안하고 행복했던 건 북부였는데. 왜 이제 와 돌연 남부를 회상하는 것일까? 많이 울었던 그 시간을?

이 주일. 이 멀고 작은 타국에서 보내기에는 절대 짧지 않은 시간. 그 시작은 남쪽이었다. 나에게 주는 선물이라고 비행기 표를 끊을 때까지만 해도 행복했는데. 막상 비행기에서 내려 공항을 나서자, 울고 싶어졌다. 내가 내게 준 선물인데, 내가 이걸 주면서도 좋아했는지, 내가 이걸 받으면서도 좋아하는지, 그것을 알 수가 없다는 사실이 나를 너무나도 슬프게 했다. 어딜 가든, 무엇을 보든 스스로에게 매번 되물었다. 이게 좋아? 싫어? 답이 잘 안 들리면 속상해서 울었고, 좀 들린다 싶으면 기뻐서 울었다.

아, 이제야 알겠다. 내가 지금 북쪽에서 웃을 수 있는 건 남쪽에서 울었기 때문이구나. 언덕을 오르려면 아래에서의 시간이 있어야 하는구나. 머릿속이 상쾌해지는 순간, 도시의 빛으로 번쩍거리는 강물 위로 물고기 한 마리가 퐁 튀어 올랐다 사라졌다.

---

arson : ardent

마침내 옮겨붙은 것이다. 아무리 덮고 가려도 꺼지지 않던 불씨가, 사랑을 향한 열정이, 뜨거운 마음이, 이내 너에게 불을 붙이고야 만 것이다. 이것은 방화가 아니다. 굳이 표현하자면 발화이고, 네가 누려 마땅한 인화이다. 재가 되어 공기에 휘날리는 옛 연인을 바라보았다. 나는 세상이 떠나갈 듯이 크게 소리 내어 웃었다. 불길은 웃음소리도 연인의 비명도 삼켰다. 세상은 보라. 나의 숭고한 애욕이 만들어낸 귀한 태양을 목도하라. 이보다 순수한 화재가 어디 있겠는가. 이보다 열정적인 사랑이 어디 있겠는가.

(주) 성탄 Inc.

[우는 아이 관리 부서]

"블랙리스트 올라가 있는 애들은 앞으로 선물 안 나가는 겁니다. 리스트 크로스체크해 주세요."

"이 아이는 올해 4천 회 정도 울었는데 전부 하품 건입니다. 통과 처리할까요?"

"이의 신청 왔어요. 그 정도로 안 울었대요. CS 부서로 일단 연결하겠습니다."

"<울어도 돼>라는 캐롤이 나왔답니다. 미치겠네요. 이거 법률 팀이랑 얘기해 봐야 되지 않나요?"

[루돌프 관리 부서]

"아시아 쪽에서는 순록 들여오지 말랬지? 체급에서 이미 북미 쪽 애들이랑 싸움이 안 된다니까?"

"사슴이 아니라 순록입니다. 기본적인 워딩은 숙지 부탁드려요."

"코 광 죽었어요. 다시 한번씩 오일링 체크해 주세요."

"당근 비용은 연말에 일괄적으로 보고하면 됩니다. 매번 청구했다가는 다른 업무 손도 못 대요."

"A 지역 올해 폭설로 굴뚝 분간이 어렵습니다. 루돌프 코 관리 철저히 해서 배달 시 랜딩 착오 없도록 해 주세요."

"올해도 예산 감축이래요. 출생률 때문이지 뭐긴 뭐야. 루돌프는 뭐 굶으면서 일 하나? 당근 값은 오르는데, 미치겠어요 아주."

[선물 기획 관리 부서]

"제발 사이즈 규격 지켜주세요. 너무 큰 선물 안됩니다. 아무리 의젓한 아이라도 우체국 5호 사이즈 이상은 접수 불가합니다."

"잠깐만. 8360번 아동 올해 키가 20센티가 컸다는데? 이거 M사이즈 가면 이슈 생길 것 같아요. 사이즈 교체해서 발주 넣어주세요."

"선물 파손 시 교환 절대 불가한 거 아시죠. 파손 취약 아이템 산타 선에서 알아서 거르시고요."

"금년 주문 목록에 게임보이 한 건 있습니다. 닌텐도 스위치랑 혼동하시면 안 됩니다. 각 부서에 전달 바랍니다."

[산타 인력 관리 부서]

"허리 사이즈 유지해 주세요. 크리스마스 전까지 체중 푸짐하게 관리 부탁드립니다."

"올해는 남미 쪽 산타 분이 안식년이라서요. 오버타임 수당이랑 통번역 다 챙겨드릴 테니까 부탁 좀 드리겠습니다."

"수염... 탈색해 주셔야겠는데요. 비품실에 탈색약 있습니다."

"저희 대체 신입은 언제 뽑는대요? 이러니까 애들 선물이 자꾸 누락되죠."

"산타 부츠 수급 요청드립니다. 급건이라 재무팀 빠른 회신 부탁드려요."

단조로운 풍경에 기이함을 더한 것은 나무들 간의 거리였다. 바둑판 위에 심은 듯, 무수한 n행 n렬의 검은 나무들이 동서남북 일정한 거리를 두고 늘어 서 있었다. 이 기이한 집합의 규모는, 인위, 인공 따위의 단어들보다 훨씬 컸다. 짙은 안개 너머 안쪽으로, 더 안쪽으로 나무들을 좇다 보면 그 안으로 빨려 들어갈 것만 같았다.

어둠 같았던 숲의 끝에는 눈이 멀듯한 빛이 있었다. 눈이 새하얗게 덮인 사막. 온통 새하얗다. 눈발이 내리는 사막을 들어본 적이 있었던가. 기억이 나질 않는다. 이상하게 춥지 않았다. 반팔 아래로 휑하니 드러난 팔에 포근한 온기가 돌았다. 구름 한 점 없이 하얀 하늘, 나는 새하얀 도화지를 침입한 얼룩 같았다.

햇살에 반짝이는 굵은 입자는 소금 결정처럼 보였지만 찍어 먹어보니 맹맹한 얼음 맛. 여긴 정말로, 눈이 덮인 사막이구나. 텅 빈 지평선 너머로 무수한 세이지브러시가 뿌리를 내리고 있었다. 그 위에 쌓인 서리가 양탄자처럼 폭신해 보였다. 나는 화염에 뛰어드는 불나방처럼 새하얀 사막을 헤맸다. 정체불명의 사막으로 나를 이끈 초입은 사라지고 없었지만 그냥 떠나기엔 너무 황홀한 경치였다. 눈밭에 파묻혀 이대로 평생 누워있고 싶을 만큼, 난생처음 온몸으로 맞이하는 아름다움이었다.

"거긴 아무나 갈 수 있는 곳이 아니야. 아무리 걸어도 같은 풍경만 보인다고. 내가 어디서 왔는지, 어디로 가야 하는지 아무것도 알 수 없게 돼. 들어갔던 사람들 열에 아홉은 못 돌아왔지. 끝없는 숲을 지나고 나면, 무지개가 흐르는 강이 나와. 진짜 무지개. 그 강은 낙엽으로 만든 배로만 건널 수 있어. 강을 건너면 마을이 하나 나오는데, 거기 사는 사람들은 다 키가 한 뼘만 하지. 엄청나게 사나워서 외부인들을 보면 다 해치우려고 든다. 그곳을 지나면... 그렇게 위험한 곳을 왜 갔냐고? 그 끝에는 내가 원하는 게 무엇이든 그게 나를 기다리고 있거든. 덕분에 아빠가 공주 같은 우리 딸을 얻은 거잖니."

아주 어렸을 적, 내가 어떻게 태어났냐 물으면 아빠는 항상 동화 같은 모험담을 장황하게 펼치곤 했다. 어린 딸의 환상을 지켜주고 싶었던 마음은 이해한다. 그러나 내가 성인이 되고 현실을 충분히 받아들일 수 있게 된 이후에도 항상 똑같은 모험담을 늘어놓았다. 심지어 자신이 죽는 그 순간까지도.

나는 끝까지 아빠의 모험담을 믿지 못했다. 아름답고 엉뚱한 사랑스러운 허풍으로 그 이야기를 간직하려고 했다. 그러나 아빠의 유언장 속 함께 들어있던 지도는, 허구라기에는 너무도 구체적이고 사실적이었다. 정말로 그 이야기가 사실일지도 모르겠다는 생각이 들었다. 지난 오랜 세월 나는 어쩌면 믿지 못한 것이 아니라 사실을 외면한 것일지도 모르겠다고.

지도를 따라 며칠인지도 모를 시간 동안 걷고 또 걸었다. 나는 대체 뭘 원하는 것인지, 이곳에서 어떤 답을 찾고 싶은 것인지, 무엇을 알고 싶은 것인지. 수많은 질문과 함께 멈추지 않고 계속해서 걸었다. 아빠가 보고 싶어서? 엄마를 알고 싶어서? 정말로 내가 어떻게 태어난 건지 사실을 확인하고 싶어서? 이 숲의 끝에는 내가 원하는 것이 기다리고 있다는데, 나는 무엇이 나를 기다리고 있는지도 모르는 채였다.

마침내 다리에 힘이 풀려 주저앉은 순간, 귓가에 희미한 물소리가 들려왔다. 소리를 따라 홀린 듯이 걸음을 옮겼다. 무지개가 점점 가까워지고 있었다.

거센 바람에 교복 치마가 풀럭이며 치솟았다. 무릎 아래까지 내려오는 치마가 뒤집혀 눈을 가렸다. 우리는 폭소했다. 우하하. 야 앞이 안 보여. 산바람이 세긴 세다. 해지기 전에 도착할 수 있겠지? 지금 여기가 몇 번이야? 84번 나무. 아직 한참 남았네. 빨리 가자. 우리는 손을 붙잡고 걸음을 재촉했다. 안개가 무성했다. 이 근방 나무들은 유독 키가 크고 잎 색이 짙었다. 수피도 시커매서 숲 전체가 어두웠다. 바람 왜 이렇게 차가워? 엽떡 식겠다. 오늘 당면도 추가했는데. 뭐? 야, 말을 하지. 이미 다 불었겠네. 우리는 뛰다시피 달렸다.

210번 나무. 우리의 친구가 잠들어 묻힌 곳에 뿌리를 내린 아기 나무. 그 앞에 미니 돗자리를 펴고 포장해 온 떡볶이와 각종 과자들을 즐비하게 내려놓았다. 맞다. 스팸 김밥 사 오랬는데. 깜빡하고 그냥 참치로 샀다. 화내는 거 아냐? 몰라, 일단 빨리 연락해 봐. 우리는 스케치북과 마카를 꺼냈다.

분신사바 분신사바. 나와라 오바. 님? 오셨어요? 야, 미안. 진짜 까먹음. 참치 김밥 괜찮아?
… △.

담엔 진짜 스팸 김밥 사 올게. 대신 오늘 당면도 있고 김말이도 사 옴. 잘했지.
… ○.

빨리 먹자. 잘 지내? 안 추워? 요즘 어때?
… ♡.

뭐? 미친. 얘 연애하나 봐. 대박 대박. 캄캄한 숲에 오래도록 여고생들의 수다가 울려 퍼졌다. 찬 바람이 다시 한번 치맛자락을 뒤집고 갔다.

이 빌어먹을 숲을 헤맨 게 벌써 며칠 째인지 모르겠다. 바싹 마른 나무들은 마치 누군가 심기라도 한 것처럼 사방으로 일정한 간격을 유지하고 있다. 일몰도 일출도 없는 이곳엔 안개만 자욱하다. 안개를 헤치고 나가면 또 다른 나무다. 미쳐버릴 것만 같다!

그러다, 아무리 다가가도 나를 놀리듯 멀어지던 안개가 나무 대신 어떤 폐가를 내놓았다. 아, 눈물이 흘렀다. 누군가 있기를. 나를 구원해 줘. 차라리 그가 살인마라면 좋겠어. 누구든 이곳에서의 나를 끝장낼 수만 있다면, 그가 바로 구원자야.

손과 발을 진흙을 헤집듯 휘두르며 폐가를 향해 달렸다. 쓰러지듯 문을 열자 안은 온통 새까맸다. 마치 화마가 휩쓴 듯, 숯이 되어버린 목조 주택이었다. 나는 숲이 아니라는 사실만으로 너무나 감사해 마구 울면서 바닥에 쓰러졌다.

한차례 진정이 되자 난 정신을 차리고 안을 살폈다. 놀랍게도 그곳엔 아무것도 없었다. 바닥이며 벽이며 가구까지 모두 새까맣게 타버린 이후였고, 찬장이나 서랍은 모두 텅 비어있었다. 저 밖에 있는 소름 끼치는 나무들과 이 집이 다를 게 무엇이란 말인가? 환희 이후 이어진 허무는 건조한 나를 마구 비틀었다. 차라리 정말로 부서질 수 있다면, 그렇게 허무를 인정할 수만 있다면 이토록 괴롭지는 않을 텐데. 괴성을 지르며 집안을 뒤졌다. 그러다 2층의 침실로 추정되는 방의 서랍에서 권총을 찾았다. 마치 직전까지 누군가 닦아 윤을 낸 것만 같았다. 이 새까만 집에서, 아니 이 세상에서, 그야말로 빛이 나는 유일한 물건이었다.

아아, 이 말라붙은 세상에서 유일하게 빛나는 것. 빛나는 권총. 깊은 어둠 속에 숨겨져 있던 이 빛이 나의 구원이구나. 그래 이것이야. 나는 탄창을 열어 확인했다. 엄숙한 황금빛의 총알 하나. 나를 위해 준비된 것이 틀림없다. 침을 삼키는 것처럼, 아주 자연스럽게 탄창을 닫고 해머를 눌렀다. 그리고 기지개를 켜듯 손을 들어 나의 가장 취약한 곳에 총구를 바짝 붙이고, 망설임 없이 방아쇠를 당겼다.

"...○○○ 환자 의식이 돌아왔습니다!"

새싹잉:

제가 올해로 뱀파이어 된지 딱 5년째입니다. 그동안은 몰랐는데, 이 잠이라는 게 참 애매하더라고요. 전에는 시간 쪼개서 일하고, 쪽잠 자고, 출근하고... 차라리 잠이 안 왔으면 했는데. 평생 잠을 못 잔다고 생각하니 또 기분이 묘합니다. 다른 뱀파이어 분들은 어떻게 생각하세요? 잠 없이도 살만하던가요?

blessing:

저는 꿈 못 꾸는 게 그렇게 아쉽던데요. 제가 늘 꿈에서 만나던 친구가 있었는데 앞으로 못 보게 되어서 정말 슬퍼요.

뱀파소녀:

아, 저도 그 기분 알죠. 그래서 저는 12년 전에 멈춰있는 꿈 일기를 종종 펼쳐 봐요. 까먹지 않으려고...

vamp13:

하하, 저는 반대네요. 더 이상 괴롭고 안타까운 꿈을 안 꾸게 된 게 뱀파이어 되고 가장 좋았던 일입니다.

피죠아:

저는 어찌 됐든 시간이 늘어서 만족합니다. 일부러 잠 줄일 필요 없이 잠이 안 오니 좋아요. 아주 긴 하루를 사는 느낌이죠.

갈릭헤이러:

여기 오백 년 이상 활동하신 분들도 계신가요?

태양을피하고시퍼:

카페 매니저님이 최연장 활동 회원이세요. 사백 년 정도 되셨다고 들었어요. 그런데 오백 년 넘어가면... 사실상 좀 힘들다고 하더라구요. 제 은사님도 활동 사백팔십 년 되시던 해에 끝내셨어요.

.

.

.

이 여름도 끝나는데 (　　) 라고 끝나지 않을 이유 없었다.

대충 찢은 비닐을 묶어놓은 선풍기가 힘없이 털털 돌아간다. 테이블에 납작 엎드려 어수선한 거리를 바라보는 내 뒤로 엄마가 오리고기를 손질하는 소리만 울린다. *탕탕*. 아무것도 하고 싶지 않다. 아니 실은 무엇이든 하고 싶은데, 아무것도 떠오르지 않아서 괴롭다. *탕탕*. 대학은 떨어졌고. *탕탕*. 샤오천은 외국으로 떠났다. *탕탕*. 아 시끄러.

이런 날 누가 덮밥을 사 먹어! *쾅*. 칼이 굉음을 내며 도마에 박혔다. *텅텅텅*. 오리 머리가 싱크대를 굴러 바닥에 떨어진다. 곧이어 엄마의 잔소리가 장대비처럼 쏟아진다. 나도 지지 않고 소리를 지른다. 너는. 엄마는. *태풍은 오늘 새벽 북상, 대만 전역이 영향권에...* 두 사람의 언쟁 뒤로 일기예보가 흘렀다.

결국 이 여름 마지막 태풍도 물러갔다. 마지막 발악이라도 한 것처럼 이번 태풍은 유난히 드셌다. 자주 가던 골목의 국수 포장마차는 날아가 버렸고, 건너편 약방은 간판이 떨어졌다. 약방 주인 할아버지는 손자네 집이 무너졌다는 연락을 받고는 어제 황망히 남쪽으로 떠나셨다. 박살이 난 간판 앞에서 담배를 뻑뻑 피우는 옆집 철물점 아저씨, 며칠 만에 셔터를 올리고 가게 앞 깨진 유리를 쓸어 담는 과일가게 아줌마. 대충 찢은 비닐을 묶어놓은 선풍기가 힘없이 털털 돌아간다. 테이블에 납작 엎드려 심란한 거리를 바라보는 내 뒤로 엄마가 오리고기를 손질하는 소리만 울린다. *탕탕*. 엄마. *탕탕*. 엄마. *탕탕*. 엄마! *쾅*. 왜. *텅텅텅*.

엄마, 나 어떻게 살아야 할까. 이러다가 영영 아무것도 못할 것 같아.

엄마는 잠깐 날 보더니 다시 도마로 고개를 돌리곤 칼질을 계속했다.

탕탕. 태풍도 갔잖아. *탕탕*.
응. *탕탕*.
그럼 뭐든 다시 하겠지. *탕탕*.
뭐든? *탕탕*.
그래, 여름도 다 갔는데. *탕탕*.

겨울만 지나면 괜찮아지겠지 했다. 겨울은 해가 짧으니까, 추워서 돌아다니기 힘드니까. 크리스마스 날 식당 예약하기도 힘들고, 호텔도 너무 비싸니까. 가난한 취업 준비생 커플에게 겨울은 매섭기만 한 계절이니까.

봄에는 좀 이상했다. 분명 취직도 했고, 날도 따뜻해졌는데, 길에도 꽃이 만개하는데, 사랑에 빠진 연인들이 서로를 향해 낯간지러운 말을 잘도 내뱉는데, 왜 우리는 하고 싶은 말이 없을까.

그렇게 여름까지 왔다. 떠밀려 오는 파도에 서로를 부둥켜안고 매달려 보기도 했고, 워터파크에서 커다란 바가지에 쏟아지는 물을 맞아보기도 했다. 수영장 딸린 호텔에 가서, 서울 시내를 내려다보며 룸서비스로 저녁을 먹고, 비싼 술을 마시고, 에어컨을 빵빵하게 틀어놓은 채 거위털 이불을 덮고 뒹굴거려보기도 했다.

이만하면 됐다. 이젠 진짜 알 것 같아. 계절이 문제가 아니라, 돈이 문제가 아니라, 그냥 우리가 문제였던 거야.

단풍 축제 얼마 안 남았는데 그건 망치지 말자. 돌아올 크리스마스도, 벚꽃놀이도, 물놀이도 망치지 말자. 우리가 우리가 아니면, 망치지 않을 수 있어.

함께했던 5년의 기간이 돌아오지 않을 마지막 여름과 함께 끝이 났다.

모터 소리가 돌아가는 냉장고 안으로 깊숙이 손을 넣어 휘저었다. 아, 이제 냉기가 돌지 않는구나. 벌써 30년이나 됐으니. 엄마가 아쉬운 듯 문을 쓸었다. 주인을 잃고도 한참을 돌아가다 멈춰버린 냉장고. 고장 날 기미는 진작 보였지만 아무도 선뜻 버리자는 말을 꺼내지 못했다. 결국 그것이 스스로 파업하고 나서야 우리는 주섬주섬 칸을 비웠다.

언젠가는 우는 손녀를 달래기 위해 몰래 꺼내 주려던 아이스크림과 요구르트만으로 가득 찬 칸이 있었다. 또 언젠가는 수험생이 된 손녀를 위해 정성스레 달인 보약으로 찬 칸도 있었다. 치지직. 코드를 뽑자 냉장고 속을 비추던 주황색 등이 제 소임을 다했다는 듯이 꺼졌다. 문을 닫았다. 젖니 시린 아이스크림과, 뺨을 쓰다듬는 거친 손바닥과, 선풍기 하나로 버티던 여름방학과, 그것이 모여 만들어진 유년기가 그 안에 담겼다. 냉장고가 꽝꽝 얼려 보관해 줄 것이다.

이제 그만 버려야겠지. 조금은 후련한 마음으로 나지막이 말했다. 으응, 그래야겠지. 엄마가 대답했다. 어느 여름날 차창 밖의 할머니에게 다음 방학 때 올게요, 하며 손을 흔들었던 때가 떠올랐다.

출근길부터 푹푹 쪘다. 아직 열 시도 안 됐는데 사무실 사람들 모두 옷자락을 펄럭이고 있었다. 대표도 풀린 눈으로 부채질을 하고 있는 상황에, 에어컨이 시원찮다는 볼멘소리를 할 수도 없었다. 툭. 대리님이 내 책상에 서류철을 던지듯 내려놓고 가는 손길에 짜증이 가득 묻어 있었다.

아, 미안. 자신의 잘못 삐져나온 짜증에 바로 사과하는 마음이 이해는 가서 나도 굳이 대꾸하지 않았다. 점심시간 전까지 예민한 오전이 흘렀다.

우리 더운데 나가지 말고 냉모밀이나 시켜 먹지. 어때요. 나는 빠르게 수화기를 들었다. 네, 여기 미래빌딩 4층인데요. 냉모밀 세트로 열 세 개요.

살얼음 낀 육수가 들어가고 나서야 사람들 눈에 생기가 좀 돌기 시작했다. 오늘 진짜 덥네요. 입추라는데 매번 이렇게 더위가 기승이네. 그러니까요. 대화가 몇 번 오고 가며 사무실 분위기가 풀리자 나도 한시름을 덜었다. 작게 한숨을 쉬었다.

어머 뭐야. 낮엔 그렇게 덥더니. 퇴근 시간이 겹쳐 같이 문을 나선 대리님이 양팔을 감쌌다. 쌀쌀해졌네 그새. 내일 보자며 종종걸음으로 멀어지는 뒷모습을 한참 보다가 나도 모르게 몸을 떨었다. 거짓말처럼 시원한 바람이 불었다. 미소가 번졌다. 그래, 이 여름도 끝나는데... 집 가서 저녁 먹고 집 청소 좀 해야겠다. 가을 옷 꺼내야지.

3억 원을 받는 대가로 기억을 지우는 버튼이 있다. 어떤 기억이 지워지는지는 본인도 모른다. 엄마에 대한 기억일 수도, 키웠던 고양이에 대한 기억일 수도, 초등학생 시절의 기억일 수도 있다. 살면서 가장 행복했던 어느 날의 추억일 수도 있고 반대로 깊게 슬펐던 날의 기억일 수도 있다. 나는 그 기억이 사라졌다는 것을 알 수 없다. 버튼을 누르겠는가?

버튼을 누르고 3억을 받았다. 학자금 대출을 갚고도 잔고가 한참은 남았다. 느껴본 적 없는 여유였다. 가족들에게 넉넉하게 용돈을 보냈고, 장바구니에서 옷을 몇 개 골라 주문했다. 형편에 밀렸던 취미도 시작했다.

현관문 앞에 잔뜩 도착한 옷들을 정리하면서 그는 그제야 떠올렸다. 3억 원에 달린 조건을. 어떤 기억이 사라졌을까? 잠시 옷을 내려놓고 생각했다. 하지만 아무리 고민한다 한들 30년에 가까운 세월 동안 쌓은 기억을 모조리 되감는 것은 슈퍼컴퓨터도 못할 짓이었다. 그는 이내 다시 옷장을 정리하기 시작했다.

잠깐, 내가 이렇게나 요란하게 입고 다녔다고? 오랜만에 열어본 옷장은 세렝게티였다. 호피부터 얼룩말까지, 현대인이 입을 것이라고는 믿기지 않는 무늬의 옷들로 가득했다. 자신의 옷장이 아닌 것만 같았다. 봉투를 뜯어 도톰한 무지 맨투맨을 꺼냈다. 말도 안 되는 옷들을 꺼내고 무채색의 옷들로 다시 채워 넣었다.

[지금까지 감사했습니다. 다들 무탈하세요.]

그는 회사 단체 메신저에 마지막 메시지를 남긴 뒤, 집 근처 스터디 카페 1년 정기권을 구매했다.

그는 퇴사 후 취미 학원을 다니거나 여행을 다녀오는 이들과는 달랐다. 하루도 빠지지 않고 9 to 6를 지켜가며 스터디 카페를 들락거렸다. 종종 술자리에서 친구들이 뭐하고 지내냐 물으면, '돈을 벌기 위한 새로운 파이프라인을 구축 중'이라는 모호한 말로 답할 뿐, 15년 치 연봉을 한 번에 받아낼 방법을 찾아냈다는 말은 하지 않았다.

그렇게 일 년의 시간이 흐른 뒤. 그는 비장한 표정으로 버튼을 눌렀다.

그의 방 책상 위에는 인생의 주요한 사건들이 적힌 9999장의 A4용지가 새로워진 그를 기다리고 있었다.

양손에 두루마리 휴지를 들고 초인종을 눌렀다. 친구의 새 집에 집들이를 간 것이다. 집은 낡았지만 벽지와 가구를 화이트로 통일하여 깔끔해 보였다. 옛날 집이라 실평수가 잘빠져 친구가 말해준 평수보다도 훨씬 넓어 보였다.

그는 화장실 변기에 앉아 부동산 어플을 켰다. 서울 변두리 낡은 아파트라 해도, 매매가 5억을 호가하는 곳이었다.

"도대체 어떻게 돈을 모은 거야?"

다른 친구들의 질문에 친구는 그냥 배시시 웃어 보이며 '그냥, 다 대출 껴서 산 거지 뭐.' 하며 웃어 보일 뿐이었다.

분명 일 년 전까지만 해도, 고작 월급 200 받으면서 내 몸 하나 간수할 수 있을지 모르겠다느니, 카드값 내고 나니 가스비 낼 돈도 남지 않았다느니 하는 한탄을 나누던 친구였는데, 대체 일 년 동안 무슨 일이 있었던 걸까. 몇 시간이 지나고 친구들은 택시를 잡아 떠나갔고, 경기도에 사는 그는 친구의 집에 신세를 지기로 한 뒤 침대 옆에 자리를 펴고 누웠다.

"너 진짜 갑자기 무슨 돈이 난 거야? 도박이라도 한 거야?"

천장을 바라보고 누웠던 친구는 잠시간 말이 없다 조심스레 입을 열었다.

"도박? 맞아, 도박이지... 근데 도박도 잘 준비하면 도박이 아니게 될 수도 있어. 들어 봐..."

다음날 친구 집에서 나온 그는 캠코더와 대용량 외장하드를 구매한 뒤 곧장 사직서를 써 내려갔다.

안 하면 바보 아닌가? 3만 원도 아니고 3억이라는데. 몇 년을 숨도 안 쉬고 일해야 벌 수 있는 돈인지 모르는 건가? 그는 버튼을 눈앞에 두고 다른 이유로 망설였다. 너무 좋은 조건이라 믿기지가 않았다. 이깟 기억이랑 현찰 3억? 된다면 몇 번이고 반복해서 누르고 싶었다. 버튼을 눌렀다. 눈을 떴다. 뭐야? 아무 일도 안 일어났네. 그는 버튼을 두세 번 더 눌렀다. 거액의 현금 입금 알림만 계속될 뿐, 그는 아무 변화도 느끼지 못했다. 자랑하고 싶어 두 손이 벌벌 떨렸다. 빨리 엄마한테 자랑해야지. 엄마... 어라. 엄마? 엄마가 어디 있더라. 엄마 얼굴이 어땠지. 잠시만. 우리 집은 어디지? 그는 멍하니 길거리에 섰다. 무얼 잊었는지 분간이 가지 않았다.

쓰레기 같은 기억을 3억이나 주고 사 간다니. 그는 횡재를 외쳤다. 바로 할게요. 삶을 되돌아보지 않겠다는 다짐처럼 들렸다.

그는 눈을 떴다. 주머니 속 핸드폰에서 알림이 울렸다. [##은행 : 300,000,000원 입금] 아, 맞아. 기억을 하나 지워주고, 3억을 준다고 했었지. 다행인가. 기억을 지워준다는 제안은 다행스럽게도 생생히 기억났다. 출처 모르는 돈을 쓰는 것보다 불안한 일은 없을 테니 오히려 잘 되었다. 돈은 제대로 들어왔고, 어째서 이 돈이 내 통장에 들어왔는지도 기억하고, 지금 내 수중에는 3억이 있다. 모든 게 다행이었다. 한 번 더 할까?

그는 지금껏 살면서 이렇게나 두려웠던 적이 없다. 아침에 일어나 확인한 메시지함에는 상상조차 해본 적 없는 액수가 그의 것이 되었다는 알림이 와있었다. 평범한 직장인으로 살다가 남들처럼 대출을 끼고 집을 사든 결혼을 하든 했을 인생에, 이런 말도 안 되는 금액의 돈은 기쁨보다는 공포였다.

한 푼이라도 쓰게 되면 큰일이니 그는 통장과 카드를 서랍에 넣고 잠갔다. 그리고 방 한가운데에 앉아 이 무시무시한 돈의 출처에 대해 고민했다. 어쩌면 자신이 매우 심각한 범죄에 연루된 무고한 시민이 되었을지도 모른다고 생각했다. 당장이라도 저 현관문을 부수고 경찰이든 조폭이든 들이닥칠 수도 있다는 두려움이 엄습했다. 그러자 이 집 안에 더 이상 머무를 수가 없었다. 그는 서랍에 넣어둔 것들을 도로 꺼내 집을 나섰다. 그래, 아무리 생각해도 난 이 돈과 관계가 없어. 당당하게 경찰서로 가자. 나의 무고함을 모두가 알 거야.

"의심할 정황이 없는데요, 선생님. 정상적으로 입금된 돈입니다. 액수가 좀 커서 그렇지."
"누가 갑자기 저한테 이런 돈을 준단 말인가요?
"그거야 저희는 모르죠."

알아낸 것은 없었고, 돈은 여전히 그의 손에 있었다. 그는 불안함에 미쳐버릴 것만 같았다. 어쩌면 이거, 생각보다 심각한 일일지도 몰라. 공권력의 시야를 벗어난 초거대국제불법조직이 지금 나를 카드 삼아 돈놀음을 하고 있는 것이 분명해. 내가 경찰서에 간 것도 알아챘을 거야. 아 어떡하지? 그는 자신이 트럼프 카드처럼 구겨지는 모습을 상상하다 전봇대를 붙잡고 마구 토해버렸다.

학생, 1998년 2월 7일에 입었던 옷을 기억해요?

무언가를 잘 기억하는 능력은 사랑의 이유도 되었지만, 자해의 이유도 되었다. 그는 과잉기억증후군을 앓았다. 단순히 영민한 기억력에 그치지 않았다. 그는 삶을 통으로 외웠다. 마치 검색 기능이 필요 없는 컴퓨터 같았다. 굳이 어떤 순간을 찾으려 노력하지 않아도, 삶이 영화처럼 24시간 상영 중이었다.

탈 듯하게 더운 한여름이었어요. 초록색 캡 모자를 쓰고, 운동장 구름다리에 앉아 친구를 기다리고 있었죠.

그의 인생에서 빠지는 기억이 없었다. 그런 그에게 삶은 살아낼수록 품이 생기는 것이 아니라 옥죄는 것이었다. 단 한 개의, 하나의 기억이라도 없어질 수 있다면. 숨통이 트일 것 같았다. 그는 망설임 없이 버튼을 눌렀다.

고민은 아주 짧게 스쳤다. 고민과 함께 기억하고 있는 줄도 몰랐던 기억이 휘몰아쳤다. 갑자기 인생의 모든 것이 사무치게 그리웠다. 아무리 억만 기억 분의 1 확률이라고 해도, 그는 그가 학교를 졸업하던 날의 허망함을, 우리 집 해피의 어린 시절을, 언젠가 키웠던 선인장을, 돌아가신 할머니 얼굴을, 아빠와 함께한 몇 안 되는 포옹을 걸 수는 없었다. 기억 앞에서 돈은 3억이 되어도 100억이 되어도 고작 화폐일 뿐이었다. 그는 아무 미련 없이 버튼을 도로 밀었다. 안 해요.

"한 번 더요."
[##은행 : 300,000,000원 입금. 현재 잔고 604,243,910원]

"한 번 더요."
[##은행 : 300,000,000원 입금. 현재 잔고 904,243,910원]

"한 번 더요."
[##은행 : 300,000,000원 입금. 현재 잔고 1,204,243,910원]

"한 번 더요!"
[##은행 : 300,000,000원 입금. 현재 잔고 1,504,243,910원]

"...한 번 더요."
[##은행 : 300,000,000원 입금. 현재 잔고 1,804,243,910원]

그는 버튼에 손을 올린 채 지긋이 눈을 감았다. 아직 그 기억이 머릿속에 남아있는지 천천히 가늠했다. 고민하는 시간이 길어질수록 서서히 입가에 미소가 번졌다. 그는 이내 눈을 뜨고는 환하게 웃으며 말했다.

"이제 됐습니다."

나와 여권 색이 다른 옆자리 사람은
쉼 없이 울었다.

좁은 이코노미 좌석에 엉덩이를 구겨 넣었다. 제발 옆에 아무도 안 탔으면 좋겠다. 속으로 생각하자마자 기다렸다는 듯이 덩치 큰 남자가 복도를 겨우 통과해 내 옆자리를 차지했다. 뽀로통하게 바라보던 찰나 눈이 마주쳐서 어색하게 웃으며 목례했다. 비행기가 이륙하고 기내식과 후식 커피 배식이 끝날 때까지 아무런 대화도 오가지 않았다. 아니, 대화라기보다도, 그는 노래를 듣거나 영화를 보지도 않는 상태로 멍하니 앞만 보고 앉아 있었다. 그게 오히려 더 신경이 쓰여 자꾸만 흘깃거리게 됐다. 내 시선을 의식한 건지 어쩐 건지, 남자는 갑자기 입을 열었다.

"하… 제 인생은… 정말 힘들었어요."

첫 문장을 끝내자마자 그는 눈물을 쏟아내기 시작했다. 나는 당황하여 물티슈를 건넸다. 에구… 그래도 너무 울진 마세요… 타성에 젖은 위로를 덧붙였다. 그는 무게 있는 목소리로 인생사를 늘어놓았다. 솔직히 궁금하지는 않았지만, 바로 옆자리인데 안 들을 수도 없어서 어쩌다 보니 경청하게 됐다. 내용은 주로 고독했던 젊은 시절과 여전히 외로운 현재에 관한 푸념이었다. 의도한 건 아니었지만 듣다가 잠에 들었던 것 같다. 내가 너무 무신경했나? 그러나 그는 그 이야기를 한 시간이 넘게 해댔는걸. 내가 잠들고 나서도 계속해서 넋두리했을지 모르는 일이다.

비행기 착륙 신호와 함께 눈이 떠졌다. 남자는 아직도 눈물에 젖은 얼굴을 하고 잠들어 있었다. 주섬주섬 짐을 챙기고 내릴 준비를 했다. 활주로에 멈춘 지 한참이 됐는데 게이트가 열릴 생각을 안 했다. 사람들이 두런거릴 무렵, 잠시 자리에서 대기하라는 안내 방송과 함께 공항 경찰이 기내에 올랐다. 무슨 일인지 흥미롭게 구경하고 있는데 내 자리 앞에 서는 것이 아닌가. 상황 파악이 더뎠다. 경찰은 남자를 흔들어 깨우더니 수갑을 채웠다. 남자는 순순히 손목을 내주었다. 사기꾼이래. 대박. 대기하다 체포하는 거래. 주변의 웅성거림이 들렸다. 사기꾼? 입을 쩍 벌리고 상황을 관전하는 나를 보더니 남자가 아련하게 미소를 지어왔다. 뭐야… 아는 척하지 마세요… 뭐야…? 무서워… 나는 황급히 시선을 피했다.

"이야기 들어줘서 정말 고맙습니다. 아가씨의 착한 마음 평생 기억할게요."

뭐야? 평생 기억하지 마세요… 무섭게 왜 저래 진짜. 별 희한한 사람 다 보겠네. 남자가 연행되어 떠나고 난 후 나는 어깨를 털었다. 어쩐지 말솜씨가 보통이 아니더라고.

2월 2일 10시 30분, 밴쿠버에서 인천으로 향하는 비행기. 흰머리가 희끗하게 나있는 검은 정장

159

차림의 중년 남자가 몸을 굽혀 좌석에 앉고는 지친 듯 눈을 감는다. 길게 내려앉은 속눈썹과 매력 있게 팬 입가의 주름. 다부지고 각이 잡힌 몸. 그의 옆자리에 앉은 여자는 죽은 듯 숨소리도 내지 않고 눈을 감고 있는 그의 머리부터 발끝까지를 곁눈질로 찬찬히 감상한다. 고요한 기내에서 유일하게 들려오는 소리는 그의 귀에 굳게 꽂혀있는 이어폰에서 새어 나오는 웅얼거림과 옆자리 여자의 침이 꼴깍 넘어가는 소리뿐이다.

그렇게 몇 시간이나 흘렀을까, 창밖에 보이는 풍경의 색이 어두워졌을 무렵, 그의 눈이 벌겋게 충혈되고, 굵직한 그의 목에 퍼런 핏줄이 도드라지게 튀어나온다. 입에서 탄식이 터져 나오고, 약간은 상해 있는 얼굴을 따라 하염없이 눈물이 흘러내린다. 그는 거칠게 귀에 꽂혀있던 이어폰을 뽑는다.

"오나라 오나라 아주 오나—"

옆자리 여자는 내내 궁금해했던 그의 이어폰 속 음악이 20년도 더 된 사극 드라마의 주제가라는 것을 깨닫자, 벌렁거리던 심장이 빠르게 식어가는 것을 느낀다. 이 사실을 꿈에도 모르는 남자는 빨간 양념이 배어있는 플라스틱 숟가락을 손에 든 채 흐르는 눈물을 주체하지 못한다. bibimbap. 맵다는 이야기를 들어 gochujang도 반만 넣었는데. 예상한 것보다 매웠다. 매워도 너무 매웠다.

대장금을 시작으로 K-POP의 시대까지, 오랜 기간 수없이 머릿속으로 그려보았던, 스티븐 씨의 첫 한국 여행이 이제 시작되고 있었다.

은은한 황금빛이 도는 피부, 언뜻 보기에 나와 비슷한 생김새. 쉼 없이 눈물을 흘리고 있는 내 옆자리 사람. 눈물이 솟아날 때마다 눈가에서부터 손끝으로 푸른빛이 빠르게 퍼져나간다.

같은 국적일까? 때마침 차장이 들어와 표 검수를 시작했다. 거의 동시에 내민 티켓은 같은 색이었고, 뒤이어 내민 여권은 서로 전혀 달랐다. 아, Z-3819 구역 출신이구나. 세 사람이 작은 수첩을 교환하는 찰나 어떤 막막함과 슬픔이 스쳐갔다. 그의 손끝이 점멸을 멈췄을 즈음, 조심스레 입을 열었다.

"제로디스에서 오셨나봐요."
"...이제는 Z-3819 구역이죠."

옆 사람의 덤덤한 말투에 차량에는 잠시 적막이 맴돌았다. 그는 잠시 생각하는 듯 하더니 물었다.

"혹시, 이 열차가 어디로 가는지 알고 계신가요? 저는 그냥 나눠 주는 표로 탄 거라 목적지를 모릅니다."

"A-187로 갑니다."
"그렇군요. 그쪽이 그곳이 고향인가요?"
"아니요, 그냥 여행입니다."
"저는 운 좋게 여행지로 망명을 가는군요."

옆 사람은 자신이 뱉은 그 말에 다시 울기 시작했다. 조용한 차량 안에서 소리 죽여 울었지만 그의 얼굴에서부터 손끝으로 박동한 푸른빛은 빠르고 거셌다.

―――――――

머나먼 동토. 그 새하얀 땅을 가로지르는 열차. 창밖으로는 설원이 흘렀고, 이모는 내내 울었다.

3등 칸 우리의 옆자리 승객은 파란 눈에 진한 금발을 가진 중년 여성이다. 그가 기차에 올랐을 때는 두 사람이었다. 그의 동행인은 열차가 블라디보스토크를 떠나기 5분 전, 경적소리와 함께 기차에서 내렸다. 빳빳한 흰 침대에 혼자 남은 그는 그때부터 펑펑 울기 시작했다. 초록색 여권을 가진 나와 친구는 우리끼리 그를 이모라고 불렀다. 무슨 일일까, 이모는 왜 울까, 이모는 어디로 갈까.

사실, 이모도 러시아 사람은 아니다. 차장에게 티켓과 함께 내민 파란 여권을 보고 우연히 알게 되었다. 결국 우리 모두 외지인인 셈이었다.

순간 기차가 잠시 덜컹하더니 차창으로 황금빛이 쏟아져 들어왔다. 눈조차 흩어진 메마른 벌판 너머에서 떠오르는 태양의 빛이었다. 저 멀리로 강이 보였다. 기차는 다리를 건너는 중이었다. 난간을 통과하며 새 아침의 햇빛은 느린 점멸을 시작했다.

힘찬 태양이 손을 뻗은 강에는 사금이 흐르는 것 같았지만, 어쩐지 쓸쓸하고 차가운 분위기를 모른 체할 수가 없었다. 창문 가장자리에 서린 서리 때문일까, 강 너머가 너무 황량해서일까, 흩뿌려진 눈 때문일까. 생각해 보았지만 알 수 없었다.

언어가 없는 편지

작은 보울을 준비한다. 편지를 몇 통 쓸 건지에 따라 더 큰 용기를 준비해도 좋다. 종이에 맛을 잘 스며들게 하기 위해 사용할 묽은 밀가루 풀을 먼저 만든다. 고운 밀가루를 써야 한다. 덩어리진 부분이 없을 때까지 잘 갠다. 풀이 다 준비되었으면 이제 맛을 만들어야 한다. 어젯밤의 기분은 어땠지? 냉동실에 오래 잠들어있던 라즈베리를 빻는다. 건더기를 잘 골라내어 즙만 조금 첨가한다. 오늘 아침에는 어떤 기분이었더라. 나는 창틀을 손가락으로 훑어 먼지를 모아 보울에 털어 넣는다. 지금의 기분, 어제 있었던 일, 최근 새로 생긴 취미, 동창의 결혼 소식과 수신인을 향한 그리움의 맛까지 담은 후 저어 섞는다. 준비한 종이에 얇고 고르게 혼합물을 바른다. 종이는 코팅되지 않은 게 좋다. 쉽게 울지 않도록 적당한 평량을 골라야 한다. 잘 말리고 봉투에 넣어 편지를 완성한다.

퐁퐁과 물을 뒤섞어 만든 비눗방울이 터지는 소리. 비눗방울을 쫓아 뛰어다니는 강아지의 발바닥 흙냄새. 버석한 나뭇잎이 바람에 부딪히는 소리. 햇살 아래 나란히 누운 연인에게서 풍기는 같은 섬유유연제 냄새. 가로등에 달린 스피커에서 희미하게 흘러나오는 안내 음성.

집으로 돌아간 아이의 손바닥에 밴 비릿한 쇠 냄새. 빈 그네가 바람에 흔들리는 소리. 놀이터 바닥 아래 작은 돌멩이, 짓이겨진 꽃, 잡초의 향. 벤치 위 과자 부스러기에 모여든 비둘기들의 날갯짓 소리. 비둘기를 쫓는 고양이의 등에서 풍기는 꼬릿한 향기. 수풀 속에서 새어 나오는 숨소리와 멀리서 들려오는 흐릿한 찬송가를 모두 너에게 보내고 싶어.

우편물을 받았다. 작은 USB가 하나가 동봉되어 있었다. 아날로그 방식의 편지 쓰기를 좋아하는 사람은 언제나 있었으니 크게 놀랄 일도 아니었다. 창고에서 오래도록 묵혀두었던 컨버터를 꺼내 들었다. 먼지를 대충 입으로 불어낸 후 거실 소파에 털썩 앉았다. 뒤통수에 컨버터를 꽂고 USB를 연결했다. 오래된 물건이라 그런지 파일을 읽어내는 데 한참 걸렸다. 장치가 요란하게 돌아가다가 이내 영상 하나를 띄웠다.

눈이 소복하게 쌓여 있었다. 함박눈 내리는 고요한 설원의 풍경이 느리게 재생되었다. 아무런 문장도 없었지만 다정한 정적이 안부를 물어왔다.

솔방울을 매달고 있는 가지, 그 아래 달린 작고 동그란 황금색 종.

우선 가지를 살폈다. 초록색 바늘잎은 아직 자기가 나무에서 떨어진 줄 모르는 것처럼 싱싱하다. 솔방울은 다른 것에 비해 작고 유독 동그랗다. 잎은 매끈하고 솔방울은 단단하나 부드럽다. 전체적으로 촉촉한 느낌이 든다. 가지에서 손을 거두자 솔향이 따라온다. 가지에 코를 묻으면 매초롬한 가지와 상반되는 매캐하고 적나라한 흙향이 코로 밀려든다. 가지를 이리저리, 살피고 만지고 맡는 내내 작은 종이 울린다. 소리는 경쾌하지만 점잖고 맑다.

편지를 봉투 위에 올려두고 바라보았다. 절로 미소가 지어졌다. 잘 지내시는구나. 힘든 시간이었을 텐데, 잘 이겨내신 것 같다. 선생님은 10년이 지나도 선생님이시네. 겨울새처럼 부푼 가슴으로 답장을 준비했다. 서랍을 열어 빨간색 몽당 색연필과 연필 다섯 자루를 꺼냈다. 영화 티켓으로 물건을 꽃다발처럼 말아 노끈으로 묶었다.

방과후 (　　) 클럽

개사
뜨개
무한리필
시 낭송
산책
끝말잇기

야, 들었어? 하영이가 교사 급식실에서 나가사끼 짬뽕 먹었대.

하영이는 스스로를 진실의 산증인이라 별명 붙였다. 이 두 눈으로 똑똑히 봤다고. 심지어 이 손으로 나가사끼를 받아들고, 이 입으로 먹기까지 했어. 차갑게 식은 코다리 강정이 나오는 날, 하영이는 때마침 점심 채플 음향을 봐주느라 밥때를 놓쳤고, 선생님 줄에 끼어 교사 급식실의 특별 메뉴를 맛보았다. '급식 차별'의 불씨는 아이들의 입을 도화선 삼아 금세 옆반까지 옮겨붙었다. 선생님들 입은 프리미엄이고, 우리 입은 주둥이냐. 그의 마지막 한 마디는 슬로건이 되었다.

오늘 개사 클럽의 곡은 조용필의 'Bounce', 소재는 '급식 차별'. 방과 후 음악실에 모여 앉아 우리는 결연한 눈빛을 주고받았다. 엄마가 밥그릇 건드는 게 가장 나쁜 짓이랬어. 부장의 목소리가 음악실의 차가운 공기를 데웠다. 새로운 역사가 쓰일 참이었다. 이건 서동요의 돌림노래보다 더 큰 파도를 몰고 올게 분명했다.

종이 울렸어 전속력으로 내달렸지
심장이 Bounce Bounce 두근대 들릴까 봐 겁나
식은 코다리 강정 몇 번을 씹어야 삼킬 수 있을까
밤새워 고민한 질문 '아주머니 김은 없나요'
5교시는 국어 이미 잘 준비를 마쳤지
그 순간 선생님 입장 옷에 깊게 밴 나가사끼 냄새
급식비는 우리 몫인데
선생님은 나가사끼 우리는 식은 코다리
우리 입은 주둥이고, 선생님 입은 프리미엄이냐

1절이 끝나고 나니 음악실은 뜨끈해졌다. 우리는 검은 글씨가 가득 쓰인 종이를 만족스럽게 펄럭였다. 천재적으로 휘몰아치는 가사들로 수놓아진, 아름다운 걸작. 내일부터 잊지 말고 꼭 부르고 다니자. 급식실의 기울어진 판을 뒤엎기 위한 수면 밑의 태동이 시작됐다.

산덕남고의 방과 후, 여기는 구교사 3층 과학실. 곧 야간자율학습이 시작되는 이 시간에, 교실에 둥그렇게 모여 앉은 남학생들이 뜨개질을 하고 있다.

틱틱틱.

얇고 가는 무언가로 문을 두드리는 소리. 모두가 순간 어깨를 움츠린다. 한 남학생이 일어나 문에 달린 창으로 밖을 내다본다. 창은 남학생이 어깨에 두른 담요와 같은 크림색의 면직물로 가려져있다.

"...들어와."

문이 열리고 그 앞엔 현우가 대바늘을 손에 꾹 쥐고 서있다.

"오는 동안 혹시,"
"아무도 없었어."

모두의 표정이 풀어지고 현우도 자리를 잡는다. 그리고 평범한 책가방에서 실뭉치와 반쯤 뜬 양말 한 짝을 꺼낸다.

"오, 발등 다 떴네? 잘했다. 신어봤어?"
"어, 사실 한 번 다 풀고 다시 뜬 거야. 게이지 계산을 잘못했는지 통이 너무 좁더라."
"야, 이거 무슨 실이냐? 개 이쁘다. 개 부드러워."
"개 아니고, 알파카. 이번에 용돈 받은 김에."

모두 잠시 작업물을 내려놓고 현우의 양말을 부러운 눈으로 살핀다.

"그러고 보니 민재는? 안 왔어?"
"아빠한테 들켜서 실이랑 바늘 다 뺏겼대."
"미친, 니트 거의 다 떴다고 좋아했잖아."
"그것도 다 버렸지 뭐."

여기저기서 깊은 한숨이 흘러나온다. 뒤이어 꽤 길게 정적이 이어진다. 그러다,

둥둥둥.

뭉툭하고 낮은 낯선 소리에 모두의 시선이 과학실 문으로 쏠린다. 이미 가방에 실과 바늘을 허겁지겁 욱여넣은 학생도 있다. 현우가 급하게 손을 내저으며 모두에게 말한다.

"아, 재영일 거야. 오늘 담요 뜬다고 코바늘 10미리짜리 가져온댔어."
"아아."

그리곤 문을 열자, 현우의 말대로 재영이 숨을 몰아쉬고 있다. 한 손엔 굵은 코바늘을 쥐고서.

"미안해, 미안해, 여자친구 만나고 왔어."
"오 가디건 다 떴나 보네. 어땠어?"
"딱 맞더라. 몰래 준비한다고 치수도 감으로 재서 뜬 건데 다행이야. 여자친구도 좋아했어."
"어서 들어와."

재영이 해맑게 웃으며 들어와 인사한다. 모두 손을 흔들어 답한다. 대바늘과 코바늘이 허공 위로 코를 주웠다.

방과 후, 교실 뒤편. 두 손으로 거칠게 교복 치마를 내리고, 블라우스의 단추를 풀어 내려간다. 반질반질한 체육복 반바지와 목이 늘어난 검은색 티셔츠가 드러난다. 치마와 블라우스를 가방 안에 아무렇게나 구겨 넣고 빠른 발걸음으로 교실을 나서면, 교문 앞 같은 차림의 여고생 5명이 나를 기다리고 있다.

매주 목요일. 평소보다 한 시간 늦게 수업이 끝나는 날이자, 학원이 쉬는 날. 세광학원 부설 모임

'방과 후 무한리필 클럽'은 교문 앞에서 모인다.

"나 생리 얼마 안 남았나 봐. 오늘은 진짜 디저트만 노린다."
"나도 생리 얼마 안 남았는디. 왜 우린 이런 것까지 닮냐. 나는 떡볶이 조질 거임."
"원래 생리 주기 자주 붙어 다니면 옮잖아."

학교에서 삼십분 거리에 있는 먹자골목까지 걸어간다. 급식은 이미 소화된 지 오래이지만, 더욱더 허기를 고조시키기 위함이다. 마침내 도착한 곳은 올리브영 2층에 위치한 뷔페이다. 청소년 10000원, 성인 13000원의 저렴한 가격으로 언제나 굶주린 청춘들에게 많은 사랑을 받는 곳이다.

"시작하자."

다소 비장한 멘트를 시작으로, 우리는 접시를 들고 익숙하게 음식 사냥에 나선다. 공용으로 먹을 접시 하나에는 입맛을 돋우고 느끼함을 잡아 줄 샐러드를 한가득 담는다. 개인 접시에는 피자를 겹겹이 쌓아 올린다. 앞접시 하나를 꺼내 튀김을 가득 담고, 화룡점정으로 떡볶이 국물을 쏟아붓는다.

욕구란 모든 욕구는 들끓어 오르는 시기. 떡볶이집에 가면 누가 김말이를 몇 개 더 처먹었네 싸우고, 피자집에 가면 남은 피자 한 조각을 가지고 싸우고. 어딜 가서 무얼 먹든 싸움으로 끝나던 우리는, 모두의 평화와 안녕을 위해 '방과 후 무한리필 클럽'을 창설해냈다.

"야, 나 진짜 토 나올 것 같아."
"난 방금 올라와서 삼킴."
"아 더러워!"

널널하던 체육복 반바지마저 배를 조여오고 숨을 쉴 때마다 온갖 음식물들에 위장이 압박되어 온다. 우리는 엉거주춤 자리에서 일어나 자연스레 지하에 있는 노래방으로 향한다. 유산소 해야지.

어른들은 대체 왜 무한리필을 싫어하는 걸까. 메인부터 사이드, 디저트, 음료까지 한 방에 양껏 먹을 수 있는 이런 끝내주는 게 세상에 또 어디 있다고. 우리도 나중엔 무한리필을 싫어하게 될 날이 올까.

알 수 없지만, 우리의 위장이 건강히 기능하는 한. 우리는 계속해서 고무줄 바지를 입고 무한리필을 찾을 것이다.

앞으로도, 쭉!

나는 해파리처럼 살기로 했다.

해파리는 물살에 맞서 싸우거나 방향을 바꾸려 하지 않는다. 그저 물살을 받아들이고 흐름을 따라 유영할 뿐이다. 그들은 현재에 존재하며, 순간순간 일어나는 주변 환경에 반응하며 살아간다. 생존을 위해 복잡한 시스템을 필요로 하지 않는다. 단순하게 몸을 펄럭이며 평온히 이동하는 것이 그들의 삶이다.

통제되지 않는 것을 통제하려 할 때 인간은 고달파진다. 가만히 있어도 내가 사랑하게 되는 것들이 있고 내게 사랑 주는 것들이 있다. 그 밖의 것들을 어찌해 보려고 할 때는 힘이 들었고, 슬퍼졌다. 그럴 때 해파리의 삶을 떠올린다. 산만하지 않고 복잡하지 않은 헤엄을 떠올린다. 긴장을 푸는 것이 곧 인생에 대한 신뢰임을 끊임없이 상기한다. 이완한다.

그린란드 상어가 사는 차가운 물속은 얼음 틈새로 내리는 침침하고 서늘한 빛이 전부다. 그들은 오직 그들의 눈만을 갉아먹고 사는 기생충으로 인해 서서히 시력을 잃어간다. 그러다 완전히 눈이 멀면, 후각에만 의지해 이따금 물에 빠지는 먹이들로 천천히 헤엄칠 열량을 얻는다. 그린란드 상어는 200년을 넘게 사는 것으로 알려져 있다. 어둠 속에서 피와 살냄새를 훑으며 그렇게 몇 세기를 살아간다.

하지만 생각해 보면 깊고 어두운 물속에서 시각이란 그리 중요한 능력은 아니다. 해가 뜨고 지는 것도 알 수 없는 어둠 속에서, 시간은 다른 단위를 지닐 수밖에 없다. 지나치게 빨리 흐른 하루 끝에, 더 길고 더딘 하루를 보내는 상어를 생각한다. 바다를 누비며 느리게 헤엄치는 상어의 속도를 가늠하며, 눈을 감고 코를 들썩여 본다. 그 상대성의 흐름 안에서 나는 호흡을 고른다.

해달은 피하지방이 매우 적어 체온 유지를 위해 매일 자신의 몸무게 4분의 1에 해당하는 음식을 섭취해야 한다. 해달은 성게, 조개, 갑각류와 같이 딱딱한 껍데기를 가진 걸 주식으로 즐겨먹는다. 그리고 상시 조개를 깨먹기 위한 돌멩이를 항상 가슴팍에 품고 다닌다. 이것이 내가 가방에 젓가락을 꼭 챙겨 다니는 이유다. 불안에 마음이 술렁거리는 날엔, 이런저런 걱정들로 밤을 새우는 대신 젓가락을 씻어 가방에 넣는다. 나의 따뜻함을 유지하기 위해. 언제 찾아올지 모르는 '한입만' 찬스를 기다리며.

겨울이 다가오고 땅이 얼면, 나무숲산개구리는 완전한 사망을 표방한 겨울잠에 든다. 땅속에 파묻은 몸이 냉하게 얼고, 혈관 속 수분은 얼음 결정으

로 변한다. 새로운 상태에 온전히 적응하는 것이다. 살아있는 건 세포 하나뿐. 모든 순환이 멎고, 심장이 멈춘다.

나무숲산개구리는 한 달 동안 지속되는 겨울의 죽음 속에서, 다시 생명으로 돌아올 준비를 마친다. 어떤 혹독한 겨울의 시기도, 다시 땅이 녹고 꽃이 피는 봄을 맞이하기 위한 잠깐의 웅크림일 뿐이다. 삶도 결국 진전과 멈춤의 반복이라는 것을 안다면, 지금의 추위는 아무것도 아니게 된다.

: 스님 같다.
: 나 요즘 절 다니잖아.

비참해질수록 낭만적인 이 순간

You'll think I'm dead,
but I sail away
On a wave of mutilation
A wave of mutilation

주인 모를 붐박스에서 시원한 비트가 울린다. 아스팔트를 긁는 스케이트보드 소리가 거리에 울린다. 소란함 속에서 넘실거리는 활기 속에서 순간 엄청난 파열음이 거리를 매운다. 쾅. 시선이 일제히 한곳으로 향한다. 못해도 엉덩이가 부서졌겠는데. 오, 손이 아스팔트에 쓸렸나 봐. 아니야, 움직이지를 않잖아. 죽은 거 아니야? 앳된 소년의 카랑카랑한 목소리가 울려 퍼진다. 케빈, 넘어지는 폼이 끝내 주는데!

손바닥에 홧홧한 상처 사이로 피가 송골송골 맺힌다. 뒤집힌 보드의 바퀴는 털털거리며 돌아가고, 케빈은 풀린 신발 끈을 질끈 맨다. 하얀 반바지는 금세 더러워졌지만 아무렴 상관없었다. 영광의 얼룩과 핏자국. 우쭐한 마음에 인중 부근의 근육이 씰룩거린다.

케빈은 뒤집힌 보드를 바로 세우고, 왼발을 올린 뒤 오른발을 굴러 울퉁불퉁한 아스팔트 위를 달린다. 다시 넘어지겠다는 각오와. 두 발에 세차게 힘을 실은 케빈은 보드와 함께 허공으로 튀어 오른다. 정돈되지 않은 금발 머리가 뙤약볕을 받아 삐죽삐죽 반짝인다. 콰앙. 넘어질수록, 엉덩이에, 팔꿈치에, 종아리에 상처가 하나 둘 늘어간다.

넌 내가 죽었다고 생각하겠지만,
나는 항해를 하고 있어
훼손의 파도 위에서
훼손의 파도 위에서

주인 모를 붐박스에서는 시원한 비트가 울리고, 데크 긁히는 소리가 거리에 울린다. 지글거리는 아스팔트 위로 아지랑이가 피어오르고, 파란 하늘을 향해 막힘없이 뻗은 초여름의 가로수는 시야를 압도한다. 그늘 아래에는 잠깐 더위를 식히기 위해 발걸음을 멈춘 여행자들로 북적이고, 모래사장에 줄지어 서 있는 패스트푸드 가판에서는 바닷가 특유의 기름 냄새가 풍긴다. 소란함 속에서 활기가 넘실거린다. 여름이 지나간다.

— 상처 날수록 낭만적인 이 순간

그게 13년 전이라고?

눈이 동그래졌다. 친구가 건넨 필름 세 롤을 받아 들었다. 12월 유럽. 통에 네임펜으로 써진 글자가 세월에 번져 있었다. 스물두 살, 친구들과 호기롭게 떠났던 첫 유럽 여행. 처음이기 때문에 짤 수 있었던 지나치게 바쁜 일정. 한 달여 만에 스무 개가 넘는 도시를 돌고 와서는 꼬박 일주일을 여독에 앓아누웠던 기억이 스쳤다. 그래, 필름 카메라도 들고 갔었지.

우리 그때 참 열심히 찍어 놓고 정작 한국 오고 나서는 까맣게 잊어버렸더라. 그저께 방 정리하다가 찾았어. 동네 주변에 현상소가 없어서, 네가 좀 해주라. 너 요새도 사진 찍지?

응, 가끔. 내가 현상해서 보내줄게. 다음에 봐.

그땐 한 달을 넘게 여행하며 함께 먹고 자고 놀아도 됐는데. 이제는 서로 바빠 만남이 짧았다. 그 이후로도 일주일이 지나서야 현상소에 들를 짬이 났다. 필름값이 많이 올랐을 때라 한 장 한 장 신중히 찍었던 것 같은데, 막상 현상해 보니 흔들리고 과노출된 사진이 대부분이었다. 처음 보는 타국의 횡단보도가 신기하다며 걸어가며 찍은 사진. 이름도 기억 안 나는 유럽의 한 궁전 앞에서 행인에게 부탁해 찍은 사진. 어떤 나라의 전통 음식을 잔뜩 시켜놓고 상기된 표정으로 찍힌 사진. 아, 포동포동하다. 밝은 뺨에 젊음과 호기심이 가득하다. 13년 묵은 어린 우리를 나는 밤사이 아주 오래 들여다보았다.

— 묵힐수록 낭만적인 이 순간

책 좋아하고, 영화 좋아해요. (친구가 없기도 하고) 인생 영화요? 음. 라라랜드랑 비긴 어게인이요! (미드소마랑 마법소녀 마도카 마기카 극장판 반역의 이야기요) 음악 영화를 좋아하거든요. (고어물이랑 애니 좋아해요) 아, 이상형이요? 민망한데... 뭐라 해야 하지? 좀 듬직하고, 존경할 만한 남자? 연상이 좋은 것 같아요. 민수 씨는요? (안 궁금해) 아, 좀 귀엽고, 챙겨주고 싶은 여자~ 그렇구나~ (밥 줘) 네? 연애요? 음... 좀 창피하긴 한데 연애는 두 번 밖에 안 해 봤어요. (틴더는 팔년 차인데) 아 자리 옮기자고요? 오늘은 말고 다음에요! (어림도!) 오늘은 시간이 너무 늦어서. 네 네. 다음에 또 봐요. 토요일이요? 네. 토요일 좋아요. (다음 생에도 보지 마요, 우리)

[발신]
나 오늘 다른 사람 만났어. 걔가 나 좋대.
우리 이제 진짜 그만하자.
[오전 2:30]

[수신]
지금 집 앞으로 갈게. 얼굴 보고 얘기해.
[오전 2:31]
지금 택시 탔어. 이십 분 뒤 도착 예정이야.
[오전 2:37]
나 이제 내려. 진짜. 제발.
얼굴만이라도 한 번만 보자.
[오전 2:55]
제발. 이번 한 번만. 내 마지막 부탁이야.
[오전 3:00]

멀리서 봐도 얼굴이 붉게 달아올라 있는 그는 나를 발견하자마자 눈물을 뚝뚝 흘리기 시작했다.

집에서 곧장 나온 듯 추리닝 차림이었다. 슬리퍼도 짝짝이었다.

"나 버리지 마. 제발."

그가 무릎을 꿇었다. 아아. 스타킹을 붙잡았다. 아마 바짓가랑이를 붙잡고 싶었던 것 같은데… 아아. 너의 이 드라마틱한 순간을 위해 바지를 입고 와줄걸. 차라리 때려줘. 맞을게. 아아. 그가 진부한 멘트를 하나씩 내뱉을 때마다 입꼬리가 올라갔다. 만족감이 나를 꽉 채웠다. 아아. 낭만적이야. 더 해봐. 더. 드러눕고 발버둥 치고 추하게 굴어줘. 지금 이 순간을 가장 진부하게 만들어 줘.

— 진부할수록 낭만적인 이 순간

컷! 아, 또 하나의 씬이 지나간다. 똑같은 롱패딩을 입고 김밥 같은 꼴을 한 스태프들이 분주히 움직인다. 모자를 눌러쓴 거만한 표정의 감독이 조연출에게 호통을 친다. 배우의 어깨 위로 담요가 둘러지고, 피곤에 날이 선 얼굴 위를 화장 브러시가 마구 할퀸다. 추운 입김이 점점 진해진다. 모두가 제 할 일을 완벽하게 해내고 있다. 난 지금 이 보도 턱 위에 앉아 이 모든 광경을 내려다보고 (겉보기엔 올려다보는 것처럼 보이겠지만 나의 가치를 고려하면 내려다본다는 말이 옳다) 있다.

내 대본에 적힌 '남자 3'이라는 배역 이름에 속아선 안 된다. 나야말로 지금 이 분주한 현장의 주인공이다. 아, 물론 저기 촬영장 한가운데에 있는 배우가 주인공처럼 보일 테다. 나도 이해한다. 하지만 다시 잘 보라. 주연 배우가 부담스럽지 않게 퍼스널 스페이스를 지켜주는 스텝들. 체중 관리하는 나를 배려해 전달해 주지 않은 커피차의 고열량 프라푸치노. 여기 있는 모든 이가 나를 위해 애써주고 있지 않은가. 이 추운 날, 그것도 여섯 시간째. 안타깝지만 어쩔 수 없다. 원래 주인공은 마지막에 등장하는 법이다. 난 타이밍을 알고 있다. 모두의 노력이 헛되지 않을, 완벽한 첫 등장의 순간을! 자, 지금이다. 나와 눈이 마주친 감독 (저 거만한 표정을 보라, 아주 뛰어난 실력을 지녔다) 이 조연출에게 속삭이고 있다. 곧 그가 외칠 것이다. 자, 하나, 둘,

"거기 엑스트라! 비켜, 화면에 잡히잖아!"

— 기다릴수록 낭만적인 이 순간

요즘 같은 때에 (   ) 은 사치다.

요즘 같은 때에 아이는 사치다. 젊은 부부들은 사랑의 결실로 인간이 아닌, 사치스럽지 않은 '아이'를 필요로 했다. 그 결과 키우기 시작한 것이 lapis이다. lapis는 햇빛도, 공기도, 식사도 필요하지 않았다. 그저 산에서 주워올 돌멩이일 뿐이니까. 젊은 부부들은 아이를 대신해 자신들을 닮은 돌멩이를 산에서 주워다 키우기 시작한 것이다. 전용 바디워시로 lapis를 정성스레 닦아 광택을 유지하고, 계절에 맞춰 옷을 입혔다. 정해진 시간마다 전용 영양제를 먹이고 (그저 향기 좋은 스프레이를 분사하는 것 뿐이었다), 잠들기 전 입을 맞추고 사랑을 속삭였다. 이혼 법정에서는 lapis의 양육권을 두고 치열한 공방이 펼쳐졌다. 기성세대들은 그들의 사랑을 해괴한, 무생물 공양 정도로 여겼지만, 그들은 아랑곳하지 않았다. 언제나 같은 위치에서, 변함없는 모습으로 평생을 함께할 존재는 lapis뿐이었으니까.

삶은 고통이다. 옛 철학자 쇼펜하우어가 그렇게 말했더랬다.

삶의 고통을 아는 이들은 굳이 그것을 물려주려 하지 않았다. 출생 지원금도, 영유아 월급도, 그 어떤 국가 지원 사업도 삶의 고통을 상쇄할 만큼 매력을 가지지 못했다. 사람들은 아이를 낳지 않았다.

죽어가는 출생률의 구원자는, 이름도 낯선 한 스타트업이었다. 그들이 발명한 고통 제거술로 출생률은 반등의 물결을 탔다. 간단한 수술로 시작할 수 있는 고통스럽지 않은 삶. 우리 아이들은 고통 없는 세상에서 키웁시다. 고통 제거술은 아이들에 대한 사랑의 표현이었다. 고통의 세대는 역사 속으로 소멸하였고, 복잡한 통증도 괴로움도 없는 새 시대가 시작된 것이다.

고통이 사어가 된 시대. 통각과 함께 나머지 오감의 상당 부분도 상실되어 모두가 비슷한 수준의 감각을 지니고 살아갔다. 세상에 대한 이해가 제한되었다. '매운 고추', '심장이 찢기는 듯한 슬픔', '목숨을 내놓아도 좋은 사랑', 불가해한 옛 문장을 읽으며 새 인류는 과거를 동경했다. 겪어본 적 없는 고통을 그리워했다.

유저 코드 ASSKB37714, 접속을 환영합니다. 오늘도 행복한 하루 보내십시오. 안내 음성에 심사가 뒤틀렸다. 행복한 하루? 기계 주제에 행복이 뭔지는 아나? 불만스러운 표정으로 인벤토리를 뒤적이며 출근 준비를 했다. 저절로 프로필 상태 표시 메시지에 '불만 가득'이라는 배지가 붙었다. 이러면 또 곤란하지. 수동으로 '활기 참'으로 바꾸고 전혀 활기차지 못한 걸음으로 집을 나섰다.

Play to earn, 놀면서 벌어라. 모든 경제 활동을 'playable', 즉 즐길 수 있도록 게임화시키겠다는 중대 사업 발표가 있고 나서, 사회는 급속도로 메타버스 안으로 이전되어 왔다. 평소 게임 회사에 취직을 원할 정도로 게임을 좋아하던 나에게는 희소식이 아닐 수 없었다. 놀면서 돈을 벌 수 있다니, 정말 꿈만 같은 일이잖아? 설레는 마음으로 캐릭터를 생성하고 유저 정보를 이식했다.

그러나 게임이 된 세계에서 '게임'은 사치였다. 생계가 걸린 판에 진심으로 게임을 즐길 수가 없었다. <출근 카드를 꽂아라!> 미니게임 팝업이 떴다. 그냥 출근만 하면 안 되겠니. 카드를 꽂으려는 내 손길을 피해 수신기가 요리조리 뛰어 다녔다. 겨우 카드를 꽂고 자리에 앉았다. "김 사원 좀 늦었네ㅋㅋ" 싱글벙글 이모티콘과 함께 채팅을 보내는 상사가 게임 캐릭터처럼 귀엽거나 재미있을 리도 없었다. 습관처럼 설정 창을 열었다. [다음 월급 수령까지 — 19:21:39:52] 한숨이 절로 나왔다. 돈 벌어야지, 돈... 타성에 젖은 타자 소리가 가짜 사무실을 가득 메웠다.

요즘 같은 때에 분홍색은 사치죠.

분홍색 물건이요? 아뇨, 아뇨. 분홍색 그 자체가 사치다 이 말입니다. 실물로 존재하는 분홍색은 물론이고, 디지털 상에서도 분홍색은 엄금입니다. 분홍색은 인간이 함부로 건드릴 수 없는 색이에요. 고갈되어가거든요. 인간이 애정(또는 욕정)을 위해 남발하던 색이니, 이상한 일도 아니죠. 그렇다면 발개진 볼, 아기의 손바닥, 진달래 등등 이런 자연 속 분홍색에 대해 생각하시겠죠? 그건 이제 불가침의 영역입니다. 식물, 동물 등 분홍색이거나 분홍색을 지닌 생물 개체는 사적 소유가 불가능합니다. 재배 또는 사육 역시 엄격히 금지되어 있죠. 배스킨라빈스는 로고를 전면적으로 수정하던 과정에서 결국 파산에 이르렀습니다. 대기업이 이럴 정도니, 다른 브랜드들은 안 봐도 뻔하죠? 크고 작은 글로벌 기업들 2071개가 오직 분홍색 때문에 처분되었습니다. 매년 봄이면 석촌호수에는 상상을 초월하는 인파가 몰립니다. 그 누구도 소유할 수 없는 (늘 그래왔지만) 분홍색을 위해서요. 개화 소식이 들려오면 일대에는 긴장감이 감돕니다.

제게는 사랑하는 이가 있어요. 그는 사랑을 표현하기 위해 분홍색을 쓰는 걸 서슴지 않았지요. 흰 편지지와 봉투를 사와 어떻게든 분홍빛으로 만들었어요. 나를 사랑한다고 말하기 위해서요! 분홍색이 다 같은 분홍색인 줄 아시나요? 뼈마디에 어리던 아득한 연분홍부터, 상기된 볼에 떠오르던 진분홍까지. 그의 편지는 그런 색이에요. 우리의 사랑은 금기이자 불법이고 재난입니다. 그런 사랑이 제 서랍 안에 잠들어있어요. 그는 분홍빛 사랑을, 아니 사랑을 분홍빛으로 남발한 죄로 감옥에 들어갔습니다. 그가 감옥에 들어가고, 전 이 서랍을 까만색으로 칠했어요. 누구도 의심하지 않도록.

내 수집품들은 눅눅한 소유욕의
자랑스러운 산물이다.

바이닐을 모읍니다. 스무 살 때부터 수집했으니 올해로 8년째입니다.

동묘 입성을 자축하며 샀던 공일오비의 2집, 할아버지에게 물려받은 배따라기의 1집 앨범, 지금의 나보다 어린 엄마가 용돈 모아 샀을 이상은의 5집, 시모키타자와의 간판 없는 가게에서 발견한 데이빗 보위의 <Space Oddity> 7인치 바이닐까지. 각각의 속도대로 헤진 바이닐에는 한때 내 세계의 전부였던 감정들이 담겨 있습니다. 판위에 바늘이 닿는 순간 그 시절을 단번에 소환해 준다는 것이 바이닐의 매력적인 점입니다.

바이닐 수집은 판이 휘어지지 않게 틈틈이 세워주고, 소리골에 엉킨 먼지를 구석구석 닦아내고, 닳은 바늘을 그때그때 갈아주는 성 가시는 작업들을

기꺼이 하겠다는 선언입니다. 슬리브와 가사집을 감상하고, 돌아가는 바이닐 판을 쳐다보며 시간을 허비하는 것만큼 낭만적인 일도 없죠. 콩알만 한 이어폰으로도 충분히 음악을 즐길 수 있는 시대에, 바늘 달린 축전기가 필요한 이 큼직한 판에 담긴 소리는 오히려 소중하게 느껴집니다.

저는 여행지에서 받은 영수증을 모아요. 하나도 빠짐없이 챙겨서 돌아오지요. 여정의 마무리는 제 방 책상 위에서 이루어집니다. 가족과 인사하고, 짐을 풀고, 씻고 나면 조용히 방으로 돌아와 영수증 뭉치를 꺼내요. 그 얇고 매끈한 종이들을 책상 위에 넓게 펼쳐두고 한 장 한 장 읽어나가죠. 그러다 보면 가슴을 뛰게 만드는 종이들이 하나씩 나와요. 여전히 이름을 읽지 못하지만 정말 맛있었

던 음료수, 쭈뼛쭈뼛 들어간 마트에서 한 아름 안고 나왔던 저녁거리, 한여름 밤의 꿈만 같았던 바에서의 시간. 튀어 오른 물방울처럼 나타났다 사라진 순간들이지만, 이 영수증 안에 분명히 존재하죠. 영수증은 이 시대의 발자국, 여행지의 내가 흘린 기록이에요. 이 대자본주의 시대에 가장 원시적이고 낭만적인 일기장. 그래서 전 영수증을 모읍니다.

잊고 싶지 않은 것들을 모아요. 가장 중요한 것은, 그때 그것을 좋아하던 나의 마음을 기억하는 것입니다. 돌 모양 향초, 오래된 향수병, 식완, 컵케이크 모양의 상자, 통조림, 빨간 리본... 연관성이 없어 보이는 이 집합은 강렬한 공통점을 가지고 있습니다. 저의 애정이요. 영원하지 않을 수 있다는 것을 알기 때문에 지금의 사랑을 상징하는 흔적을 남기는 거예요. 쓸모없어도 상관없어요. 그것들은 존재 자체가 가치이고 기억이고 내 삶의 일부이며 인생을 인생답게 만들어주는 것들이니까요. 대단히 사소하고 너저분한 물건일지라도, 내가 사고 모은 것은 그 안에 담긴 마음입니다.

저는 화려한 옷을 모읍니다. 최근 새로 산 옷을 친구들에게 보여줬는데, 무슨 프롬 파티에 가냐며 낄낄 놀려댔어요. 원체 화려한 옷을 좋아했던 저는, 처음 취직을 했을 때 세상을 잃은 듯한 기분에 빠졌습니다. 자유 복장이라고는 하지만, '찢어진 청바지 금지, 후드티 금지, 슬리퍼 금지'라는 조항이 붙은 곳에서, 제 프롬 파티 의상이 용납될 리가 없었죠. 무슨 옷을 입을까 고민하던 제 일상의 가장 큰 기쁨을 박탈당한 것입니다. 직장에서 입을 수 있는 무난한 티셔츠와 바지를 제 돈 주고 구매하던 순간, 피눈물을 흘릴 수밖에 없었어요. 남들이 일할 시간에 일어나고 깨어날 시간에 잠들던 제가, 어느새 그들과 비슷한 일상을 살아가는 것에 익숙해졌습니다. 그 무렵부터 슬금슬금 싫증이 온몸을 지배하기 시작했어요. 앞으로 한평생을 이렇게 재미없는 옷만 입고 싶지 않았죠. 저는 핸드폰을 켜고 온갖 해외 쇼핑몰들을 탐방하기 시작했

습니다. 전보다 더 짧고, 더 화려한 옷들을 주문했죠. 매주 주말이면 저는 하이틴부터 누아르까지, 온갖 영화의 주인공이 되어 집 밖으로 나섭니다. 상의에 달린 프릴은 더 화려해졌고 레이스 치마는 더 짧아졌죠. 성실한 직장인의 이중생활. 이것이 지금 제 삶의 새로운 즐거움입니다.

내 사랑이 구독하는 잡지

내 이름 철수. 묘생 10년 차. 어려서부터 남달랐던 풍채의 페르시안 친칠라. 교양 있는 집안에서 자라나며, 그에 걸맞은 멋있는 고양이가 되기 위해 나름의 노력을 하고 있다. 그중 하나는 바로 잡지 구독. <FAT CATS>라는, 나처럼 핸섬하고 건장한 고양이들을 위한 라이프 스타일 매거진이다. 매달 비둘기가 배달해 준다. 절대 비둘기가 좋아서 늘 창밖을 내다보고 있는 것이 아니다. 애독자로서 늘 매거진을 기다리는 것이다. <FAT CATS>는 이런저런 어드바이스를 제공한다. 품위 있게 꼬리 흔드는 법, 아무리 기다리던 간식이라도 기품있게 걸어가 맞이하는 법, 집사를 안달 나게 하는 법… 이번 달 호만 해도 장모종 특집 기사가 실려 그루밍 할 때 많은 도움을 받았다. 헤어볼을 주인의 침대에서 뱉으면 보다 관심을 받을 수 있다는 좋은 정보가 실려 있었다. 음. 다음에 꼭 적용해 봐야겠군. 주인이 오는 발소리가 들린다. 아마도 1층 현관에 도착했을 것이다. 여유롭게 읽던 매거진을 접어 캣타워 깊이 숨긴다. 집사, 어서 오라고. 이 멋진 고양이의 집에.

생후 11개월부터 <공주로 살아남는 법>을 구독하고 계시다니! 아주 착하고 용감하세요. 세상만사에 젊음을 이기는 건 없죠. 하루라도 어릴 때 배워두는 것이 좋습니다. 커갈수록 엄마, 아빠의 관심이 줄어들 테니까요. 남들보다 시작이 훨씬 앞서 계세요. 이 초심으로 꾸준히 행동하고, 실천하며 자라나간다면 오래도록 가정의 공주 자리를 지킬 수 있으실 거예요. 어떤 예기치 못한 불상사가 생기더라도 말이에요.

지난 호에 보내주신 답서는 잘 읽어보았습니다. 돌을 앞두고 이유식 맛도 떨어지고, 목욕 놀이도 예전 같지 않으시다고요. 지난달부터는 엄마, 아빠와 분리 수면을 시작하셨다는 말씀이시죠? 1살이 되는 때에 많은 구독자분들이 '12개월의 위기'를 겪곤 하세요. 사연을 보니 '경계 1호', 바로 '동생'의 잉태가 임박한 것으로 보입니다. 지금이야말로 공주 비법 제 51항을 필사적으로 실천하셔야 할 때입니다.

'욕망을 발전시켜보세요.'

12개월 차에 접어드니, 울 일이 많지 않으시죠? 이제 입만 삐죽여도 엄마가 기저귀를 갈아주고, 팔만 움직여도 아빠가 비행기를 태워주니까요. 그럴 때 가짜로 울다가 서로 민망해질 수 있으니, 억지로 울려고 하지는 마세요. 욕망의 크기를 키워보시면 됩니다. 더 많이 먹고 싶다, 더 많이 싸고 싶다, 더 많이 자고 싶다. 이제는 12개월에 맞는 고등한 요구를 해야 합니다. 그들의 기대치를 부수고, 목청을 살려 마음껏 울어 재끼세요. 이렇게만 하면 오래도록 가정의 유일무이한 공주로 군림하실 수 있을 겁니다.

구독자님, 오늘은 어제보다 더 귀한 대접을 받고 계시길 바라요. 오래도록 가정의 공주가 되기를 응원합니다.

주말 오전, 창가의 스파티필름 화분과 장미 허브 화분 사이에서 작은 책자를 하나 발견했다. 사이즈는 CD에 들어있는 부클릿보다 약간 컸고, 장수가 제법 되어 두꺼웠다. 반질반질한 표지는 <Harper's POTzaar>라는 제목과 어딘가 관능적인 관엽식물의 사진으로 장식되어 있었다. 하퍼스 팟자? 잡지인가? 펼치자, 페이지 사이 묻어있던 흙이 조금 떨어졌다. 구성은 여느 잡지와 다를 바가 없었다. 화보와 칼럼들, 인터뷰와 리뷰들. 그런데 조금 더 자세히 들여다보자, 내용은 전혀 다른 세상에서 온 것임을 알아차릴 수 있었다.

— 2024 S/S 파리 플라워팟 위크 전격 리뷰
— Plant of View: '아마존에서 서울로...' 콘크리트 정글로 돌아온 용감한 뿌리, 스텐다티아 아팔리시움을 만나다
— 겨울을 무사히 이겨낸 뿌리들에게, 튜브형 액상 영양제 TOP10

사진들도 모두 풀과 꽃들뿐이었다. 어딜 펼쳐도 식물과 그들의 이야기로 가득한 잡지를 멍하게 넘기다가, 마른 잎이 끼워진 페이지를 발견했다.

— 분갈이를 잊은 인간과 함께 사는 뿌리들을 위한 '좁은 화분 넓게 쓰기' 꿀팁 총정리!

아. 책갈피 같은 마른 잎은 이제 보니 우리 집 스파티필름의 것이었다. 물도 꼬박꼬박 주는데 요새 왜 자꾸 잎이 하나둘 시드는가 했더니, 화분이 좁아서 그랬구나. 아니 그전에, 이거 그럼 화분이 구독하는 잡지야? 말이 없는 스파티필름을 잠깐 바라보았다. 가장 높이 솟은 잎에 윤기가 반짝 도는데 그것이 마치 '그걸 이제야 알았냐'는 핀잔으로 보였다. 이제 슬슬 날이 풀린다고 하던데, 따듯한 날을 잡아서 화원을 다녀와야겠다. 그렇게 생각하곤 잡지를 읽어나갔다. 그런데 스파티필름아, 우리를 '걸을 수 있는 멍청한 뿌리 두 가닥'이라고 부르는 건 좀 심하지 않니.

나만이 기억하는 (　　)

     현재
     밴드
     애정
     대화
     놀이공원
     친구

1989년 1월 8일 (일)
내가 잠에 든 것은 분명 2047년 새해의 밤이었다. 우리는 석모도에서 함께 밤을 보내며 새해 소원을 빌었다. 그러나 눈을 떴을 때, 너는 옆에 없었고, 벽에는 낯선 종이 달력이 붙어있었다. 달력은 1989년을 가리켰다. 나는 일기에 2047년을 적을지 1989년을 적을지, 펜을 들고 한참을 고민했다. 일주일을 내리 잠들었다 깨기를 반복했지만 2047년으로 돌아가지 않았고, 여전히 너를 찾을 수도 없었다.

1989년 10월 28일 (토)
또, 그 꿈. *석모도에 가자.* 항상 첫 장면은 너의 그 말이다. 얼마나 자주 꿨는지, 이제 그 꿈으로 영화를 만들라고 해도 만들 수 있을 것 같았다. 네가 했던 모든 말, 우리가 먹었던 음식, 함께 바라보던 풍경까지. 잠에서 깨어나도 꿈은 점점 더 선명해지기만 했다. 가끔은 추억인지 꿈인지 분간이 되지 않았다. 나는 일기를 다시 읽고 너를 기억한다. 나만이 꾸는 꿈이 아니길, 나만이 기억하는 미래가 아니길 바라며 몇 번이고 기록을 붙잡는다. 지금 나의 시간에 어딘가 네가 존재하고 있기를. 베갯잇이 축축했다.

2021년 2월 4일 (목)
이사 온 이웃집에서 떡을 돌렸다. 손수 만든 떡은 정말 오랜만에 먹는다. 인천에서 왔다고 한다. 밤에는 오랜만에 꿈을 꾸었다. *석모도에 가자.* 어떤 것을 그리는지도 모른 채 사무치는 그리움. 각고의 노력 끝에 희미하게 남은 사랑. 내가 얼마나 보고 싶어 하는지 너는 모를 거야. 이제는 담담히 지어지는 미소. 30년 전의, 그리고 20년 후의 네가 나는 아직도 그립구나. 그리워하고 있었구나.

어? 이거 그 사람 닮았다. 아 이름 뭐더라? 그 왜 우리 중학생 땐가 좋아했던 밴드 있잖아. 기억 안 난다고? 야 어떻게 기억을 못 해 그걸. 내한 공연도 했었잖아. 우리 그때 나이 때문에 못 들어가서 막 공연장 주변에서 노래 주워들으면서 산책하고 그랬잖아. 올림픽 공원이었나? 뭐? 아니야. 무슨 백일장이야. 그거 말고, 여름에. 분명 너랑 갔었는데. 아, 왜 그... 무슨 오디세이 막 이런 이름이었는데. 내 방에 포스터도 크게 붙어 있었어. 네가 포스터 안 떨어지게 붙이는 방법도 알려줬는데, 기억이 안 난다고? 다이소 네일 접착 스티커. 모서리 말고 가장자리에도 두세 개씩 붙이라며. 나 이렇게 자세히 기억나는데? 지금 혹시 장난하는 거야? 앨범 커버 약간 오렌지색이고. 외국 한정반 직구도 하려다 말았었잖아. 야, 나 기분 이상해지려고 그래. 빨리 기억해 봐. 노래 가사도 막 아스팔트 위에 바람이 어쩌고... 아니 왜 검색해도 안 나오냐. 진짜 뭐야?

J야, 나 너 좋아했어.

한참을 고민했던 그 말을, 끝끝내 삼키고 마지막 잔을 부딪쳤다. 잔을 내려놓고 대신 다른 말을 꺼냈다.

"J야, 나 당분간 너 못 봐."

당분간이라는 것은 거짓말이다. 앞으로 얼굴 보는 일은 없을 테니까.

"나도 이제 취업 준비해야지. 학회에 자소서에 이것저것 하다 보면 시간이 안 날 것 같아."
"와, 우리도 취업 얘기를 하게 되는구나. 하긴 알고 지낸 지도 벌써 6년이 넘었는데."

이또한 거짓말이다. 시간이야 어떻게든 낼 수 있다. 알고 지낸 6년 반 동안 늘 그렇게 해왔으니까. 다만 이제는 더 이상 그렇게 하지 않겠다는 뜻이다.

J는 서운하다는 얼굴로, 마지막이니까 한 병만 더 할까? 하고 장난스럽게 물어왔지만, 난 단호하게 고개를 저었다. 당황스러움이 어린 멋쩍은 얼굴에 잠깐이나마 묘하게 기뻤지만, 나는 눈을 질끈 감았다 떴다. 이제 일어나자.

평소라면 재잘재잘 떠들었을 J는, 마지막 대화 때문인지 아니면 말이 없는 내 눈치를 살피는 것인지, 오늘따라 말이 없었다. 우리는 한참을 말없이 걸었다. 그러다 늘 헤어지던 길목 앞에 섰다.

인사를 하려 마주친 눈에 입이 저절로 움직였다. J야. 태연한 얼굴로 내 대답을 기다리는 그를 보는데 다시 한번 충동이 치솟았다. 나는 숨을 크게 들이쉬고 한숨 쉬듯이 말했다.

"잘 들어가."
"응, 형도. 아쉽다."

난 웃으며 고개를 끄덕였고, 우리는 손을 흔들며 헤어졌다. J가 골목 안으로 걸어들어갔다. 그 뒷모습에 대고 손을 흔들어보았다. 영원히 나만이 기억하는 애정이었다.

이제 막 지능을 가지려고 하는 기계의 전원을 꺼버리듯이, 나는 나를 이만 재웠다.

잠들기 위해 누운 침대에서 잠들지 못한다. 사람들 하는 걸 본다. 친구들의 새로운 연애, 여행, 취업, 생일, 술자리, 쇼핑을 구경한다. 휴가 나온 후배가 정신없이 놀아 다니는 걸 보고, 동창 모임에서 치킨 먹는 걸 보고, 슬픈 사람이 아무것도 하지 않는 걸 본다. 나도 불현듯 사진첩을 뒤적인다. 어제 친구 누구랑 영화 보고 온 일, 지난주 점심으로 어디 가서 초밥 사 먹은 일, 그저께 만취하여 화장실에서 운 일들을 보여주려다가 끝내 그만둔다. 사람들도 내가 하는 걸 가만히 본다. 내가 아무것도 하지 않는 것을 가만히 본다. 보는 것은 아무리 열을 올려도 조용하기만 해서, 결국 새벽까지 치열히 잠을 못 이룬다. 마음은 복잡해지고 할 일이 영수증처럼 쌓인다. 불안함에 심장이 뛴다. 그때쯤, 이제 막 지능을 가지려고 하는 기계의 전원을 꺼버리듯이, 오늘도 나는 나를 이만 재웠다.

시작은 단순한 발상이었다. 내구성이 약점이라면 보완하면 된다. 인류의 정신이자 아킬레스건이었던 연약한 두뇌를, 질긴 회로와 단단한 금속으로 대체할 것이다. 이로써 인류는 그 잠재력을 완전히 발휘해 무궁히 발전하게 되겠지.

아무도 없는 연구실에서 나는 이 새로운 인류를 바라본다. 정확히는 뒤통수를 활짝 열고 내게 모든 걸 맡긴 이... 금속 집합체를. 설계는 물론, 조립도 완벽했다. 쉼 없이 왕복 운동을 하는 실린더들, 그로부터 출발하는 복잡한 전기신호들. 근데 왜 눈을 뜨지 않는 것이지? 수백 번 확인했다. 전자뇌가 보내는 신호들은 손가락, 아니 손톱 끝까지 구석구석 닿고 있다. 이해가 가지 않는다. 최후의 수단으로 나는 컴퓨터와 이 뇌를 연결했다. 이렇게 하면 문제가 있는 부분을 확인할 수 있을 것이다.

[실행할 수 없습니다. 권한이 없습니다. (Error code ###)]

권한? 이 프로젝트에 내 권한 밖의 부분이 있어? 이게 무슨 말이야.

초안부터 실행까지 나만의 손을 거친 일이다. 내가 지은 연구실에서, 내가 만든 프로그램을 통해 탄생한 작품이다. 이곳에 접근할 수 있는 다른 이는 없다. 나의 창조물에 감히 권한을 부여할 수 있는 이가 누구란 말인가? 신이라면 몰라도.

순간 내 뇌에도 전선을 꽂아 확인해 보고 싶은 충동이 강하게 일었다. 내 뇌도 이 모니터에 띄우면, 같은 메시지가 나올까? 전선을 쥔 손에 힘이 들어가 부들부들 떨렸다.

정말로 신이 나를 막은 것일까? 그렇다면 나의 연구는 개발자의 의도를 거스르는 설계. 유한한 삶을 살 수밖에 없도록 설계된 인간을 바꾸어보려는 건방진 도전. 신이 내게 띄운 메시지일지 모른다.

권능이 없습니다.

태동을 눈앞에 둔 신인류의 머릿속을 가만히 들여다보았다. 아무것도 모를 이 가여운 미未존재. 눈물이 차올랐다. 슬픔, 연민, 기쁨 그 어떤 것도 아닌 두려움에서 기인한 눈물이었다.

전원 플러그를 제거했다. 모니터가 꺼지고, 뇌도 활동을 멈췄다. 나는 뒤돌았다. 연구실의 모든 전원을 내리고 다시 열리지 않을 문을 닫았다. 이제 막 지능을 가지려고 하는 기계의 전원을 꺼버리듯이, 나는 나를 이만 재웠다.

"근데 왜 여기는 손님이 여자밖에 없어?"
"... 그러게."
"너 여기 자주 온다고 하지 않았어? 아, 저 롱티 한잔 더 주세요. 감사합니다."
"더 마시게?"
"응. 근데 주문받는 언니 진짜 잘생겼당."
"... 그러게."
"체크무늬 셔츠가 유니폼인가? 무슨 공대생 같넹."
"......"
"아~ 진짜 취업 어떡하지. 나도 공대생이면 취업 걱정 없을 텐데."

"솔직히 너는 걱정 안 된다."
"왜?"
"너는 잘 살 거야. 분명 잘될 거야. 빈말 아니라 진짜로."
"헐, 난 밥벌이도 못할까 봐 무서운데. 진짜루."
"넌 널 너무 몰라. 넌 야무지고 똑 부러져서 뭐든지 해낼 수 있어."
"나 기분 좋으라고 하는 말이지 너?"
"믿기 싫음 말던가, 뭐."
"나 진짜 감동받았어, 예지야..."

얼굴이 벌겋게 달아오른 예지의 얼굴을 붙잡고 볼에 입술을 가져다 댔다.

"뭐야?"
"좋아서. 히히."

진심 어린 칭찬해 주는 친구가 너무 사랑스러워 입술에도 한번 쪽 박았다. 예지 너 진짜 짱이당. 그래. 내일 일어나면 자기소개서를 다시 써보자. 이력서도 최소 다섯 곳에는 넣을 거야. 인생에 이렇게 좋은 친구가 있는데 어떻게든 되겠지. 다 잘될 거야. 예지는 똑똑한 애니까. 나보다 훨씬 똑똑한 예지가, 내가 잘 될 거라 했으니까.

[옛ㅣ양 조시미가 곰마워 ㅅ랑ㅇ해♥♥] [오전 3:31]

[너 내일 일어나서 후회 안 했으면 좋겠다. 나도 사랑해.] [오전 3:50]

아 대가리 아파. 구토의 위기를 몇 번이나 넘기고 택시에서 내렸다. 문자는 또 언제 보냈었지? 어지러운 머리를 붙잡고 침대에 엎어졌다. 아, 진짜 재밌었다… 술도 넘 맛있었구… 예지 진짜 착해… 사랑한다고도 해주고… 뽀뽀도… 어? 내가 뽀뽀를 했나? 나는 다시 휴대폰을 들고 문자를 한참 들여다봤다. 어… 뭐지? 뭘 후회하지 말라는 거지… 사랑… 음… 뭐징… 아, 이 닭이 귀찮. 이제 막 지능을 가지려고 하는 기계의 전원을 꺼버리듯이, 나는 나를 이만 재웠다.

「사람이 잠을 잘 때 지능을 잃는다는 걸 알고 계셨나요. 사람은 잠을 자지 않으면 끊임없이 똑똑해질 수 있습니다. 우리가 일정 수준 이상 똑똑해지지 않는 이유는 매일 밤 잠을 자기 때문입니다. 인체적 한계가 정신의 초월을 막고 있을 뿐. 불면의 신약을 먹고 당신 안의 진짜를 보세요. 그곳에 멋진 신세계가 있을 거예요.」

진리 탐구는 허무했다. 그 끝에 자유, 해방, 평화, 무無가 찾아온다는 건 김무한의 환상에 불과했다. 수천 년 지속된 철학적 논제도 김무한에게는 명확한 답이 있는 산수 문제 같았다. 죽음 앞에서나 얻을 깨달음을 가지고 삶을 지속한다는 것은 쉽지 않았다. 진리는 괴로웠고 밤은 길었다. 그저 진리에 대한 충성심과 책임감으로 버텨내는 인생이었다. 세상에 대한 희망마저 메마른 척박한 땅에 발을 딛고 살아내는 것. 1년이 100년처럼, 김무한의 삶은 그렇게 흘렀다.

2746년 1월, 김무한의 딸 김유한이 태어나던 날이었다. 진리를 파괴하는 새로운 감정이 태동했다. 그날, 김무한은 약을 먹지 않았다. 그리고 이제 막 지능을 가지려고 하는 기계의 전원을 꺼버리듯이, 자신의 딸 옆에 누워 스스로를 이만 재웠다.

너무나 많이 (　　　) 죄

　　　　꿈을 꾼
　　　　심어버린
　　　　멋부린
　　　　궁금해 한
　　　　먹은
　　　　노래한
　　　　말해버린
　　　　바란
　　　　원망한
　　　　외로운

이런 괴담을 아십니까.

누군가의 꿈속, 수많은 사람들이 재난을 피해 혼비백산하여 달려가고 있는 상황. 누군가 또한 분위기에 휩쓸려 마구 도망치다가 문득 이게 자신의 꿈 안이라는 것을 깨닫게 됩니다. 그는 달리기를 멈추고 주변에 소리칩니다. "여러분! 이거 다 어차피 제 꿈이에요! 안 도망가셔도 돼요!" 그런데 사람들은 들은 척도 않고 계속해서 뛰어가는 것이 아니겠어요. 그도 계속 고래고래 소리칩니다. "어차피 꿈이라 괜찮다니까요?" 그러자 달려가던 사람 중 한 명이, 울분에 가득 찬 얼굴로 뒤돌아 원망스럽게 쏘아붙입니다. "너한테나 꿈이지. 우린 이게 현실이야." 그리고 다시 뛰어가죠.

어려서 이 괴담을 들은 저는 큰 충격을 받았습니다. 저도 꿈을 자주 꾸거든요. 제 꿈속에 사는 사람들의 삶을 제가 책임져야 한다는 생각이 들었습니다. 내가 꿈을 꾸지 않으면 이 사람들은 어디로 가는 거지요? 잠에서 깨면 이들은 어떻게 되는 건가요? 그들이 행복할 수 있도록, 잠을 오래오래 자야겠다고 다짐했습니다. 어쩌다 꿈이 악몽이 되어 반사적으로 눈을 뜨는 날에는 나만이 그곳에서 빠져나왔다는 생각에 죄책감에 시달렸습니다. 꿈에 사는 사람들을 모두 안전하게 재우고 난 후에야 저는 눈을 뜰 수 있었어요. 오래 깨지 않는 것에도 도가 터 저는 사흘을, 열흘을, 한 달을 잠자며 꿈을 꿀 수 있었습니다.

언제부터인가 저는 점점 잠에서 깨는 것을 깜빡하곤 했습니다. 꿈에 잡아먹히기라도 한 듯, 침대에 누운 제 몸조차 느껴지지 않는 날이 늘어났어요. 잠깐잠깐 눈을 뜨면 제 손을 꼭 붙잡고 울분에 차 소리치는 목소리가 들렸습니다. 그만 꿈에서 깨어나. 이게 현실이야. 어디서부터 잘못된 걸까요. 모두가 행복했으면 하는 바람뿐이었는데요. 너무 많이 잠을 잔 것도 죄가 되나요. 힘이 빠져 아득해졌습니다.

한센 씨는 나무를 사랑했다. 얼마나 사랑했는지 하루에 한 그루씩 심어댔다. 개암나무, 대추나무, 오동나무, 밤나무. 좁은 마당에 틈이 나는 대로 씨를 뿌렸다. 매일 아침 씨앗을 심고, 부지런히 물을 주고, 쑥쑥 나무가 자라나는 상상을 했다. 한센 씨의 허리께를 지나 하늘이 보이지 않을 만큼 빽빽하게 자라나는 상상을, 씨앗들이 언젠가 자라나 숲을 이룰 날만을 꿈꿨다. 나무가 다 자라는 데에는 20년이 걸렸다. 앞마당에 나무가 흡족스러울 만큼 들어서자, 노쇠한 한센 씨는 그제야 나무 심기를 그만두었다. 창문 너머로 숲이 된 마당을 지켜보기만 할 뿐이었다.

어느 날은 강한 바람이 불었다. 울창한 나무들이 바람을 막아주리라, 한센 씨는 의기양양했다. 나무들은 바람을 맞으며 자기들끼리 웅웅하는 큰 소리를 만들었다. 창문 너머로 부대끼는 나무들을 보며, 한센 씨는 아름다운 오케스트라의 연주를 보는 것 같다고 생각했다. 나무들은 계속 마찰하고, 부딪히며 움직였다. 건조한 공기 속에서 작은 불씨가 만들어졌다. 오케스트라 연주의 정점을 수놓듯, 붉은색의 비단 천으로 물들어가듯 한센 씨 숲에 불길이 커져가기 시작했다.

"나무를 너무 많이 심었군."

노쇠한 한센 씨는 불길이 치솟는 창밖을 바라보았다.

멋있어지고 싶다는 욕망은 바야흐로 6년 전 고등학생 시절부터 시작되었습니다. 아니, 사실은 9년 전 중학교 때부터였습니다. 아니, 사실은... 그냥 태초부터였나...?

싸이월드를 처음 시작한 초등학생 시절에도 특별해지고 싶다는 욕망은 있었습니다. 작고 소중한 나의 사이버 공간을 분위기 있게 만들어주던 인기 발라드 비지엠.

그러나 몇 달 뒤, 중학생 언니 오빠들의 어른스러운 미니홈피는 제게 센세이션을 줍니다. 미니멀리즘을 상징하던 몽환적인 음악들. 어린 저는 단박에 깨닫습니다. 간지란 음악에서 나오는 거구나.

뮤직뱅크를 졸업하기로 결심했습니다. 간지의 기본기를 쌓기 위해 언니 오빠들의 홈피를 파도타기하며 음악적 식견을 수집했죠. 그때 인생의 큰 실수를 하고 맙니다. '인디 음악'에 발을 들이고 만 것입니다.

'굳어져 가는 내 맘에선 메마른 풀잎 향이 나요' (캐스커 '편지')
'우린 떨어질 것을 알면서도 더 넓은 곳을 향해 날았지' (못 (Mot) '날개')

고독하고 몽환적인, 어딘가 멋져 보이던 가사들은 제 삶에 들이닥친 크고 작은 고난들과 뒤섞여 빠르게 일상에 자리 잡았습니다. 저는 스펀지처럼 그들의 우울한 정서를 빨아들였죠. 그것들은 기존의 뮤직뱅크 취향과 섞여 '홍대 인디'의 마음을 품은 중학생으로 저를 성장시킵니다. 간지를 좇는 중고생은 모두가 예비 예술가입니다. 둘은 절대 떼어놓을 수 없는 관계거든요. 제가 선택한 예술은 '글'이었습니다. 몇 년간 열정적으로 탐독해온 간지 글귀들, 박살 난 집안 환경에서 빠르게 습득해버린 우울. 그 덕분에 글만큼은 누구보다 뽀대나게 쓸 자신이 있었거든요.

매일 같이 '서슬 퍼런', '고독의 짙은 그림자' 따위의 단어가 나열된, 간지 우울 글귀를 써 내려가다 마침내 용기를 내어 학교 국어 선생님을 찾아갔습니다. 평소 '고은' 시인을 좋아한다던 선생님은 잘못된 길을 걷는 어린 청소년을 선도하지 못할망

정, '가슴 시린 문장들'이라며, 저에게 극찬을 날리셨죠. 이로써, 제 진정한 비극이 시작돼 버린 것입니다.

문예창작과 입시 과외를 받기 시작하며 만나게 된 친구들은 어딘가 뒤틀린 저와 잘 맞았습니다. 첫 만남에 '담배는 피우지?'하고 묻는 것에 스스럼없었으며, '죽고 싶다'는 말을 밥 먹듯이 반복한다는 점에서 그러했습니다. 불우한 가정환경을 가지고 어딘가 독특한 옷을 입는다는 점도 한몫했고요.

함께 우매한 대중을 비꼬던 호시절도 잠시, 저는 그들과 빠른 이별을 맞이합니다. 네. 그들은 붙고 저는 떨어진 것입니다. 이 무렵 몰래 숨긴 훈장이던 우울은 실재하는 병리적 현상으로 제 인생에 자리매김합니다.

스무 살이 된, 머리를 새파랗게 물들인, 문창과 재수생에게 과외 선생은 촌철살인의 한마디를 남겼습니다.

"예술가 놀이에 취하는 건 아무것도 아니야. 스스로 밥벌이할 생각을 해야지."

그리고 그 말을 끝으로 저는 문학과 이별하였습니다. 제 인생은 어디서부터 잘못된 걸까요? 어디서부터 돌이켜 봐야 하죠?

'너무나 많이 멋 부린 죄'의 형벌은 언제까지 이어질까요?

전 모르겠습니다. 아무리 고민해 봐도 모르겠어요.

그때 난 이사 갈 집을 알아보던 중이었다. 소개받은 작은 빌라가 맘에 들어 건물을 구석구석 둘러보다가 지하실을 발견한 것이 시작이었다. 공용 창고인가 싶어 문을 열었을 때는, 지평선마저 보랏빛인 라벤더 밭이었다. 그것이 '문'과 나의 첫 만남이었다. 산들바람을 타고 진한 허브향이 경계를 넘어 밀려왔다.

라벤더 향에 홀려 계약을 했고 나는 매일매일 문을 찾았다. 최대한 많은 것을, 가능하면 모든 것을 알아내고 싶었다. 수십 번 문을 열고 닫을 때마다 매번 다른 풍경이 나왔고, 한 번 나온 풍경은 두 번 다시 나오지 않았다. 반대편에서는 처음으로 발견한 문을 열면 돌아올 수 있었다. 그 뒤로 언제든, 내 상상을 그대로 옮겨놓은 것만 같은 낙원들이 이어졌다.

그러던 어느 날, 문을 열자 온통 암흑이었다. 그동안 마주했던 나의 이상향 같았던 풍경들과는 전혀 달랐다. 이렇게 섬뜩한 광경은 처음이었다. 건너편에서는 아무것도 넘어오지 않았다. 빛도, 공기도, 냄새도. 내 발이 딛고 있는 곳이 빌라 지하의 시멘트 바닥이라는 것을 재차 확인해야만 했다. 암흑은 나를 빨아들이려고 애쓰는 것만 같았다. 나는 발과 손이 앞으로 향하려는 것을, 어떻게든 고개를 들이밀고 싶은 것을 안간힘을 써 참아야 했다. 저 건너편은 믿기지 않을 정도로 두려웠고, 그렇기 때문에 참을 수 없을 정도로 궁금했다. 조심히 손을 넣어 허공을 휘저었다. 소름이 끼쳤다. 그 안은 마치 대기 따위가 존재하지 않는 듯했다. 모든 게 멈춰있었다.

하지만 이 문을 닫으면, 이 풍경은 다신 나오지 않을 것이다. 이 안에 무엇이 있을까? 정말 아무것도 없을까? 그럴 리가 없다. 이 문은 내게 항상 무언가를 선사해 줬으니까. 이 암흑이 무엇인지, 이 안에 무엇이 있는지 알기 위해선 들어가야만 한다. 그리고 어쨌든 난 여전히 이 빌라에 살고 있지 않은가. 언제나 저편에도 문은 있었으니까.

나는 크게 심호흡했다. 그리고 문을 젖히고 안으로 발을 들였다. 바닥이 느껴진다. 단단히 내딛고 반대쪽 발을 들였다. 이제 완전히 안이다. 느껴본 적 없는 무위와 허무가 온몸을 덮친다. 전율이 몸을 휘감았다. 그 순간 문이 닫혔다. 모든 빛이 사라졌다. 검은 벽에 코를 박고 있는 것처럼 어두웠다. 내가 눈을 뜨고 있는지조차 헷갈렸다. 문을, 문을 찾아야 해. 뒤돌았다. 내가 뒤를 돌았나? 손을 뻗었다. 아무것도 없었다.

검은 생머리, 케이스 벗긴 핸드폰, 사막, 흰색 운동화, 스티커 없는 노트북, 반지 없는 손가락, 체모, 키링 없는 가방, 맨얼굴, 속옷만 입은 기본 캐릭터, 모나미 볼펜, 무늬 없는 비누, 식빵.

멋의 기준에 줏대가 없다. 스스로 내린 진단이었다. 일 년에도, 아니 한 달에도 몇 번씩이나 추구의 장르를 갈아치운다. 무채색룩 너무 멋있는데? 나 평생 까마귀로 살 수 있을 것 같은데? 그렇게 사들인 새까만 옷 몇 벌. 근데 또 날씨 풀리니까 역시 파스텔톤이 귀여운데? 아무래도 내 이미지에는 이게 더 잘 맞겠는데? 분홍 초록 파랑 옷 몇 벌. 이번 달에는 내 생일이 있으니까 좀 주인공처럼 살고 싶은데? 과감하고 화려하게 살아야겠는데? 새틴 반짝이 드레스 몇 벌.

결국 내 옷장은 혼비백산 아수라장 깍두기판. 멋쟁이가 되고 싶었던 건데, 아무 멋도 없는 사람이 된 것만 같다. 온갖 색 섞여 결국 이도 저도 아닌 이상한 색의 붓 빤 물 같다. 옷장 앞에서 머리를 싸매고 고민했다.

그러다 문득, 매번 달라지는 스타일에 맞춰 케이스까지 갈아 끼우기 힘들어 줄곧 민둥산이었던 휴대폰을 바라본다. 마찬가지로 몇 주에 한번 지지고 볶다 이내 지쳐 방치한 수수한 머리를 만져본다. 아, 이런. 꾸미고 싶다. 부지런히 새 시도를 하고 싶다. 튜닝의 끝에 돌아갈 본체가 있는 한, 앞으로도 줄곧 붓 빤 물일 나의 미래를 직감한다. 흙탕물이 고유명사인 것처럼, 붓 빤 물도 언젠가 붓빤물이 되는 날까지 나는 열심히 줏대 없을 것이다. 이것이 나의 줏대이고 순정인 것을.

톰 씨가 지켜온 이 모닝 루틴도 오늘로 3년째이다. 동이 트기 직전의 새벽, 커튼을 걷고 창문 너머의 조용한 세계를 고스란히 눈에 담는다. 인간이 만들어내는 소음 하나 없이 고요하다. 밍밍한 레몬맛의 물약이 전날의 불순물이 가득 낀 식도를 훑는다. 배가 부글부글 끓으면 정화의 순간에 가까워진 것이다. 경건한 마음으로 모든 것을 비워낸다. 변기 속에서 세계가 터지는 소리가 난다. 어제와 다른 새롭고 가벼운 육체로, 날마다 톰 씨는 다시 태어난다.

어릴 적부터 누군가 꿈을 물으면 현모양처라 답했다. 단어에 담긴 의미보다도, 사실 내가 뜻한 것은 가족을 갖는 일 그 자체였다. 내가 선택한 사람과 함께 나의 의지로 아이를 낳고, 그렇게 서로에게 영원히 속할 수밖에 없는 '혈연'을 만들고 싶었다. 고등학교를 졸업한 이후 나의 모든 선택은 결혼이라는 목적을 달성하기 위해 이루어졌다. 적당한 직장에 들어가, 적당한 사람과 결혼해, 적당한 시기에 아이를 낳았다.

그게 벌써 반백 년전 일이다. 아이는 자라 제 가정을 꾸려 떠났고, 남편은 나를 남겨두고 먼저 세상 밖으로 도망쳐 버렸다. 아이가 지내던 방은 냉장고와 온갖 박스가 쌓여있는 창고로 변했고, 사인용 식탁에 올라온 수저는 이제는 내 것 한 쌍뿐이다.

영원히 이별하지 않을 사람을 찾고 싶었는데. 평생 바란 건 그 관계 하나뿐이었는데. 증오하지만 사랑하고, 도망치고 싶어도 영원히 떠날 수 없는 평생의 가족은 나 자신뿐이었다.

7시에 일어나야지. 스트레칭을 하고 샤워를 한 뒤 로션을 바를 거야, 아주 꼼꼼히. 그럼 상쾌한 기분으로 아침을 먹을 수 있겠지. 그다음엔 공들여 꾸민 뒤 미술관에 갈 거야. 작품들을 집중해서 감상하고, 점심은 밖에서 먹어야겠다. 새로 생긴 곳이 있던데 거기로 가볼까? 식사를 마치고 나면 도서관에 가야지. 책을 한 권 빌린 뒤 커피를 한 잔 사서 공원으로 나가는 거야. 햇살을 맞으면서 책을 읽자. 벤치에서 잠깐 졸아도 좋아. 해가 질 무렵에는 근처에 사는 친구와 저녁을 먹어야지. 미리 연락해 봐야겠다. 맥주잔을 부딪치며 오래오래 이야기를 나누는 거야. 그리고...

개운하게 일어나 시계를 보니 이미 10시였다. 창밖으로는 회색 하늘 아래 비가 내리고 있었다. 아직 몽롱한 정신으로 어젯밤 당차게 세운 계획이 이미 완전히 어그러졌음을 겨우 받아들이고 있는데 문자 메시지가 도착했다. 급한 일이 생겨 만나기 어려울 것 같다는 친구의 연락이었다.

음. 머리를 긁적이며 자리에서 일어나 물을 한 컵 마셨다. 나도 그냥 나가지 말까? 노트북을 집어 들고 다시 이불 속으로 들어갔다. 꽉꽉 채워 세운 계획이 무색할 만큼 포근했다. 그래, 주말에 계획은 무슨. 맘 가는 대로, 손에 집히는 대로 하는 게 최고지. 오늘은 이불 밖을 나가지 말자. 새하얀 플래너 같은 마음으로 미뤄둔 드라마를 재생했다.

인터뷰

자기소개해 주세요. 안녕하세요. 저는 20대 여성의 허벅지 위쪽에 자리하고 있는 고수 모양 타투입니다. 태어난 지는 5년쯤 되었네요.

당신의 영광의 시대는 언제인가요? 이 여자가 하루가 멀다 하고 수영복을 입던 때가 있었어요. 여름이 긴 나라에 유학을 갔을 때였죠. 매일매일 햇빛을 볼 수 있었고 사람들의 칭찬을 받을 수 있었어요. 평소에는 옷에 가려지는 위치인지라, 그때야말로 정말 영광의 시대였다고 할 수 있겠네요.

인생에 가장 큰 고비는 무엇이었나요? 주인이 관리를 잘 못해 흐려지고 있는 것이요. 지금 이 순간도 진행 중입니다.

소원이 있다면요? 외로워요. 옆에 친구가 있었으면 좋겠어요.

가장 좋아하는 건 무엇인가요? 고수 많이 들어간 마라탕이요. 정확히는, 그걸 먹는 제 주인이요. 먹을 때마다 "나 고수 진짜 좋아해. 진짜 좋아해서 타투도 있어."라고 꼭 한 번씩은 제 자랑을 해 주거든요.

행복하세요? 행복 별거 있나요. 매 여름 자외선에 이 한 몸 태우는 게 저에게는 작고 소소한 행복입니다.

자기소개해 주세요. 안녕하세요. 은평구에 사는 올해로 43살 된 2층 단독주택입니다. 주로 '우리 집'이라고 부르더군요.

당신의 영광의 시대는 언제인가요? 그간 정말 많은 이들이 저를 스쳐갔는데요. 아무래도 가장 어렸을 적, 저에게 처음 입주했던 가족이 떠오르네요. 4인 가족이었는데 전형적인 자수성가 타입이었어요. 열심히 평생에 걸쳐 일을 해서 처음으로 마련한 집이 바로 저였죠. 첫 집이다 보니 저에게 공을 가장 많이 들였어요. 뒷마당에 어린 감나무와 이런저런 풀꽃들을 심고, 제 안을 새 가구들로 채워 넣고, 거실 벽엔 자신들의 사진을 걸어두었죠. 저는 처음에 낯을 좀 가리는 타입인데, 그들은 낯도 가리지 않고 제 안을 속속들이 순식간에 채워 넣었어요. 그때의 설렘이 아직도 생생해요.

인생에 가장 큰 고비는 무엇이었나요? 가면 갈수록 고비에요. 이제 수명도 다 했겠다. 성한 곳이 하나 없어요. 특히 목재가 들어간 부분들은 모두 썩어들어가 골치가 아파요. 주방 찬장은 제대로 아귀가 맞지 않고, 현관 덧문도 힘을 주어 밀어야만 겨우 닫히죠. 이제 늙어서 기력도 없는데, 새로 들어온 애들이 참 어려요. 여자 셋인데. 평소엔 괜찮은데 이번에 11월엔가. 자기 또래에 젊은 여자들 15명을 부른 거예요. 안 그래도 나무샷시라 방음도 제대로 안 되는데, 목청이 얼마나 좋은지 밖으로 새어나가는 소리를 막지 못했어요. 힘도 아주

209

천하장사예요. 문을 쿵쿵 닫아대는 바람에 안 그래도 삭은 화장실 문짝이 부스러기를 철철 토해냈죠. 제가 많이 늙어버렸단 걸 온몸으로 체감하는 순간이었어요.

얼마 전엔 어떤 남자들이 찾아와 지금 사는 아이들한테 사인을 받아 가더라고요. 얼핏 들어보니 저를 허물고 새로운 집을 짓는다는 얘기였어요. 드디어 올 것이 와버렸구나 했죠. 그래, 이만큼 살았으면 오래 살았다 싶었어요. 착잡하지만 받아들여야겠다고 생각했는데, 아이들이 울더라고요. 집주인은 입이 귀에 걸렸는데, 저와 함께한 지 이제 고작 이 년밖에 안된 애들이 막 우는 거예요. 그때 기분이 좀 묘하더라고요. 아직 이 애들한테는 그래도 내가 쓸만한가 보다 싶어서.

소원이 있다면요? 사라질 땐 미련 없이 가야겠지만은. 그래도 버틸 수 있는 한 더 버텨보고 싶어요. 언제까지일지는 모르겠지만. 마지막 순간까지, 나와 함께하는 이들과 평화롭고 안온한 일상을 잘 영위하는 것이 꿈입니다.

가장 좋아하는 건 무엇인가요? 봄에 마당에 핀 목련잎을 바라보는 일과, 오가는 고양이들을 구경하는 일이요.

행복하세요? 절 위해 울어주는 이들도 있는데, 이만하면 행복한 것 같아요.

자기소개해 주세요. 안녕하세요. 주인 대추에게서 3년 만에 독립한, 잘린 머리입니다.

당신의 영광의 시대는 언제인가요? 탈색모 시절이요. 새해가 오기 직전 충동적으로 탈색을 당했었죠. 항상 검은색 생머리의 순정 상태로 지냈거든요. 그 해에는 제 모생(毛生)에서 있어본 적 없는 엄청난 스포트라이트를 받았어요. 처음 만나는 사람들부터 오랜만에 재회하는 지인까지, 모두의 첫 질문은 제 안위였죠. 언제 탈색을 했느냐, 얼마를 주고 했느냐, 왜 전체를 안 하고 안쪽에만 탈색을 했느냐. 그렇게 보낸 1년이 제 모생(毛生)에 유일했던 영광의 시대였습니다.

인생에 가장 큰 고비는 무엇이었나요? 대추의 몽골 여행이요. 그 여행에서 고통받은 건 걔보다 저였어요. 두피가 내뿜는 기름과 얼굴에 반들한 개기름 사이에 끼여 제가 얼마나 고생했게요. 무려 7일 동안 씻지도 않고, 베이비파우더인가 뭐시긴가 하는 걸 소금처럼 저한테 뿌려댔다니까요. 제 친구들한테 진짜로 감은 것 같다느니, 혁명이라느니 어찌나 떠들어댔던지. 그 머리통에서 떨어져 나가고 싶었어요. 자살을 꿈꾸는 머리카락 이야기 들어나 봤어요? 그때가 가장 큰 고비였어요. 그 애는 샴푸도 물도 없는 그 대자연에 제 돈을 주고 제 발로 걸어 들어갔다니까요. 걔는 참 그렇게 무모한 구석이 있어요.

소원이 있다면요? 다른 사람의 머리카락으로 한번 살아보고 싶네요. 탈색모라 어디 기부되지도 못하니까. 사실 터무니없는 소원이죠.

가장 좋아하는 건 무엇인가요? 저는 유연하지만 꺾이지는 않는 저의 탄력을 좋아해요. 흐물흐물 형체가 없어 보이지만 열이나 힘을 가하면 그 상태 그대로 멈춰 있을 수 있습니다. 포니테일, 양갈래, 디스코. 모두 한때의 제 모습이지만, 지금의 제게는 어떤 흔적도 없는 기억일 뿐이죠.

행복하세요? 개기름, 미세먼지, 햇볕, 땀, 이 모든 것들로부터 자유로운 지금 행복합니다.

자기소개해 주세요. 안녕하세요, 저는 크로스백입니다. 활동 7년 차고요, 네, 이제 은퇴를 앞두고 있네요 (웃음).

당신의 영광의 시대는 언제인가요? 아무래도 출장을 많이 다닐 때였죠. 어떤 옷에 걸쳐도 무난한 색깔과 넉넉한 용량을 특기로 이 집에 들어왔으니, 주인의 여행에 제가 매번 따라가는 건 어떻게 보면 당연한 일이었어요. 물론 저도 노력을 많이 했죠. 가끔 버거운 짐이 들어올 때도 잘 버텨냈고요, 이물질도 잘 털어냈습니다.

정말 많은 곳을 다녀왔네요. 한국 방방곡곡, 옆 나라 일본, 대만, 블라디보스톡부터 바이칼 호수까지. 다른 가방들과 비교 해봤을 때 전 정말 행운아였던 것 같아요. 가본 곳뿐만 아니라 담은 물건들도 다양해요. 꽃다발, 신기한 돌, 외국어로 된 책, 이국적인 인형, 아시아의 비와 유럽의 눈. 17년 여름부터 18년 겨울까지, 2년 조금 안 되는 그 시간이 제겐 가장 영광의 시대였던 것 같습니다.

인생에 가장 큰 고비는 무엇이었나요? 몇 년 전, 가방을 버리자는 말이 나왔어요. 인정합니다. 대학가 저렴한 옷 가게의 2만 원도 안 되는 재고였던 제가, 세계를 돌아다니며 산전수전 다 겪었으니까요. 쓰임은 이미 진작에 끝났다고 생각했어요. 나름 애썼다지만 저도 낡았죠. 하지만 굉장히 슬프더라고요. 아직 더 일할 수 있는데. 넉넉한 용량 안에 담긴 추억이 얼마나 많은데.

다행히도 그때 주인이 한사코 반대해서 이 집에 몇 년 더 머무를 수 있었습니다. 저와 함께 나이를 먹은 주인은 취향도 스타일도 달라져서 저를 더 이상 들고 다니진 않았지만요. 그래도 방 한쪽 벽에 저를 액자처럼 걸어두었습니다. 은퇴는 사실상 그때 이미 하지 않았나 싶네요 (웃음).

소원이 있다면요? 아직 전 튼튼해요. 그냥 소각되기보다는 다른 모습이 되어보고 싶어요. 카드 지갑이 된 모습을 생각해 봤는데, 나쁘지 않은 것 같아요. 원단도 캔버스라 튼튼해서 박음질만 잘 하면 꽤 오래가는 카드 지갑이 될 것 같아요.

가장 좋아하는 건 무엇인가요? 외출입니다. 방 안에서 곱게 모셔지는 것도 나쁘진 않지만, 옷을 갖춰 입은 주인과 함께 현관문을 나서는 순간이 가장 기분 좋습니다. 주인은 또 호기심이 많은 사람이라, 늘 행선지는 예측불가였어요. 가방끈을 통해 느껴지는 심박과 좋은 향기, 현관문을 열면 밀려드는 그날의 공기. 오늘은 어디에 가게 될까, 늘 기대하게 되었죠.

행복하세요? 네. 제 마지막은 생각보다 훨씬 홀가분하네요. 충분한 것 같아요. 기쁩니다.

크로스백은 인터뷰를 마치고 인사와 함께 의류 수거함으로 들어갔다.

손 쓸 도리도 없이 우리는 일주일 후의 멸망을 기다렸다.

먼저 제안한 건 사랑이었다. 자기 집으로 같이 돌아가자고. 사랑의 가족도, 친구도, 온 행성이 모두 나를 반겨줄 거라고. 지구인 친화적인 환경이라고. 지구 멸망 소식에 넋을 놓은 내 앞에서 넌지시, 조곤조곤 이야기했다. 나는 대답하지 못했다.

지구가 소행성과의 충돌을 앞두고 있댔다. 충돌만으로 지구의 절반이 날아갈 것이고, 대기 환경이 급속도로 바뀌어 공룡이 멸종했듯이 인류도 멸종할 거랬다. 그게 일주일 후의 일이었다.

무질서와 폭도로 혼란할 것이라는 예상과는 달리, 인류는 생각보다 담담하게 다음 주의 멸망을 기다리고 있었다. 가족에게 돌아가는 교통량이 급증하긴 했지만 대부분의 일상이 영위되었다. 엄마에게 전화해 내일모레 본가에 가겠다고 전했다. 엄마는 더 천천히 내려와도 된다고 했다. 마지막으로 먹고 싶은 게 뭐냐고도 덤덤하게 물어봤다. 나 달래된장국... 하는 말에도 웃으며 알았다고 했다. 다 함께 맞는 멸망은 왜인지 끝이라는 느낌이 들지 않았다.

사랑이 넌 집으로 돌아갈 거지? 너네 행성은 안전하대?
네. 포탈 사라지기 전에만 가면 돼요. 근데...

말을 흐려도 뒤에 무슨 말이 올지 예상이 갔다. 그렇지만 포탈은 2인용. 한번 발동 시 20일의 쿨타임이 생긴다. 사랑과 함께 간다면, 지구에서 탈출할 수 있는 건 나뿐이다. 가족도, 친구도, 온 행성을 모두 놓고 떠나야 한다. 그들을 다시는 볼 수 없다.

선택은 쉬웠다. 누구 하나 유리할 것도, 불리할 것도 없는 끝을 나도 함께 하고 싶었다. 사랑은 나를 이해했다. 그러나 거절이 어려웠던 것은, 언니 마음 알겠다며 살짝 웃는 표정이 조금 슬퍼 보였기 때문에. 은하가 달라도 이메일이 가는지 궁금하다며 언젠가 돌아가면 꼭 메일 보내겠다는 약속을 나도 기억하기 때문에. 정 많고 그리움 많은 사랑의 사랑을 알기 때문에.

나도 여행을 떠나는 거야. 다른 우주로. 그전에 같이 울집에나 가자. 너도 우리 엄마 달래국 먹어봐야지.

사랑은 세차게 고개를 끄덕였다. 손을 꼭 잡았다. 기차역에 가다 말고 사랑은 대뜸 말했다.

편지할게요 언니.
응. 꼭 읽을게.

슈트 속으로 따뜻한 물이 차올랐다. 빈둥빈둥 산호초 주변을 헤엄치는 유영 앞으로, 에메랄드빛의 물결을 타고 각양각색의 열대어들이 떼를 지어 바삐 움직였다. 유영은 천천히 수면 위로 올라와 고

개를 내밀고는 햇살에 반짝이는 윤슬을 바라봤다. 물 밖의 세계는 귀가 먹먹할 정도로 고요했다. 생명력이 활기를 띠는 물 밑과는 달랐다. 수면을 사이에 둔 두 세계의 간극을 유영은 사랑했다. 따뜻한 물살이 유영에게 몰려왔다. 따뜻한 바다. 다음부터는 준비 운동을 생략해도 되겠다고 생각했다. 다이빙 데크 위에 서서 준비 운동을 하던 찬수는 손가락을 펴서 보여줬다. 수온이 29도라는 수신호였다. 유영은 크게 숨을 들이 마시고는 머리를 바다 밑으로 담갔다.

뉴스에서는 29도의 수온이, 일주일 남은 지구 멸망의 신호 중의 하나였다고 말했다. 준비 운동이 30분에서 10분으로 줄었다. 오색찬란한 색을 뿜던 바다 산호가 하얗게 변했던 해도 있었지만, 다음 해에는 그 어느 때보다도 밝은 네온 색으로 돌아왔다. 죽지 않으려는 산호의 방어 기제였다. 이 산호들은 결국 백화 되어 천천히 죽을 것이다. 지구의 장례를 애도하듯이 검은색 양복을 차려입은 중년의 남자 앵커는 그 따뜻했던 바다가, 그 유적 같던 산호의 마지막 모습이 사실 지구의 멸망 신호였다고 말했다. 유영은 지구 종말의 날에 마지막 잠수를 하겠다고 결심했다.

산소통을 어깨에 멘 유영은 준비 운동을 생략하고, 바닷속으로 잠수했다. 따뜻한 물이 몸 안으로 밀려 들어왔다. 유적지 같은 돌무덤 위에 유영은 몸을 뉘었다. 물 위로 멸망이 몰려왔다. 이제는 물 밑도 물 밖처럼 고요하고 조용했다. 유영은 바랜 산호 군락에 누워 하염없이 멸망을 기다렸다.

지구 멸망 일주일 전. 지폐는 휴지 쪼가리가 되었고, 거리 위의 모든 가게들은 문을 닫았다. 우리가 믿었던 시스템이 시시껄렁한 소꿉놀이에 불과한 일이었다는 것이 드러났다. 정부는 지구 멸망을 일주일 남겨두고 공표했다.

언제부터 예견해 온 일인지는 모르지만 지금과 같은 혼란을 예측했기에 이제 와 말하는 거겠지.

떼죽음을 앞둔 인류는 서로를 향해 그동안 숨겨왔던 사랑 혹은 분노를 원 없이 표현하기 시작했다. 거리에는 파티의 소음, 연인들의 교성, 시체, 비명이 한데 엉켜있었다.

나도 예외는 아니었다. 멸망 소식이 공표되고 친구들과 모여 복수와 파티를 동시에 구상했다.

우리는 집에서 무기가 될 법한 온갖 것들을 끌고 왔다. 중식도, 식칼, 과도, 심지어 빵칼까지. 찌를 수 있는 것이라면 모두 한곳에 모았다. 가장 처음으로는 나를 강간한 동창을 찾아갔다. 처음이라 많이 긴장하긴 했지만, 친구들과 함께였기에 용기를 가지고 수월하게 해낼 수 있었다. 이후로는 차례대로 친구들이 지정한 사람들을 찾아다녔다. 무차별적 폭력을 가하던 전 애인, 지긋지긋하게 괴롭히던 직장 상사. 멸망이라는 고귀한 자연사가 과분한 사람들이었다.

살금살금 다가가 등에 칼을 내리꽂고 달리는 길, 마치 방역차를 쫓아 다니는 아이들처럼, 우리는 웃음을 멈추지 못했다. 자조가 아닌, 실로 오랜만에 겪는 경쾌하고, 깨끗한 웃음이었다.

복수가 끝나고 우리는 각자 집에 흩어져 먹을 만한 것을 챙겼다. 좋은 날 먹겠다며 냉동실에서 썩히던 한우, 아끼던 위스키, 살찔까 봐 못 먹고 쟁여 두던 온갖 간식거리들을 미련 없이 먹어치웠다. 모두가 자신이 가진 것 중 가장 값지고 아끼던 것을 가지고 와 서로에게 나눠 주었다. 일주일 대여 서비스랑 다를 것 없는 일이었지만, 부질없진 않았다. 그제야 우리는 '지금 죽어도 미련이 없다'는 말을 진심으로 이해하게 되었으니까.

멸망의 날짜까지 받아놓고도 할 수 있는 건 별로 없었다. 일주일을 버티기 위한 물건들을 모조리 긁어모았고, 빛이 들어올 수 있는 틈이란 틈은 모조리 틀어막았다. 집이라기보단 커다란 상자 같은 어둠 속을 양초로 밝혔다. 책 더미 위에는 어느새 촛농으로 산이 생겼다. 그 앞에 앉아 생각한다. 밖에는 무슨 일이 일어나고 있을까.

가끔 비명과 웃음이 뒤섞여 들려온다. 죽었을까? 죽였을까? 죽어서 웃나 죽여서 웃나? 비명은 산 사람이 질렀나? 죽은 이가 질렀나? 맛있는 냄새가 넘어오기도 한다. 구운 소고기의 진한 냄새. 눅눅한 기름 냄새와 고소한 만두 냄새. 비명도 웃음도 만두도, 모두 같은 사람들이 낸 것일지 모른다는 생각이 순간 스쳤다. 깔깔깔. 소고기가 비명을 질렀을지도. 아무렴 어차피 일주일 뒤면 다 망하는데.

사위가 고요해졌다. 이번엔 가본 적 없는 바다를 떠올려 본다. 사람은 적고 물고기는 많은 바다. 산호가 에메랄드빛으로 일렁이는 먼바다. 그곳에 있는 이들도 곧 지구가 망한다는 사실을 알까? 방금 한 잠수가 인생, 아니 인류 마지막 잠수가 될지도 모른다는 사실을 알까? 아, 모를 리가 없다. 지금 바다는 지금 내 피만큼이나 따뜻하다고 했으니까. 하얗게 말라버린 산호는 건들면 부서져 내릴 것이다. 묘한 빛깔의 바다, 하얀 모래와 산호 무덤, 그 사이를 헤엄치는 마지막 평화. 물에 들어가기 전에 준비운동은 안 해도 되겠네, 그건 좋겠다. 그 사람들은 어떻게 죽을까? 누군가는 뭍이 아닌 곳에서 눈을 감아도 좋을 텐데.

나는 이 상자 밖을 나가지 않을 것이다. 내 죽음엔 피도, 케이크도, 뜨거운 바닷물도 없길 바라니까. 오직 양초가 내는 빛만 있으면 좋겠다. 방향도 잡아먹은 이 어둠은 양초의 작은 빛만 있으면 우주가 되니까, 그러니 내 멸망은 우주의 연소가 되었으면 좋겠다. 양초를 또 한 상자 꺼내 하나하나 불을 옮겨 붙였다.

잊다 — 있다 — 이따

이름 — 잃음

시름 — 싫음

아름 — 앓음

홍주의 발인을 마친 다음 날, 나는 우리가 졸업한 고등학교 뒤에 있는 산으로 갔다. 아침에 비가 와서 젖은 풀냄새가 났고 걸음마다 흙이 발에 푹푹 감겼다. 여름인데도 불구하고 서늘한 바람이 불었다. 나는 고개를 들었다. 우거진 나뭇가지 사이로 쏟아지는 햇살과 바람에 나풀거리는 붉은 리본이 보였다.

고등학교 이학년 여름 방학식, 우리는 학교를 빠지고 학교 뒷산에 올랐다. 홍주의 품에는 죽은 고양이가 안겨있었다. 나와 홍주가 한 달 정도 돌보았던, 검은 턱시도 무늬가 선명했던 길고양이었다. 우리를 잘 따르던 녀석이었다. 홍주와 나는 산꼭대기에서 가장 큰 나무를 골라 그 아래 고양이를 묻었다. 주머니에서 붉은 리본을 꺼내 나뭇가지에 단단히 묶었다. 홍주는 흙범벅이 된 채 나무 앞에 주저앉아 말했다.

"나중에 얘가 우리 곁에 있었다는 걸 기억할 수 있을까. 이름을 잊지 않고 있다가 다시 불러줄 수 있을까. 우리 마음대로 이름 붙여놓고는 잊어버리면 안 되는 거잖아. 얘에게 이름을 붙여준 순간, 우리는 기억해야 할 의무가 생긴 거잖아. 나는 그게 무서워. 내가 이름을 잊어서, 영영 잃게 될까봐."

분명 기억하자고, 우리에겐 그럴 의무가 있는 거라고 약속했었는데. 고작 몇 년 지났다고 떠오르는 이름이 없었다.

손가락을 세워 바닥에 홍주의 이름을 적어보았다. 멀리서 해가 저물어 가고 있었다.

나는 가능한 오랫동안 그 이름을 눈 안에 담아두었다. 아주아주 오랫동안.

: 이름 — 잃음

―――

시간이 너무 오래 걸려. 돈이 너무 많이 들어. 시험공부, 학원 숙제, 수행평가, 이거 말고도 해야 할 일이 너무 많아. 갖은 이유를 대며 필통과 스케치북을 상자 안에 집어넣고, 상자를 다시 벽장 깊숙한 곳에 처박았다. 다신 열어보지 않을 것이다. 나는, 정말, 그림 그리는 게 너무 싫어. 한심해. 목에 힘을 잔뜩 주고 벽장을 돌아보지 않으려 애썼다. 형광펜이 부러지도록 손에 꽉 쥐었다.

물론 다짐대로 되진 못했다. 공부하는 내내 몇 번이나 벽장을 돌아보았고, 결국 문을 열고 그 앞에 한참 서있기도 했다. 그러나 손에 사비연필을 쥐는 일은 없었다. 이보다 중요한 일은 차고 넘쳤다.

그러다 담이 결렸다. 평소처럼 공부를 하다가 벽장을 돌아봤는데, 목에서 부욱- 하고 종이 찢는 소리가 들리더니 그대로 굳어버렸다. 다시 문제집을 보려는데 목이 찌잉 하고 울렸다.

엉엉 울었다. 괜히 벽장 속 상자 핑계를 댔다. 한심한 짓에 정신이 팔리니까 이런 거야. 아주 버렸어야 했는데. 어깨까지 들썩이며 우는데 목이 더 아파왔다. 결국 펜을 집어던지고 침대에 벌러덩 드러누워버렸다.

눈을 뜨니 온통 캄캄했다. 곁눈질로 본 시계는 오후 11시를 가리키고 있었다. 망했다. 또 눈물이 나오려는데 목이 아려와서 꾸욱 참았다. 그래도 한숨 자고 일어나니 긴장이 풀렸는지 목은 조금씩 돌아갔다.

다시 책상에 앉았지만 도저히 집중이 되질 않았다. 계속해서 등 뒤가 신경 쓰였다. 또 벽장을 보다가 목이 돌아가면 어떡하지? 그래. 이럴 거면 그냥 시원하게 한 번 그리고 말자. 일어나 결연한 마음으로 상자를 꺼냈다.

두꺼운 형광펜만 쥐다 보니, 간만에 잡은 연필은 금방이라도 부러질 것처럼 얇게 느껴졌다. 조심스럽게 스케치북 위에 연필을 올렸다. 수학 문제집 위에서는 줄곧 막히던 연필이, 도톰한 스케치북 위에서 제 자리를 찾은 듯 매끄럽게 움직였다. 오랜만이라 그런지 괜히 더 잘 그려지는 것 같았다. 금세 얼굴 하나를 완성하고는 턱을 괴고 고민했다. 얼굴 하나만 더 그리자. 어느새 자유자재로 움직이는 목을 알아차리지도 못하고 슥슥 연필을 움직였다.

: 시름 — 싫음

드라마의 1화만 보고, 책의 첫 권만 읽고 당당히 그것을 좋아한다 이야기하는 사람들이 이해되지 않았다. 얕아 보였다. 나는 배움이 즐거웠다. 세상의 모든 것에 대해 모두 알고 싶었다. 나는 무언가를 하나부터 열까지 속속들이 알아야만 비로소 좋아한다고 말할 자격이 생긴다고 믿었다. 내게는 잘 아는 것이 곧 사랑한다는 의미였다. 그렇기에 나는 정말로 너의 모든 것을 파악하고 싶었다. 태어난 장소, 시간, 상황, 네가 처음 병원에 간 날, 너를 담당했던 의사와 간호사, 네가 처음 맛본 파스타의 종류, 식당의 위치, 네가 두 번째로 사귀었던 사람의 이름, 내가 준 편지를 어디에 보관하고 있는지, 나를 사랑하는 마음은 어떤지, 나에 대해 싫어하는 것은 무엇인지... 이렇게 깊게 알고 싶은 대상은 처음이었다. 잠자는 것보다, 밥 먹는 것보다 너를 알아가는 일이 더 즐거웠다. 왜 이렇게 살이 빠졌냐고 주변에서 물어왔다. 아무렴 상관없었다. 그러나 나를 정말로 아프게 하는 것은, 그만큼 나를 궁금해하지 않는 너의 눈빛. 내가 가장 좋아하는 영화조차 답하지 못하는 무관심함. 너의 지루한 표정을 알아보는 나.

: 아름 — 앓음

미안해, 친구들아. 올해도 케이크만 받아 먹어서. 의미 없는 초만 불어서. 그런데 정말이지 너무 바빠서 어른이 될 시간이 없다.

지금까지 항상, 생일에는 친구들의 케이크가 함께했다.

돈이 없어도 의리만은 불타오르던 중학생 때는 다섯이서 2000원씩 모아 산 동네 만 원짜리 식물성 크림 케이크. 고등학생이 되고서는 아무리 그래도 만 원짜리는 좀 그렇다며 5000원씩 모아 산 뚜레쥬르 케이크. 성인이 되고서는 이왕 먹을 거 맛있는 거 먹자며 7000원씩 모아 산 투썸플레이스 케이크.

진화해가는 케이크와 다르게 올해에도 역시 제 밥벌이를 못하는 친구들이 나의 생일을 축하하기 위해 우리 집에 모였다.

우리는 돈은 못 벌면서 씀씀이만 커지고, 생일 외에는 인스타그램으로 근황이나 확인하는 게 전부이지만, 누군가의 생일이 돌아오면 또 이렇게 배달음식을 잔뜩 먹고 탄수화물에 취해 늘어져서 옛날 뮤직비디오를 보겠지.

10년 뒤에는 퇴근 후 구두를 또각 거리며 도착한 라운지 바에서 만나 감바스에 와인을 곁들이며, 최근 성사된 계약에 대해 이야기하는 멋들어진 커리어 우먼 모임이 될 수도 있다. 아이를 유치원에 보내놓고 육아의 고충과 너무한 시월드를 디저트 삼아 커피를 마실 수도 있다.

와인을 마셔도, 커피를 마셔도, 막걸리를 마셔도 좋다. 10년 전에는 지금쯤 우리가 다 같이 클럽에서 신나게 엉덩이를 흔들어대고 있을 거라 생각했지만, 그게 아니더라도, 올해를 대표하는 순간을 꼽아 보면, 엄마 아빠 없는 집에서 너희들과 즐긴 폭식 케이팝 파티가 떠올랐으니까.

―――

면허를 왜 안 따냐고요? 아, 그거요… 글쎄요. 아직 어른이 되기 싫어서 그런가. 운전하는 사람은 너무 어른 같지 않나요? 운전면허증을 받는 순간 정말 꼼짝없이 어른이 될 것만 같아요. 주민등록증이야 뭐 고등학생 때 발급받잖아요. 제 민증엔 아직도 18살의 제가 박혀 있는데요. 운전대를 잡은 제 모습은 상상이 안 돼요. 친구들 운전하는 모습 보는 것도 어색해요. 대중교통을 벗어난 곳, 차 없이는 갈 수 없는 근교 어드메, 여행지에서의 렌탈카, 이런 것들이 너무 어른스러워서 마음이 이상해요. 왜 어른이 되기 싫은지는… 잠시만요. 내일 시간 되세요? 그건 또 따로 하루 종일 이야기 해야 할 것 같아서요.

―――

드디어 아는 문제다. 처음 어른시험을 쳤던 열아홉 살의 겨울이 기억 저편에서 떠올랐다. 수면양말의 기모를 뚫고 들어와 어린 발끝을 얼렸던 혹한. 노후된 교실 창문은 외풍을 막아줄 만큼 튼튼하지도, 든든하지도 않았다. 어른이 되면 늘 저렇게 춥고, 힘들 거야. 볼품없는 이런 수면양말조차도 사주는 사람 하나 없겠지. 길바닥에 나앉고 거지가 되어 쓸쓸히 죽게 될 거야. 창문 틈 사이를 비집고 차가운 바람이 불어 들어왔다. 연필을 쥐고 있던 손이 부르터 따가웠다. 그때나 지금이나 어른이 되기는 죽어도 싫다는 마음은 여전했다.

"너 도대체 언제 클래?"

58점, 점수 옆에는 붉은색으로 '부적합'이라고 찍혀 있었다. 잔소리가 고조될수록 엄마의 얼굴이 벌겋게 달아올랐다. 나이가 몇인데 그 쉽다는 시험 하나 제때 통과를 못하니. 보통은 아무리 늦어도 5수 안에는 어른시험을 통과했다. 올해까지 하면… 아, 10수인가. 엄마의 답답함도 충분히 이해는 됐지만, 28살이면 아직 한창 때 아니냐며 치기를 부리고 싶은 마음이 솟아올랐다. 적합 도장이 찍히는 날, 나는 이 집에서 쫓겨나게 될 거야. 그때는 엄마도, 사회도, 법도 나를 보호해 주지 않을 것이다.

창문을 열고 손을 내밀어 내리는 눈을 슬쩍 맞아보았다. 올해도 어른시험에 낙방했다는 사실이 다행스러웠다.

정말 미안해, 근데 알잖아 너희도, 나 졸업식 끝나고 바로 알바하러 간 거. 꽃다발도, 졸업장도 가족에게 맡겨두고서. 심지어 그날 사복도 챙겨왔잖아, 교복을 입고 알바할 수는 없으니까!

이제 와서 변명하자면 그때 난 내가 착실히 어른이 되어가고 있는 줄 알았어. 그것도 다른 친구들보다 빠르게. 근데 아니더라. 난 이미 시작부터 어른이 될 타이밍을 놓쳤던 거야. 부랴부랴 식당으로 떠나는 내 뒤로 남겨진, 그러니까 어른들의 덕담, 부모님의 축하, 친구들과 공유하는 미래에 대한 어떤 기대, 뭐 그런 것들! 난 그런 걸 다 놓쳐버렸고 어른이 될 타이밍도 놓친 거야.

근데 얘들아. 나 아직도 너무 바빠. 매년 케이크 위에 짧은 초를 하나하나 세어가며 빼곡히 채워주는 거, 너무너무 고마운데, 미안해. 나 너무 바빠서 나이를 못 먹었어 아직. 너희가 케이크를 골라준 정성, 초 개수를 가늠한 시간, 매해 꼬박꼬박 써주는 손편지까지, 그런 것들을 다 의미 없게 만들어버리는 것 같아서 미안해.

그런데 정말이지 어른이 될 시간이 없다. 그러니까 나 올해는 초 안 불면 안 될까? 손바닥만 한 케이크가 고슴도치가 되어있을 모습이 상상만 해도 부끄러워.

내가 처음으로 안았던 사람은 마르고 요란한 여자였다. 그녀를 처음 만난 것은 홍대의 한 속옷 가게에서였다. 그녀를 만나기 직전까지, 나는 내가 마네킹이 아닌, 살아있는 여자를 품게 될 날이 올 것이라는 기대는 접은 지 오래였다. 검은색 가느다란 리본 어깨끈과, 가슴팍에 검은 레이스, 하얀 실크 소재의 치맛단을 가진, 전형적인 슬립. 그게 나였다.

망사로 되어있거나 화려한 장식들이 달려있는 녀석들에 비하면 정숙한 편에 속하긴 했다. 애초에 슬립이라는 게 집안에서만 입을 수 있는, 속옷도 원피스도 아닌 야시꾸리한, 애매한 존재 아닌가. 때문에 나는 다른 브래지어나 팬티들이 하루에도 20개씩 30개씩 제 집을 찾아 떠날 동안, 가게의 쇼윈도 앞에서 하릴없이 딱딱한 마네킹만 껴안고 있어야 했다.

그러다 그녀를 만났다. 볼에 박힌 반짝거리는 피어싱, 가슴에 간신히 매달려 있는 요란한 탱크탑, 징박힌 두꺼운 갈색 가죽 벨트, 아찔한 기장의 청치마까지. 요란한 차림에 사람들이 힐끗거렸지만, 시선쯤이야 익숙한 듯 그녀는 가게 이곳저곳을 혼자 둘러보다 나를 번쩍 집어 들었다.

지금까지 나를 둘러본 이는 여럿이었다. 나를 붙잡고 서로 음담패설만 주고받다 사라진 커플, 이런 걸 어떻게 입냐며 들고서 낄낄거리던 학생들, 한참을 주저하며 쥐고 있다 이내 내려놓고서 사라졌던 여자들. 쇼윈도의 화려한 모습에 나를 찾은 사람들은 아주 많았지만 나는 누구의 것도 되지 못했다.

그녀의 손에 들려, 기대하지 말자고 몇 번이나 되뇌던 순간, 그녀는 나를 카운터로 데려갔다.

"이거 하나 계산해 주세요. 입고 갈 거니까, 택은 떼 주세요."

그렇게 그녀는 내가 처음으로 품은, 살아 숨 쉬는 사람이 되었다.

A는 살금살금 방에 들어와 조심히 문을 닫았다. 그리고선 한숨을 푹 내쉰 뒤 옷을 하나둘 벗었다. 바닥에 툭툭 떨어지는 코트와 니트에서 찬 기운과 술 냄새가 훅 끼쳤다. A는 요새 음주가 잦았다. 한기와 취기에 내가 정신을 못 차리는 사이, 그는 어느새 옷을 갈아입고는 내가 있는 침대 위로 쓰러졌다.

A는 나를 다리까지 써가며 품에 꼭 끌어안았다. 그리곤 내 눈알과 코끝을 문지르고 지느러미를 몇 번 쓰다듬었다. 오늘은 유독 술 냄새가 진한 것이 무슨 일이 일어날 것만 같았다. 아니나 다를까 톡톡, 화면을 두드리는 소리가 몇 번 들리더니 A는 전화기를 귀 옆으로 가져갔다. 이윽고 방안에는 속삭이는 A의 목소리만 들렸다.

이제 좋아한다는 말 안 할게, 미안해. 그러니까 계속 만나면 안 돼? ...응. 알겠어. 잘 지내.

짧고 무거운 통화가 끝나고 A는 한숨을 푹 쉬었다. 술 냄새 가득한 더운 숨이 얼굴로 밀려왔다. 그러더니 A는 내 주둥이 근처에 얼굴을 파묻었다. 눈가가 축축하게 젖어들기 시작했다. 한참을 소리 죽여 울던 A는 고개를 들고 먹먹한 목소리로 말했다.

상어야 미안해. 내일은 같이 세탁소 가자. 보송보송하게 해줄게.

아. 두 해 전, 짝사랑에 실패하고 거의 한 달을 나를 베고 누워 자책만 하던 A가, 이제는 첫 연애를 마무리 짓고는 나랑 세탁소에 가잔다. 이젠 내가 눈물이 날 것 같았다. 커다란 상어 인형인 내가 우는 방법은 주변의 습기를 빨아들이는 것이다. 창문에 어린 물기, A의 짓무른 눈가, 책상 위 작은 화분. 이 방 안 구석구석의 습기를 한껏 품고 난 눅눅해졌다. A는 어느새 잠들었다. A야 우리 내일 꼭 세탁소에 가자. 보송보송 해지자. 그리고 또 울고, 또 세탁소에 가자. 잘 자.

1학년 4반을 호령하던 나의 전성기. 아, 그런 호시절이 있었지.... 화려했던 지난날이 주마등처럼 스쳤다.

자, 오늘부터 좋은 말 나쁜 말 실험을 해볼 거예요.

이 교실에 첫 발을 들이던 순간부터 몇 차례고 위기가 있었지만, 올해 신입 담임은 무언가 달랐다. 서당개도 3년이면 풍월을 읊는다는데, 초등학교 1학년 학급에서 식생 8년이면 개학날 문을 열고 입장하던 발소리의 리듬감만 들어도 알아보아야 했던 것이다. 이 학교에서 보기 드물게 의욕 넘치는 발소리란 것을. 눈치채자마자 뒤꽁무니 빠지게 도망쳐야 했었는데! 아.. 아니지. 나는 다리도, 뒤꽁무니도 없지. 등교하는 아이들에게 좋은 기운을 주고자 무럭무럭, 푸릇푸릇하게 녹색을 유지한 것이 내 죄였다. 여름 방학이 끝나고 아이들이 교실로 돌아오는 날, 교구 개발에 열을 올리던 신입 담임은 나에게 '나쁜 말 화분'이라 쓰인 라벨지를 붙였다.

여기 새 화분 보이죠? 이 화분에는 여러분이 좋아하는 예쁜 말, 착하다, 멋지다, 대단하다, 같은 말들을 해주면 돼요. 그리고 뒤편의 화분에는 들으면 마음이 아픈 말을 해주면 되는 거예요.

담임은 긴 말을 끝내고 한 템포 쉬었다. 씩씩하게 대답하는 아이들의 목소리가 야속했다. 내 속도 모르면서. 마치 전장에서 쏟아지는 화살의 소리 같았다.

한 달 동안 실험을 한 후에, 어떤 식물 친구가 더 무럭무럭 자랐는지를 비교해 볼 거예요. 알았죠?

그날부터 아이들은 영혼에서 끌어모은 온갖 아픈 말을 나에게 해댔다. 나는 별안간 말미잘이 되었다가 똥구멍이 되기도 했다. 말미잘은 최소한 같은 식물과에 속하기라도 했지... 내가 똥구멍보다는 생기 있게 생기지 않았나? 나는 광합성도 하고 이렇게 사고라는 걸 하는 존재란 말이다. 그리고 멍게라니. 해삼이라니. 해삼이 어떻게 생겼는지를 알면 내게 그런 말을 할 수 없는데. 삐쭉 눈물이 났다.

그런 날들이 이어지자, 기분 탓인지 늘 꼿꼿함을 유지하던 머리 스타일이 점점 풀이 죽는 것 같았다. 아이들이 귀가한 후 한창 머리를 손보고 있는데, 복도 끝에서 작은 발소리가 나더니 교실 뒷문이 열렸다. 윤이었다.

윤이는 포동한 손가락을 꼼지락거리며 내 잎사귀를 아주 조심스레 쓰다듬었다. 우리 둘만 있는 것이 명백한 이 교실에서, 윤이는 주위를 살피더니 입을 가까이 붙인 채 손으로 가리고 소근거렸다.

미안해, 애들이 하는 말 다 거짓말인 거 알지? 이 말 하고 싶어서 운동장에서부터 뛰어왔어. 너는 참 예뻐. 오늘 꼭 좋은 꿈을 꿨으면 좋겠어.

좋은 말 나쁜 말 실험이 클라이맥스를 달리던 한여름이었다. 시들어가던 잎사귀가 살아나는 기분이었다. 좋은 꿈을 꾸고, 무럭무럭 예뻐져서, 윤이에게 잔뜩 피운 꽃망울을 보여주고 싶은 마음이 들었다.

―――

오늘만 해도 벌써 세 번째, 내 모서리가 또 보수되었다. 이 방의 실크벽지는 그 어떠한 강력한 테이프도 좀처럼 오래 붙잡아두지를 못했다. 덕분에 내 등에는 각종 양면테이프가 붙었다 떨어진 자국이 가득했다. 나를 7년 넘게 여기 붙여두려는 방주인의 노력이었다.

그간 내 옆자리에는 무수히도 많은 것들이 다녀갔다. 어떤 남자 아이돌 가수의 사진, 커다란 고양이 사진, 거울, 뮤지컬 포스터, 어떤 여자 아이돌 가수의 사진... 다만 왜인지 나만은, 그저 주인이 어딘가에서 받은 포스터 중 하나일 뿐인 나만은 이곳에서 변하지 않은 채 붙어있었다.

나는 그 방에 붙어, 단발에 교복 차림이던 여고생이 구두를 벗어던지며 퇴근하는 직장인이 되어가는 모습을 바라보았다. 어떤 날은 뭐가 그리 화가 났는지 술에 잔뜩 취해 와서는 나를 마구 때리기도 했고, 또 어떤 날은 아무 표정도 없이 내 앞에 서서 나를 한참 바라만 보기도 했다.

좋아하는 것도 많고 취향도 자주 바뀌는 방주인의 성미를 알기 때문에, 나를 언제 떼어내도 그러려니 할 것이다. 한때 누군가에게 짧은 볼거리를 주고 떠나면 그만인 것이 나의 존재 목적이다. 나는 이미 주인에게 분에 넘치는 소중한 취급을 받았다.

그러나 조금은 아쉬울 것도 같다. 다시 말려 지관통에 담겨서도, 아니면 찢겨서 쓰레기통에 담겨서도, 어쩌면 물에 젖어 헤진 채 모르는 곳으로 떠내려가도, 나는 바랄 것도 같다. 주인이 다시는 속상하게 엉엉 울지 않기를, 새 그림을 건 채 이따금 감상하는 여유를 잃지 않기를, 몇 번이고 테이프를 붙여 가며 좋아하는 것을 지키는 마음이 여전하기를.

자극적인 건 좋아하지만 자극은 싫어요.

도로록 굴러가는 눈동자. 괜히 테이블을 톡톡 건드리는 손가락. 왼쪽 다리를 올렸다 오른쪽 다리를 올렸다 안절부절. 불규칙적으로 뛰어오르는 목의 맥박과 눈치 없이 흘러내리는 땀방울. 화장실로 도망치면 그제야 터져 나오는 거친 숨. 거울 너머로 보이는 붉게 달아오른 귓바퀴. 자리로 돌아오면, 톡 쏘는 가글 냄새와 맡아본 적 없는 핸드크림 냄새가 뒤섞여 코끝에 스치고.

거기까지가 제일 맛있어요. 한창 달아오른 순간, 끝을 보면 차갑게 식을 일만 남잖아요. 지하철에서 냄새에 홀려 산 델리만쥬처럼요.

제 말 무슨 말인지 아시겠어요?

―――――

발음이 완전 일본인이네. 일본 살다 온 적 있어?

살아봤을 리가. 상현은 일본에 가본 적도 없었다. 여권도 없는 그였지만, 일본에 대해 모르는 것은 없었다. 유창한 일본어로 도쿄의 잡기 어렵다는 숙소 예약을 도와줬을 때, 과장님이 했던 말이 단순한 칭찬이 아니었다. 상현은 정말로 일본어를 일본 사람처럼 잘했다. 지인이 어떤 도시를 말하든, 삿포로에서는 무슨 특산 요리를 먹어야 하는지, 오사카에서는 어떤 관광지를 가야 하는지, 도쿄에서는 어디에서 쇼핑을 해야 하는지, 하나부터 열까지 상현은 일본을 속속들이 알았다.

하지만 이 모든 내용을 구구절절 말할 필요는 없었다. 상현은 머쓱하게 웃으며 일본 영화를 좋아해서요, 라고 얼버무렸다. 과장은 상현의 대답을 끈질기게 붙잡고 늘어졌다. 일본 영화? 나도 일본 영화 좋아하는데. 상현 대리도 혹시 작년에 새로 나온 고레에다 히로카즈 영화 봤어? 고작 물어보는 감독이 그 유명한 고레에다 히로카즈라니. 자존심이 상했다. 이 사람, 이와이 마코토로 감독을 들어는 봤으려나. <세상의 중심에서 초속 10cm로 너의 이름을 묻고 싶어> 같은 마이너한 명작은 본 적도 없을 거다.

상현 대리도 그러면 이번에 일본 출장 같이 가면 되겠다. 가이드도 해 주고.

목덜미로 땀이 비쭉 흘렀다. 상현은 일본에 가본 적도 없었고 앞으로도 가고 싶지 않았다. 생각했던 라멘의 맛이 다를까 봐. 기대했던 도쿄의 야경이 실망스러울까 봐. 비에이의 설원에서 낭만을 찾지 못할까 봐. 어색하게 웃으며 거절의 의사를 표했다. 구구절절 덧붙이지는 않았다. 업무가 바빠서요. 필요하면 그냥 전화하세요.

―――――

[갓 짜낸 우유의 크리미한 풍미, 그곳에 한 스푼 얹어진 달콤하고 농염한 캐러멜. 입안에 넣자마자 농축된 생크림의 짙은 감칠맛이 퍼집니다. 진한 체리 향이 살짝 코끝을 스치는가 싶더니, 스모키

한 캐러멜 시럽이 온 혀를 감싸옵니다. 그 아래 가볍게 깔린 양주의 고상한 향이 전체적인 밸런스를 잡아줍니다. 한입에서 맛볼 수 있는 가장 궁극적이고 고급스러운 쾌락, 지금 당장 가져 보세요. 미후유 푸딩. 플래그그십 스토어와 백화점 입점 코너에서 만나보실 수 있습니다.]

"어때? 맛이?"
"... 뭐야. 그냥 평범한 바닐라 푸딩이잖아."

"근데 난 가서 노래 안 부를 거야."
"왜? 노래방을 가서 노래를 안 부르는 사람이 어딨어."
"여기 있지.""
아니 그니까 왜."

때는 내가 갓 스무 살이 되었던 해. 처음으로 친구들이랑 2차로 노래방을 갔어. 나도 친구들도 모두 기분 좋게 취해있었고, 술을 마시고 가는 노래방은 처음이라 엄청 기대를 했지. 가는 길에 내내 무슨 노래를 부를지, 노래 번호까지 검색할 정도였어. 그렇게 길거리에 있던 어느 지하 노래방으로 들어갔어. 우린 방에 들어서기 무섭게 노래를 틀었지. 취해서 부끄러울 게 없어진 친구들은 정말 '마구' 놀았어. 소리를 지르고 춤을 추고... 나는 배가 아프도록 웃었어.

그러다가 내 차례가 되었지. 나도 노래를 불렀어. 근데 그 순간부터 전혀 즐겁지가 않은 거야. 술로 잠긴 목에선 쇳소리만 나오고 춤을 추기엔 몸이 너무 무거웠어. 그러자 친구들이 신경 쓰이기 시작했지. 내가 지금 분위기를 망치고 있는 건가? 그리고 무엇보다 난 정말이지 노래에 소질이 없었어. 상기된 친구들의 얼굴이 실시간으로 가라앉는 광경을 보고 있자니 정말이지 절망스럽더라. 난 그날 더 이상 노래를 부르지 않았어. 그리고 친구들도 딱히 내게 마이크를 건네지는 않더라. 근데 그게 더 즐거웠어 난. 친구들도 그래 보였고.

"왜냐니, 그냥."

그래서 나는 노래방에서 노래 안 불러. 노래방을 가는 게 재미있지, 노래는 재미있지가 않아.

침입

외지인이 오고 가는 걸 마을 사람들은 침식이라 부른다. 파괴라기에는 평화롭고, 침범이라기에는 은밀하지만, 그렇다고 반갑지는 않기에 침식. 외지인이 휩쓸고 간 자리에는 늘 시끄러운 소문이 흔적처럼 남았다. 불쾌한 혼란 속에서 나는 홀로 활기를 느꼈다. 그 침식을 내심 기대하기까지 했다. 언젠간, 나와 같은 죄책감을 나누는 사람과 사랑에 빠지리라 생각했다. 섬에 사는 낭만가의 숙명이었다.

"침입자다! 침입자다!"

한 아이가 풀 스피드로 복도를 내달리며 전학생의 도착 소식을 알렸다. 1반부터 5반까지, 모든 학년 학생들이 교실 밖으로 빼꼼 고개를 내밀고 침입자의 당도를 구경했다. 침입의 대상으로 낙점된 것은 3반. 3반 아이들은 절규했다. 안 돼! 안 돼! 이럴 수가! 당최 무엇이 그들을 그렇게 아비규환으로 몰아넣는지 불분명했지만, 아이들은 난데없는 이 내침에 분노하며 야유했다.

담임이 전학생의 어깨를 감싸고 교탁 앞에 섰다. 자기소개해 볼까? 3반은 의심과 불신이 가득한 눈초리로 새 얼굴의 침입자를 노려보았다. 평화로운 우리 학교에 외지인이 들어오다니. 어떤 사정인지는 모르겠지만 용서할 수 없다.

"안녕... 나는 김윤지야. 만나서 반가워."

윤지가 여러분들이랑 친해지고 싶다고 작은 선물을 준비했어요. 윤지가 같이 나눠줄까? 작게 포장된 초콜릿이 3반 아이들의 책상 앞에 하나씩 놓였다. 침입자 주제에, 이런 뇌물을 준비하다니! 노력이 가상하군. 아이들은 여전히 팔짱을 끼고 있었다. 그렇지만. 그렇지만. 초콜릿이 아주 예쁘긴 하군. 맛있어 보이기도 하고.

"잘 부탁해, 애들아."

목소리가 기어 들어가는군. 침입자치고 왜 저렇게 맥아리가 없어? 긴장한 건가? 당당하지 못하다. 우리가 다 팔짱을 끼고 있어서 그런가? 3반은 서로 눈빛을 교환했다. 좋아, 전학생. 네가 당당히 침입자임을 밝히고 우리와 정정당당히 맞붙을 수 있도록 우리가 한 수 양보하는 거야. 네 본모습을 찾을 때까지만 말이야. 아이들은 슬쩍 팔을 풀었다. 표정에 조금씩 반가운 미소를 올렸다. 초콜릿, 고맙다고 해야겠다. 윤지야, 여기 앉아. 너 어디서 왔어? 너 급식 좋아해? 어떤 만화 봐? 3반은 외지인을 둘러싸고 엄정한 심문을 시작했다.

그를 만난 건 대학에 가기 위해서였다. 이제 와서 수능 공부를 하기엔 한참이나 늦어버린 나에게, 그는 문학으로 대학에 갈 수 있다고 했다. 성적은 필요 없다고, 계속 읽고 쓰기만 한다면 글이 너를 대학에 보내줄 거라고.

문제집을 살 돈으로 시집을 잔뜩 샀다. 매주 낡은 복도식 상가 2층에 위치한 작업실에서 그와 만났다.

"이건... 대체 무슨 생각으로 이렇게 쓴 거예요...? 아니, 진짜 궁금해서 그래."

첫 만남에서 나를 대학에 보내주겠다고 기세등등하게 말하던 그의 얼굴은, 나와 함께 하는 날이 늘어날수록 낡고 지쳐가는 것이 보였다. 푹 패여가는 눈두덩과 도드라져가는 눈썹 뼈, 짧은 츄리닝 반바지 아래로 쭉 뻗은 가냘픈 다리, 앞머리를 찌를 만큼 자라난 머리카락.

수업 시간 내내 그의 한숨소리를 듣다가 집으로 돌아온 날엔, 시집을 펼치고 얼굴에 덮었다. 종이에 밴 작업실의 디퓨저 냄새와 그의 담배 냄새가 얼굴 위로 쏟아졌다.

나에게도 희망이 있다고 말하며 시집을 안고 달려들어온 내 인생의 침입자. 내가 써갈긴 문장들에 비명을 지르러 온 내 인생의 침입자. 월 삼십만 원에 고용한 내 인생의 침입자.

그가 징그럽고, 그가 보고 싶었다.

회식이 파하고 집으로 가는 길에, 과하게 웃어 당기는 볼과 술만 마셔 쓰린 속이 느껴졌다. 그러자 날카로운 허무함과 사무치는 외로움이 허기처럼 밀려왔다. 야식과 맥주를 사서 집으로 돌아갔다.

집에서도 습관처럼 책상 앞에 앉아 노트북을 열었다. 달리 할 게 없었다. 하고 싶은 것도 없었다. 누군가와 이야기가 하고 싶었다. 옛 기억을 떠올리며 랜덤채팅을 찾았다.

(낯선 상대)와 연결되었습니다.

- 나: 안녕하세요.
- 상대: 안녕하세요.
- 나: 늦게 주무시나 보네요.
- 상대: 네, 잠이 안 와서요.
- 나: 왜요?
- 상대: 글쎄요. 긴장되나 봐요. 내일 큰일이 있거든요.
- 나: 큰일이요?
- 상대: 네. 어딜 가야 하거든요.
- 나: 여행을 가시는 건가요?
- 상대: 비슷해요. 멀리 떠나요.
- 나: 짐은요? 늦게 주무시면 피곤하지 않겠어요?
- 상대: 짐은 챙길 것이 없구요, 내일 가능한 한 늦게 출발할 거라 늦게 자도 괜찮아요.
- 나: 그렇군요.
- 상대: 다정하시네요.

낯선 상대는 새로운 출발을 앞에 둔 것처럼 보였다. 은은한 슬픔과 긴장이 8비트짜리 텍스트를 타고 느껴졌다. 상대가 아마도 느끼고 있을 그 묘한 두근거림이 이 단조로운 일상 속 자극으로 다가왔다. 약간의 죄책감과 흥미로움을 안고서 채팅을 이어나갔다. 상대는 행선지를 밝히지 않았지만 아주 멀리 떠나는 것 같았고, 다시 돌아오지 않을 것 같았다. 오늘의 우연한 만남이 처음이자 마지막이라는 뜻이었다.

맥주 한 캔을 다 비우고 슬슬 내일을 위해 마무리 지어야 할 시간이었다.

- 나: 고마웠어요. 사실 오늘 너무 힘들었는데, 그쪽이랑 이야기하면서 힘을 얻었어요.
- 상대: 저도 고마웠어요. 긴장이 많이 풀렸어요. 잘 떠날 수 있을 것 같아요.
- 나: 혹시 이렇게 더 연락하지 않을래요?
- 나: 다른 의미가 있는 게 아니라
- 나: 서로에게 도움이 되는 대화를 할 수 있을 것 같아서요 앞으로도

상대방은 한동안 아무 말도 없더니 '작성 중...' 표시가 길어졌다. 한참 지나도 답이 없자 나는 초조해졌다. 위로가 된 좋은 대화를 망친 것 같아 후회스러웠다. 죄송하다는 메시지를 적고 있는데, 드디어 답장이 왔다.

- 상대: 고맙습니다. 하지만 어려울 것 같아요. 저는 이틀 전에 죽었거든요[8].

---

[8] 자우림 '이틀 전에 죽은 그녀와의 채팅은 (1997)'

( ) 은 나의 무기

불닭볶음면
비극
여가생활
배고픔
사랑
외로움
유머

한 자리에 30년을 서있었던 건물이 철거되었다. 빈 자리로 낯선 하늘과 구름이 보이는데, 그 자리에 있던 건물이 무엇이었는지 전혀 생각나지 않았다.

'피드백 수용에 대한 태도가 불량하며, 모든 문제를 수동적으로 해결하려는 성향이 있음. 팀워크를 함께 하는 팀원으로서의 자질이 의심되며, 향후 발전 가능성에 대한 기대가 없음.'

배는 살살 아프고, 머리는 둥둥 울린다. 인중 한가운데 얄밉게 난 여드름도 열을 받는지 불그스름하게 익었다. 어깨가 뻐근했다. 여기 지구 아닐지도 몰라. 중력이 오늘따라 왜 나에게만 유독 가혹할까. 백 부장의 숱한 면박을 참아왔던 것은 이 고과 평가 하나 때문이었다. 미래의 대를 위해, 나날의 소를 희생해 왔는데. 면전에서 욕을 서슴지 않는 사람이라면 뒤에서는 더한 말을 한다는 걸 알았어야 했는데. 인간에 대한 관용과 기대가 지나쳤다. 바람 빠지는 소음과 동시에 지하철 문이 열리고, 사람들이 쏟아져 나갔다.

불닭 소스가 먹음직스럽게 밴 면발이 범상치 않았다. 수증기에 푹 눌어붙은 스트링치즈를 함께 비비자 감탄이 절로 나왔다. 그래, 이거지. 치즈와 소스가 고르게 묻은 면발들을 리드미컬하게 감아올려 입속으로 넣었다. 면발은 이빨과 혀, 침의 뜨거운 환영을 받았다. 몇 번의 젓가락질 후에 한 그릇을 말끔히 비우고, 단전에서부터 올라오는 매운 기운을 입 밖으로 뱉어냈다.

팡.

꽉 압축된 용수철이 튕겨 나가듯, 잘 여문 여드름이 터졌다. 인중이 어릿했다. 고과 평가든, 지겨운 괴롭힘이든, 열받은 여드름이든. 불닭볶음면만 있으면 되었다. 궤도를 이탈한 삶을 제자리로 가져오는 나의 구원자, 나의 무기, 불닭볶음면.

천성적으로 사람을 사랑하는 제게, 비극은 언제나 든든한 무기가 되었습니다.

상대방의 성향, 성격, 관심사에 맞춰 그가 가지고 있을 만한 결핍을 계산합니다. 그리고 그도 경험해 봤을 만한 적당한 깊이의 비극을 내놓죠. 그럼 상대는 눈을 동그랗게 뜨며, 너도 그런 적이 있냐며 박수를 치고, 자신의 비극도 털어놓습니다. 비극은 기브 앤 테이크.

그렇게 우리는 서로 다른 세계 속에서 살다 우연히 만난, 영혼의 쌍둥이 같은 존재가 되죠. 이 방법으로 많은 친구들을 만났고, 많은 사랑을 받았습니다.

그런데 최근 문제가 생겼습니다. 시간이 지나고 나이를 먹게 되니 더 이상 새로 꺼낼 비극이 없더라고요.

어디서나 먹히던 비장의 비극들도, 더 이상 제게 아무런 의미를 가지지 못해요. 분명 비극은 계속 발생하고 있을 텐데, 제가 무뎌진 걸 지도요.

만화방 박 씨는 카운터 뒤편 창문으로 다가갔다. 그동안 건물에 가려 제 쓰임을 다하지 못하던 창문이었다. 오랜 기간 붙여 둔 시트지는 이제 유리와 한 몸이 된 것처럼 보였다. 뻑뻑한 고리를 풀고 삐거덕거리는 창문을 열자 침침한 가게 안으로 햇빛이 쏟아졌다. 가운데 공터를 두고 맞은편 떡집이 보였다.

박 씨는 한숨을 푹 쉬었다. 철거에 가장 먼저 동의한 사람은 옆집, 그러니까 이제는 없어진 건물 1층 비디오 대여점의 이 씨였다. 이 시대의 마지막 비디오 대여점이 되겠다던 낭만파 이 씨의 얼굴에 시름이 드리운 것은 재작년부터였다. 딸이 대학에 입학한 그 해 3월은 개업 이래 처음으로 정말 아무도 비디오를 빌려 가지 않은 달이었다. 이 씨의 낭만은 그때부터 힘을 잃기 시작했다.

철거 전날, 두 사람은 이 씨의 가게에서 술을 마셨다. 낭만 외에는 쓸모가 없어진 물건들을 가득 품고 있는 가게의 사장 둘이 모였다. 밤새 가게를 운영하며 있었던 일에 대해서 이야기했다. 한 달 동안 매일매일 같은 비디오를 빌려 간 사람, 50권 전권을 하루 만에 다 읽은 사람, 와서는 짜장면만 먹고 가는 사람. 주마등 같은 이야기들이 피고 진 다음날, 이 씨는 동네를 떠났다.

박 씨는 나와서 빈자리 앞에 섰다. 이 씨네 비디오 가게 간판이 어떻게 생겼었는지 그새 잊어버렸다.

학교 앞 간판도 없는 분식점에는 늘 친구들이 바글거렸다. 등굣길 엄마에게 받은 천 원만 들고 가면 300원짜리 피카츄 한 개와 500원짜리 떡볶이 한 컵, 200원짜리 쥐포 튀김까지 푸지게 한상 차려먹을 수 있었다. 만찬을 즐긴 후 친구들이 우르르 옆 건물 파란 태권도에 가고 나면, 나는 쓸쓸히 피아노 학원으로 향했다.

그러던 어느 날이었다. 학교 앞에 도복을 차려입은 아저씨가 지나가는 아이들에게 사탕을 나눠주고 있었다. 친구들은 '사부님'하고 외치며 한달음에 달려가 그를 안았다. 쭈뼛대며 친구들 옆에 선 나에게 그는 사탕과 함께 전단지 한 장을 건넸다. 나는 피아노 학원을 고집하던 엄마를 졸라댔다. 태권도 가면 효도 가르쳐 준대. 공부도 더 열심히 할게.

그다음 날을 시작으로 내리 10년을 다녔다. 흰띠부터 시작하여 검은띠까지, 그리고 어쩌다 보니 체대 입시까지 치르게 되었다. 처음 실업팀과 계약을 맺은 기념으로 과일 바구니를 사들고 태권도장을 찾았다. 익숙한 거리이지만 어딘지 낯설었다. 매일 같이 들리던 분식점이 지우개로 지운 것처럼, 상가째 사라져있었다. '파란 태권도' 글자가 너덜거리는 도장 문을 열고 들어서자 사부님이 놀란 표정으로 나를 반겼다. 예전에는 흰머리를 뽑을 때마다 50원씩 받았는데, 지금이라면 일 분 만에 오만 원은 벌 수 있을 만큼 흰머리가 많이 늘어 있었다.

"사부님 오랜만이에요. 근데 옆에 분식집 없어졌어요?"
"없어진지 좀 됐어. 이제 연세도 있으셔서 새로 상가 알아보기는 힘드신가 봐."

사부님과 잠시간 안부를 묻고 도장을 빠져나와, 이제는 비어있는 분식집 자리를 바라보았다. 이젠 피카츄 파는 데 없나. 아쉬움에 입맛을 다셨다.

가방에서 카드를 꺼내 건네고, 카운터 뒤 거울에 비친 모습을 흘끔흘끔 쳐다봤다. 만족스럽게 바뀐 머리를 만지작거리자 콧노래가 절로 나왔다. 상미는 익숙한 손놀림으로 다 쓴 용지 심을 버리고, 새 영수증 롤지를 기계에 끼워 넣었다. 그리고 이어지는 그녀의 말은 도무지 믿기가 힘들었다.

언니, 우리 3월 말까지만 하고 가게 접어요. 요즘 동네 미용실 누가 다닌다고, 내가 말은 못 했어도 그동안 꾸준히 와주는 언니한테 정말 고마웠어.

사만 삼천 원이 찍힌 영수증과 카드를 받아드는 마음이 복잡해졌다. 십오 년간 헤어아떼에서 나를 위해 선사해 준 머리 스타일만 해도 백 가지가 넘었다. 이처럼 완벽한 스타일링을 해주는 미용사는 상미가 유일무이했다. 명절이 지나고 살이 통통하게 오른 얼굴로 찾아간 날에는 얼굴이 갸름하게 보이도록 사선뱅을 해줬고, 일에 치여 수척해진 날에는 어려 보이게 앞머리를 짧게 쳐 주었다. 상미가 있는 한, 언제든 가장 아름다운 나의 모습을 찾을 수 있었다. 면접에 붙은 것, 지금 만난 애인, 싸게 구한 집 등 내 삶의 탄탄대로는 다 상미가 손질해 준 완벽한 머리 덕분인 것 같았다. 헤어아떼의 폐업은 더 이상 이 부적 같은 스타일링을 받을 수 없다는 뜻이었다. 상미는 미용실을 그만두고, 대전에 있는 아들네와 같이 살기로 했다고 덧붙였다.

몇 달 후, 오랜만에 지나친 헤어아떼 자리에는 30년을 지켜온 건물이 철거되어 텅 빈 공간만이 남아 있었다.

응. 그 건물 꼭대기 살던 할머니가 딸내미 아들내미 건강은 끔찍하게 챙기셨어. 녹용이나 산삼 좋은 거 들어올 때마다 내가 꼬박꼬박 전화드렸지 그래서. 할머니 사시는 데가 아무래도 높으니까, 무거운 거 있으면 같이 올려 드리러 많이 갔었다고. 괜찮다는데도 꼭 그렇게, 녹차를 타서 내주시더라고. 얼음까지 띄워가지고. 집도 깨끗하게 해서 사시고. 굉장히 정 많고 그런 분이셨지. 나는 철거 소식 듣는데 할머니 생각 밖에 안 나더라니까. 가실 데가 어디 있겠나 싶어 가지고. 아파트

정 없다고 끝까지 이 동네 남아 계시던 분인데. 저 어디 모르는 동네 가셔 가지고 누구랑 말도 못 붙이고 외롭게 계시는 거 아닌지 걱정이 되네. 거, 소식 알면 좀 전해줘. 그래. 내가 또 정성스럽게 약 달여가지고 한번 뵙기라도 해야지.

고인의 물건을 사고파는 '유품마켓'은 서비스 출시 4개월 만에 앱스토어 '생활' 카테고리 1위에 올랐다.

유품마켓에서는 온갖 물건들이 사고 팔렸다. 백두산을 닮은 수석, 포장조차 뜯지 않은 영유아용 인형 세트, 소형견의 목줄과 배변봉투. 일반 중고 거래와는 달랐다. 고인의 유품만이 매물로 올라올 수 있었다.

판매창의 상세 설명은 남아 있는 사람들의 우체국이 되었다. 부모, 연인, 심지어는 자식을 잃은 사람들의 솔직한 편지가 적혔다. 사랑과 그리움을 이야기하는 글만 올라오는 건 아니었다. 자신을 학대했던 엄마의 유품이라도 팔아 돈벌이를 하고 싶을 뿐이라는 한 중년 여성의 글은 한동안 거래글의 인기순위에 들었다. 또 다른 누군가에게 유품마켓은 상실로 망가져 버린 삶을 다시 복구하기 위한 시도가 되기도 했다.

이용자 중에는 빈티지 물건을 구매해 비싼 값에 되팔기 위한 구제 소매상들도 많았다. 3만 원에 구매한 싸구려 장난감 반지가 알고 보니 10캐럿짜리 다이아몬드였다는 게 밝혀지고 나서 민사소송이 일어난 사례도 있었다. 유독 싼값에 장물이 올라오는 경우도 있었다. 더 매력적인 사연을 꾸며, 판매창에 거짓말을 늘어놓는 게시글 수도 늘었다. 이 모든 것들이 유품마켓의 화제성을 반증했다.

겨울 코트. 10만 원. 손가락이 계속해서 유품마켓을 들락거렸다. 이거 비싼 건데. 이거 원래 백만 원도 넘는 건데. 상태도 좋아 보이고... 지금 지갑 사정을 따지면 십만 원도 적은 돈이 아니지만, 다음 주에 있을 모임이 계속해서 마음에 걸렸다. 십 년 만에 나가는 동창 모임이었다. 시장에서 이만 원 주고 사와 몇 년째 입고 있는 지금 코트를 입고 나가고 싶지 않다. 새로 산 차를 자랑할 수도, 넌지시 멋진 가방을 선보일 수는 없더라도, 적어도 측은해 보이고 싶지는 않았다. 단순히 멋이 있고 없고의 문제가 아니다. 칼바람에 기죽고 각종 냄새에 절여진 지금의 코트로 재단되는 것이 싫었다. 그냥 운 좋게 질 좋은 빈티지 구했다고 생각하자. 아무리 그래도 그렇지, 내가 정말 죽은 사람 옷 주워다 입을 정도로 궁핍한 건가? 지금 내가 그런 거 따질 때인가? 누가 유품이라고 알아보는 것도 아닌데. 내적 갈등이 시끄러웠다. 글을 눌렀다. 어라? 판매 완료. 5초 전만 해도 없었는데... 심장이 쿵쾅거렸다. 아, 이런. 살걸. 내가 살걸. 괜히 자존심 지킨다고 뻗댔네. 이런 매물 잘 안 나오는데. 후회스러워 땅이라도 내리치고 싶은 심정이었다.

아버지가 떠나고 남겨진 짐들은 모두 내 몫이었다. 안 본 지 30년이 넘었다. 나는 그가 죽고 나서야 그의 집에 처음으로 방문해 보았다. 끈적끈적한 장판 바닥, 아귀가 맞지 않는 서랍장, 언제 구매했는지도 모를 금성 텔레비전, 냉장고에 가득 찬 먹다 남은 소주 병. 너무 초라해서 그저 한숨만 나왔다. 어릴 때 그렇게 패악질을 부리더니, 겨우 이렇게 궁상맞게 살고 있었구나. 유품정리 업체를 부르고 한 시간 뒤, 전화가 왔다.

"아버님 물건은 대부분 폐기 처분했는데, 잘은 모르겠지만 꽤 귀해 보이는 게 하나 있네요."

어렴풋이 어릴 적 기억이 떠올랐다. 평소에 제 자식보다 소중히 어루만졌으면서, 술만 마시면 제 성을 못 이겨 언제든 엄마를 향해 휘둘러 댔던 수석이었다. 업체에게서 그 돌멩이를 인수받은 뒤 유품마켓에 글을 올렸다.

[수석 팝니다. 5만 원]

유품마켓은 구구절절한 사연 팔이가 필수라던데, 이 짧은 글에도 연락이 올까. 사실 팔리지 않아도 별 상관없었다. 쓸모없는 돌멩이로 밥이라도 한 끼 먹을 수 있다면 운수가 좋은 거겠지.

게시물을 올리고 십분도 지나지 않아 핸드폰이 쉬지 않고 울리기 시작했다. 지금 당장 오겠다는 사람부터, 500만 원을 줄 테니 제발 자신에게 팔라는 사람도 있었다. 아버지가 젊었을 적 그놈의 돌멩이를 휘둘러대며 소리쳤던 말이 떠올랐다.

'땅을 파면 돈이 나와?'

이제야 답을 알 것 같다. 땅을 파면 돈이 나오지 않지만, 당신이 땅에 묻히니 돈이 나오네. 빠르게 쌓여가는 메시지와 함께 알 수 없는 허망함과 짜릿함이 동시에 밀려들었다.

"안녕하세요, 혹시 유품..."
"아, 네네. 안녕하세요."
"안녕하세요, 여기 돈..."
"아, 네네. 여기 지갑..."
"감사합니다. 안녕히 가세요."
"아, 네네. 감사합니다. 조심히 들어가세요."

유품마켓에서 지갑을 사서 돌아왔다. 클래식한 디자인의 검은 가죽 지갑이었다. 하단 중앙에 작게 박힌 금박의 로고가 낯설었는데, 지갑 주인이 공방에서 직접 만든 물건이란다. 유품마켓에 올라오는 지갑을 사면 복이 들어온다는 미신이 인터넷을 한차례 강타한 후였다. 지갑은 올라오기 무섭게 판매 완료되곤 했다. 게다가 핸드메이드인 지갑을 이렇게나 저렴하게 얻다니. 어쩌면 미신이 아닐지도 모르겠다.

이 세상을 살다 간 누군가의 정성이 담긴 지갑이라고 생각하니, 완전히 내 물건처럼 느껴지진 않았다. 그러니 오히려 나도 더욱 정성스럽게 지갑을 대하게 되었다. 외출하고 나면 항상 가죽 크림으로 닦아주었고, 가방에 소중히 넣어 들고 다녔다. 그렇게 일주일이 흘렀다.

카드 주머니가 은근히 뻑뻑해서 안을 살펴보니, 꼬깃꼬깃 접힌 영수증 같은 종이가 한 장 나왔다. 펼쳐보니 복권 종이였다. 순간 가슴이 철렁했다. 오늘은 일요일. 어제 있었던 복권 추첨 결과를 검색했다. 3등이었다. 상금은 500만 원.

손이 덜덜 떨렸다. 난 복권을 산 적이 없었다. 판매자, 아니면 판매자의 가족이 산 복권이 틀림없다. 이 돈을 그대로 내 것마냥 쓸 수는 없었다. 심호흡을 한 번 크게 하고 유품마켓을 다시 열었다.

[탈퇴한 회원입니다.]

분명 이 사람이 맞다. 거래를 위해 주고받은 메시지도 그대로. 근데 일주일 만에 없는 회원이 되었다고? 탈퇴한 건가? 복권이 들어있다는 것을 잊은 건가? 난처해진 나는 복권 용지를 들여다보았다. 다시 보니 뒷면에 쓰인 글자가 비쳤다.

감사했습니다. 사시는 내내 행운이 함께 하길.

어쩌면 이 편지에는 영영 답할 수 없을 것이라는 생각이 들었다.

갓 태어난 (   ) 에게 보내는 편지

        반려견
        나
        별
        엄마
        우리집
        지구
        공룡

갓 태어난 초롱이에게

왁자지껄 떠들어 대는 아저씨들의 목소리가 너무 시끄럽진 않니? 고소한 튀김 냄새에 입에서 침이 뚝뚝 떨어지고 있으려나? 네가 있는 곳은 동네의 터줏대감으로 오랜 시간 버텨온 한 호프집이야. 퇴근 후 엉덩이 붙일 곳을 찾는 중년들이 바삭한 후라이드 치킨에 시원한 맥주 한 잔을 걸치기 위해 모여들어 언제나 문전성시를 이루는 곳이지. 너는 그곳을 돌아다니며 손님들에게 치킨을 얻어먹으며 하루를 보내. 사람들이 떠나고, 가게에 불이 꺼지면 너는 그곳에 혼자 남아 낑낑 울게 되겠지. 미안하지만, 딱 삼백밤만 기다려. 어느 배 나온 뚱뚱한 손님이 가게 주인에게 십만 원을 건네고 너를 데리고 나갈 거야.

그 손님의 집에 따라가면, 처음 보는 여섯 살 꼬마가 너를 보며 소리치며 울 거야. 너처럼 작은 존재가 제 손을 핥고 소리치며 움직이는 상황이 생소하게 느껴져서 그런 거니까, 너무 겁 먹지는 마. 미안해. 그 애가 네가 평생 동안 가장 사랑하게 될 사람이야.

그 애와 함께 하게 된 이후 너는 그 애의 자랑이 될 거야. 당당하게 너를 '내 동생 초롱이'라고 소개하지. 너는 시도 때도 없이 끌어안는 그 애를 때로는 귀찮아해. 반대로 시도 때도 없이 팔을 붙잡고 엉덩이를 씰룩대는 너를 그 애가 귀찮아하기도 하지. 하지만 너는 그 애를 몹시 사랑해. 그 애는 네가 주는 사랑의 반도 돌려주지 못하지만, 그 어떤 것도 신경 쓰지 않고 그 애만을 바라보지.

몇 년이 지나고 그 애가 교복을 입기 시작한 이후부터, 만날 수 있는 건 하루 고작 서너 시간뿐이야. 그 애에게는 너보다 재밌는 친구들이, 너와 함께 있는 것보다 중요한 일들이 자꾸자꾸만 생겨나거든.

너는 거실 한편에 마련된 네 집에 누워 조용히 하루를 보내는 것에 익숙해져. 앞이 흐려지고, 맛있게만 느껴지던 간식을 먹는 일도 귀찮아지지. 그쯤 되면 그 애가 싫어질 법도 한데, 너는 언제나 그 애를 기다려. 그 애가 네 머리를 쓰다듬고 네 등에 얼굴을 박고 숨을 크게 들이쉬는 순간을 기다려.

그러다 언젠가, 그 애가 교복을 입고 나간 어느 오후. 너는 아주 오랜만에 입맛이 돌아. 네 집안에 물어다 놓고 쳐다도 보지 않던 간식을 하나도 남기지 않고 맛있게 먹어. 그리고 나른한 햇살을 받으며 영영 길고 긴 단잠에 빠져버리고 말지.

미안해. 이제 갓 태어난 너에게 네 앞날이 이토록 외로울 거라고 말해버려서. 하지만 그 애는 너를 포기할 수가 없대. 미안하지만, 너랑 계속 함께하고 싶대. 초롱아. 태어난 거 축하해. 우리 한 번만 더 사랑해 볼래?

갓 태어난 나에게

안녕. 90년대 후반의 그곳은 경기도 어느 산부인과. 엄마의 말을 따르면 그곳에서 가장 예쁜 신생아가 드디어 태어났구나.

잘 들어. 너는 말을 빨리 깨우칠 거야. 어쩌면 이 편지를 읽는 것도 생각보다 이를 수도 있겠구나. 그런 만큼 책을 많이 읽어야 해. 소설만 읽지 말고, 만화만 읽지 말고. 재미를 느끼면 재깍재깍 주변에 알려. 누군가 귀담아듣고 배움의 기회를 줄 수 있도록. 글을 쓸 수 있는 나이가 되면, 최대한 많은 글을 쓰고 그것을 기억할 수 있게 보관해 놔. 뇌는 다시 말랑해지지 않아.

친구를 많이 사귀어. 다투는 것을 두려워하지 마. 대화를 많이 하면서 해도 되는 행동과 하면 안 되는 말들을 배워. 그때 사귄 친구들과 너는 평생 연락하고 지내게 될 거야. 그것을 마음에 새기고 그들을 소중히 여겨.

사진을 많이 찍어. 네 사진도 좋고, 주변 풍경도 좋고, 엄마 아빠도, 고양이도, 동생 사진도 좋아. 뭐든 많이 기억하고 기록해 놔. 그 모든 것들이 너를 이루는 토대가 될 거야.

공허함에 중독되지 마. 침대에 누워 너무 많은 시간을 보내지 마. 언젠가 자라서 너는 내가 된다는 것을 기억해. 나를 믿고 잘 자라 줘. 우리 잘 해보자. 너를 사랑하는 미래의 내가 언제나 기다리고 있다는 걸 잊지 마.

갓 태어난 별에게

보이니? 너무 눈부셔서 보이지 않을 수도 있겠다. 어쩌면 가슴속이 너무 뜨거워 주변을 살필 겨를이 없을 지도 모르겠네. 이해해. 나도 그랬으니까. 네가 정신을 차릴 때까지 내가 보낸 편지가 남아있으면 좋겠다. 지금도 이 우주에서 아주 빠르고 미세하게 흩어지고 뻗어나가는 내 편지는 그즈음이면 어쩌면 전혀 다른 모습일 거야. 하지만 남아있다면, 티끌만이라도 남아있다면 의미는 그대로 일 거야. 왜냐면 여기에는 네가 읽어야 할 것은 없거든. 다만 목격과 깨달음만이 있을 거야. 만약 이 편지를 보게 된다면, 가늠할 수 없는 시간과, 방향이 무의미한 광활함, 그리고 모든 것에 맥락을 부여하는 빛을 이해하길 바라. 그래서 마침내 이 초신성 폭발[9]이 끝이 아닌 시작임을 깨닫기를. 분명 넌 그렇게 할 수 있을 거야. 너는 나니까.

[9] 초신성 폭발 : 질량이 굉장히 큰 별이 수명을 다할 때 일으키는 폭발을 일컫는 말이다. 이때 아주 강한 에너지와 함께 성간 기체와 우주 먼지를 밀어내며 흔적을 남기는데, 이를 '초신성 잔해'라고 한다. 이 잔해에서 또 다른 새로운 별이 태어나기도 한다.

"사랑해!"

"사랑해."

"사랑해..."

"사랑해?"

(서로 눈을 마주 보며) 사랑해.

(자신 없는 목소리로) 사랑해...?

(함박눈을 바라보며) 사랑해?

(얼른 해치워버리려는 듯, 귀찮다는 목소리로) 사랑해.

(안경을 고쳐 쓰며) 사랑해?

(서로를 부둥켜안고, 떠밀려오는 파도 앞에서) 사랑해.

(알아들을 수 없는 언어로 다급하게) 사랑해?

(수화기 너머에서 잔뜩 취한, 자신 없는 목소리로) 사랑해.

(말라버린 선인장을 건네며) 이래도 사랑해?

(어항 반대편에서 아주 작은 목소리로, 크고 분명한 입모양으로) 사랑해.

(나무에 매달려, 건조한 눈으로 내려다보며) 사랑해?

(얼굴이 새빨개져서는 길길이 날뛰며) 사랑해! 사랑한다고! 사랑하라고!

(바싹 마른 등을 쓸어내리며) 사랑해 줘.

(밀랍이 쏟아지기 전 손을 꽉 붙잡으며) 사랑해.

(외투를 받아주며) 사랑해?

(눈곱을 떼주며) 사랑해.

(옷에 묻은 머리카락을 하나하나 떼어내며) 사랑해.

(바닥에 흩어진 머리칼을 주워 담으며) 진짜로 사랑해?

(지구 끝 서쪽 폭포 앞에서, 낭떠러지를 등지고, 활짝 웃으며) 사랑하지?

(펑펑 울며) 사랑해.

(파란 딸기를 입에 한 움큼 넣어주며) 사랑해.

(웅얼거리는 목소리로) 하항애!

(사랑이라는 단어를 처음 배운 사람처럼) 사랑해

(안드로이드의 배터리를 제거하며) 사랑해.

(거울을 보며 화장을 고친다. 분명하지 않은 발음으로) 사랑해?

(연인 뒤편에서 흘러나오는 텔레비전을 멍하니 응시하며) 사랑하지...

(팬티를 잡아당겼다 놓으며) 사랑해 줘.

(연인의 다리털을 힘주어 뽑으며) 사랑해.

(뜨거운 고구마를 호호 불어주며) 사랑해.

(큰소리로 침을 잔뜩 튀기며) 사랑해!

(미심쩍은 눈초리로) 사랑해?

(상대의 겨드랑이 털을 어루만지며) 사랑해.

(조각상을 대하듯이 쓰다듬으며) 사랑해.

(시집에 코를 박고 향을 맡으며) 사랑해?

(흐물거리는 손가락을 입에 넣으며) 사랑해.

(계단 아래 무릎을 꿇고 간절히 손을 모은 채) 사랑해!

(허공을 꼭 끌어안으며) 사랑해!

(물을 뒤집어쓴 채로) 사랑해.

(소행성 충돌 5초 전, 상대의 눈에 비친 나를 쳐다보며) 사랑해.

(장국을 더 떠주며 무심한 목소리로) th4$nb+f.

(풀어진 신발끈을 고치며) 사랑하시죠?

(달리며 숨에 찬 목소리로) 사랑한다!

(멈추지 않는 지하철에 앉아 연인의 목덜미에 얼굴을 파묻고) 사랑해.

(노래하듯이 흥얼거리며) 사랑해.

(발냄새가 퀴퀴한 신발을 코 앞에 들이밀며) 사랑해!

(탈락 도장이 큼직하게 찍힌 심사 보고서를 내밀며) 사랑하시죠?

(내리는 비를 맞으며) 사랑해!

(노트에 이름을 빼곡히 적으며) 사랑해.

책을 덮었다. 이 정도는 나도 쓰겠다. 마른 세수를 하고 자리에서 일어났다. 한참 앉아 있었더니 허리가 뻐근하다. 허리를 이리저리 비틀며 냉장고로 향했다. 출출한데. 집에 뭐 먹을 거 있었나. 나는 냉장고 문을 열었다.

냉장고 문을 여니

이야기들

초판 1쇄 발행 2023년 4월 8일

지은이 한세연, 인주, 윤정민, 박상빈
일러스트 한세연, 박상빈, 인주, 윤정민
편집 · 디자인 한세연
이메일 storiesbookteam@gmail.com

펴 낸 곳 (주)애니빅
발 행 인 문상필
출판등록 제2008-000010호
주   소 서울특별시 영등포구 경인로82길 3-4 (센터플러스) 716호
대표전화 02-2164-3840

저자의 서면 허락 없이 내용의 일부를 무단 인용하거나 발췌하는 것을 금합니다.
ⓒ 이야기들, 2023. Printed in Seoul, Korea

ISBN 979-11-87537-84-7 (02800)